ShaShiBiYa XiJu QiShiLu

莎士比亚戏剧启示录

骆　地◆编著

长江出版传媒
湖北人民出版社

鄂新登字 01 号
图书在版编目(CIP)数据

莎士比亚戏剧启示录/骆地编著.
武汉:湖北人民出版社,2013.1

ISBN 978-7-216-07401-8

Ⅰ.莎…
Ⅱ.骆…
Ⅲ.戏剧文学—文学欣赏—英国—中世纪
Ⅳ.I561.073

中国版本图书馆 CIP 数据核字(2012)第 231123 号

莎士比亚戏剧启示录　　骆　地 编著

出版发行:长江出版传媒 湖北人民出版社　　地址:武汉市雄楚大道 268 号
邮编:430070

印刷:武汉市福成启铭彩色印刷包装有限公司
开本:787 毫米×1092 毫米 1/32　　印张:9.375
字数:185 千字　　插页:3
版次:2013 年 1 月第 1 版　　印次:2013 年 1 月第 1 次印刷
书号:ISBN 978-7-216-07401-8　　定价:25.00 元

本社网址:http://www.hbpp.com.cn

大量引用莎士比亚38部戏剧中的台词和名言，逐一写出每部戏的剧情故事梗概，再对该剧及其名言给人们的启示提出一些仅供参考的观点。希望通过一本小册子，概览莎士比亚剧作，从中悟出一些人生启示，为读者进一步阅读莎士比亚，感悟莎士比亚提供一些便利。

目 录

前　言

威廉·莎士比亚(William Shakspere,1564—1616)是英国最伟大的作家,文艺复兴时期的巨人,杰出的戏剧家和诗人。莎士比亚的38部诗剧和诗歌作品,反映了英国从封建专制向新兴的资本主义进步变革时代的社会生活,揭示了这个革命时代的深刻内涵,成为“生活的镜子”、“时代的灵魂”,使英格兰“容光焕发的精神太阳”,并且“他不属于一个时代,而属于所有的世纪”,超越时代和国界,成为人类共同的永恒的宝贵精神财富。

马克思、恩格斯非常喜爱莎士比亚,经常引用莎士比亚的戏剧作品和人物,并且充分肯定“莎士比亚化”的创作原则,即不从抽象概念而是从现实生活出发,通过生动丰富的情节去塑造性格鲜明的典型人物。

雨果称颂莎士比亚是诗人、历史学家、哲学家三位一体的人,是“人类热情之巨流”,“在各种意义上闪耀着天才的光辉”。

歌德在《莎士比亚纪念日的讲话》中强调:“我读到他的第一页,就使我这一生都属于了他;当我首次读完他的一部作品时,我觉得好像原来是一个先天的盲人,这时的一瞬间(有)一只神奇的手赋予了我双目的视力。我认识到,我很清楚地体会到我的生活是被无限地扩大了。”歌德认为,莎士比亚的戏剧是个美妙的万花镜,在这里面,世界的历史由一根无形的时间线索串联在一起,从我们眼前掠过。他的作品都围绕着一个神妙的点(还没有一个哲学家看见过这个点并给予解释),在这里我们个人所独有的(本性),我们从愿望出发所想象的自由,同在整体中的必然进程发生冲突。“因此也很难设想,会有一个人能比他看得更远,或者甚至能比他攀登得更高。”歌德指出,从莎士比亚(的笔下)描绘出的是自然(的真实),没有比莎士比亚的人物更自然的了!所不同的是赋予了巨人般的伟大(性格),然后以他的智力吹醒了他们的生命。“莎士比亚带着我们去周游世界;而我们这些娇生惯养、无所见识的人遇到每个没见过的飞蝗都要惊叫起来:先生,它要吃我们呀!”为此,歌德疾呼:“先生们,行动起来吧,请你们替我从那所谓高尚嗜好的乐园唤醒所有的纯洁心灵。”我们同样需要从莎士比亚的作品中吸取营养,充实、丰富、升华、净化我们的心灵。

英国著名莎士比亚评论家约翰生在《莎士比亚戏剧集序言》中认为，莎士比亚超越所有作家之上，是独一无二的自然诗人；他是一位举起风俗习惯和生活的真实镜子的诗人。他的人物是共同人性的真正儿女，表现了“普遍人性的真实状态”，综合了善、恶、悲、喜，是我们的世界永远会供给，我们的观察永远会发现的一些人物。这些角色的行动和谈话都是受了具有普遍性的感情和原则的影响，能够震动各式各样人们的心灵，并且使生活的整个有机体继续不停地运动。他的人物不是“个人”，而是代表一个“类型”。约翰生还指出：正是从这样广阔的设计范围里，读者才获得这么多的教益，“正是由于这个原因，才使得莎士比亚的剧本充满了实用的格言和处世的道理”。“从他的作品里可以搜集出来整套的公民的和家庭的智慧”。“从在他之后的一切作家身上可能收集的理论知识格言和实用处世法则是否超过他一个人给予英国的数量，也还是个疑问”。

因此，我们可以从学习莎士比亚的知识格言、处世原则和公民的家庭和智慧箴言入手来欣赏莎士比亚，进而研读莎士比亚的戏剧原著乃至全集。鉴于莎士比亚剧本中的许多名言佳句已经成为英国语言的精华，经常被人引用，马克思在1848年后为了“想使自己的英语知识达到完善的境地”，也曾把“莎士比亚特殊风格的词句都搜寻出来加以分类”进行学习。

但是，通过莎士比亚的格言、箴言、引文来学习莎士比亚时，不应当忘记约翰生的告诫：莎士比亚“真正的长处并不表现在个别章节的华丽，而表现在他的情节的发展和他的对话的进行；假若有人企图用挑选出来的引文来推荐他”，将会像一个学究一样难以达到目的，这个学究想要卖掉他的房子，便把他房上的一块砖放在口袋里作为样品，带在身上向人推荐。因而为了减少和避免这种情况出现，我首先简明介绍莎士比亚38部剧本的主要故事梗概，在介绍中将每条箴言的出处，前后的主要情节和说话人物的身份及性格特征，引文的主要内涵结合起来叙述，形成统一的剧情故事，以便读者能够比较准确地把握莎士比亚名言佳句的含意，比较全面地领悟莎士比亚思想的精华，进而引起读者的兴趣，阅读莎士比亚的部分或全部作品。为了给读者提供一些思索比较的便利，在介绍戏剧和名言的同时，还对给予人们的启示提出了一些仅供参考的观点，希望引起读者更全面深刻的思考。

当然，我们也不应忘记美国思想家、作家爱默生从常人与伟人的角度，论述莎士比亚所说的话：“我们贪婪地从天才人物身上吸取营养”，“他们引我们走向自然的深处，其乐无穷”，但是，“天才的磁力吸引我们，把我们从原来的轨道上拧开。我们成了天才的仆役”,“莎士比亚是我们视野的极限,极限以外我们一无所见”,因此,“只靠熟读莎士比亚,永远培养不出一个莎士比亚”。我们应当阅读莎士比亚,感悟莎士比亚,走出莎士比亚,超越莎士比亚,走自己的创造之路。

本书在每部剧作“剧情故事”和“人生启示”中的所有引文(除已注明书名页码的以外),均引自该部莎士比亚剧作的译文,所使用译文的版本是:第1至第37部剧作为朱生豪等译《莎士比亚全集》,人民文学出版社1978年版;第38部剧作为孙法理译《两个高贵的亲戚》单行本,漓江出版社1992年版。本书每部剧作的“人生启示”的所有引文所注明的场次,为该部莎士比亚剧作的场次;连续几段同场次引文出处的场次,由最后一段引文一并注明。

第一章　喜剧

一、《维洛那二绅士》

剧情故事

维洛那有两个从小就在一起同游同学的青年绅士：凡伦丁和普洛丢斯，他们是我知道他就像知道我自己一样的好友。凡伦丁认为："年轻人株守家园，见闻总是限于一隅"，邀请普洛丢斯"一块儿去见识见识外面的世界"。可是普洛丢斯正在热恋之中，"他的眼睛给他情人的晶莹的盼睐摄住了"，于是凡伦丁独自去了米兰公爵府上供职。

普洛丢斯的父亲安东尼奥，也在想他的儿子："这样蹉跎时间，的确不大好；他要是不在外面多经历经历世事，将来很难成为大用"。他听从仆人塔西诺的建议，决定让普洛丢斯也到米兰公爵的府上去，"见识到适合于他的青春和家世的种种训练"。普洛丢斯不情愿地遵从父命，与恋人朱利娅互换了戒指，并"举手宣誓我的不变的忠诚"，也匆匆来到米兰公爵府上。

凡伦丁在米兰，已与公爵女儿西尔维娅倾心相恋，公爵却要把她嫁给她并不喜欢的富有的朝臣修里奥。西尔维娅毅然与凡伦丁互许终身，并且"已经约好设计私奔，结婚的时间也已定当"。凡伦丁毫无戒心地向来到公爵府中的普洛丢斯透露了这个密谋。但普洛丢斯一见到西尔维娅，“对于朱利娅的爱已经成为过去了”，“对于凡伦丁的友谊已经突然冷淡”，要“设计赢得她的芳心”，“设计破坏凡伦丁”。于是把他们设计逃走的事情告发给她的父亲。米兰公爵怒不可遏地把凡伦丁驱逐出米兰。西尔维娅“听见这个判决以后，曾经流过无数珍珠化成的眼泪，跪倒在她凶狠的父亲脚下苦苦哀求”，“都不能感动她那冥顽不灵的父亲，他坚持着凡伦丁倘在米兰境内被捕，就必须处死”。而且把西尔维娅“关了起来，恫吓着要把她终身监禁”。西尔维娅更为伤心，更加厌恶修里奥，对于“像一头猎狗一样不愿放松她”的普洛丢斯，痛斥为：“你这居心险恶，背信弃义之人”，“为了你的非分的追求，我从心底里瞧不起你”。

身在维洛那的朱利娅因思念普洛丢斯，“在饥荒中因渴慕而憔悴，已经好久了”，她决心女扮男装长途跋涉，“到我那亲爱的普洛丢斯那里去”，“就像一个有福的灵魂，在经历无数的磨折以后，永息在幸福的天国里一样”。可是来到米兰公爵府中的朱利娅，目睹了普洛丢斯背弃友谊和爱情，追求西尔维娅的丑行。但她依然爱恋普洛丢斯，又扮作普洛丢斯的童仆，作为不幸的使者，为他向西尔维娅传送戒指情书，取回西尔维娅的画像：“我因为爱他，所以不能不可怜他”，也可以因此探明西尔维娅对他的态度，不使他如愿以偿，伺机使他回心转意。

凡伦丁被放逐，来到米兰和维洛那之间的曼多亚森林，遇到一伙打劫的强盗，“他们这一群里面也很有几个良家子弟，因为少年气盛，胡作非为，被循规蹈矩的上流社会所摈斥”，当他们得知凡伦丁“也是一个被放逐之人”，并且接受了凡伦丁提出的“不许侵犯无知的女人,也不许劫夺劳苦的旅客”的条件,就拥戴他做了他们的首领。

西尔维娅为追寻苦恋着的,“他的生命就是我的灵魂”的凡伦丁,躲避嫁给修里奥将招致的不幸,逃离米兰也来到曼多亚森林,却不幸被那伙强盗挟持。追赶过来的普洛丢斯搭救了她,却仍然缠绕着她不放,竟然要用武力强迫她服从他。在这危急时刻,凡伦丁赶来救出西尔维娅,怒斥普洛丢斯:“你这冒牌的朋友”,“卑鄙奸诈,不忠不义的家伙”。在凡伦丁义正词严的谴责面前,普洛丢斯不得不表示:“我的羞愧与罪恶使我说不出话来,饶恕我吧”。凡伦丁因为“上帝的愤怒也会因为忏悔而平息的”,就宽恕了他:“那就罢了,你既然真心悔过,我也就不再计较,仍旧把你当做一个朋友”。赶来的朱利娅此时也显露真身,凡伦丁把她与普洛丢斯的手握在一起:“从此破镜重圆,把旧时的恩怨一笔勾销”。追赶西尔维娅到森林的米兰公爵,赦免了凡伦丁,庄重起誓:“我很佩服你的大胆,你是值得一个女皇的眷宠的”,“西尔维娅是属于你的了,因为你已经可以受之而无愧”。凡伦丁也没有忘记,为跟他一起的真心悔改的,被放逐之人祈求宽恕,公爵也赦免了他们。大家“结束一切不和,摆出盛大的仪式,欢欢喜喜地回家”。

人生启示

1. 年轻人应当具有“无比的才德”对事业执着追求。凡伦丁只身到外面世界闯荡，认为“去见识见识外面的世界，那总比在家里无所事事，把青春消磨在懒散的无聊里好得多多”(第一幕第一场)，“年轻人不走走远路，对于他的前途是很有妨碍的”(第一幕第三场)，“一个人的经验是要在刻苦中得到的，也只有岁月的磨炼才能够使它成熟”(第一幕第三场)。当爱情之火点燃之后，他敢于冲破门第坚贞不二，“什么也不能阻止我去爱她”，“我有了这样一宗珍宝，就像是二十个大海的主人”(第二幕第四场)。他忠实于友谊，真心赞美朋友：“凡是上流人所应有的美德，他身上无不具备”(第二幕第四场)。当背誓的朋友忏悔后又真心宽恕他，还不忘祈求赦免在曼多亚森林结识的、真心悔改的新朋友，因而获得事业、友谊和爱情的成功。

2. **任何时候都不能背誓叛友伤害善良的人们。**普洛丢斯刚见到西尔维娅，“我的旧日的恋情，也因为有了一个新的对象而完全冷淡了”。虽然他“要尽力克制我的罪恶的恋情”(第二幕第四场)，但他的丑恶内心、罪恶哲学和行动诡计是：“无心中许下的誓愿，可以有意把它毁弃不顾，只有没有智慧的人，才会迟疑于好坏二者间的选择”，“要是我继续对他们忠实，我必须失去我自己”，“爱情永远是自私的，我自己当然比一个朋友更为宝贵”，“我要忘记朱丽娅尚在人间，记着我对她的爱情已经死去；我要把凡伦丁当做敌人，努力取得西尔维娅更甜蜜的友情。要是我不用些诡计破坏凡伦丁，我就无法贯彻自己的心愿”(第二幕第六场)。普洛丢斯按照这个背离盟誓、背叛朋友、背弃爱情的自白和诡计，告发朋友使之遭逐。而他“已经对凡伦丁不忠实，现在又必须把修里奥欺诈；我假意替他吹嘘，实际却是为自己开辟求爱的门径”(第四幕第二场)。当他一再被西尔维娅拒绝和斥责,竟然“用武器来向您求爱”,“强迫你服从我”(第五幕第四场)。这一罪行被挫败后,他表示悔过而被宽恕。

3. **追求真挚爱情要具有无尽活力勇气和智慧。**朱利娅不愿轻易把爱情用在哪个人身上,但她认定爱人后,“内心的喜悦却使我心坎里满含着笑意”(第一幕第二场)。当爱人远行后,她决意去寻找他:“一个虔诚的的巡礼者用他的软弱的脚步跋涉过万水千山,是不会觉得疲乏的;一个借着爱神之翼的女子,当她飞向像普洛丢斯那样亲爱、那样美好的爱人怀中去的时候,尤其不会觉得路途的艰远”,“用空言来压遏爱情的火焰,正像雪中取火一般无益”,“你越把它遏制,它越燃烧得厉害”,“我会像一道耐心的细流,忘怀长途跋涉的辛苦,一步步挨到爱人的门前”(第二幕第七场)。这正是朱丽娅决心去米兰,寻找爱人普洛丢斯时高尚圣洁的精神世界。

她历经艰辛到达米兰,却得知爱人变心,将她当做死人,反去追求公爵的女儿,搅酸了她的心弦,但她仍爱恋着他。于是她假扮成普洛丢斯的童仆:“有几个女人愿意干这样一件差使”?“他那样厌弃我,我为什么要可怜他?他因为爱她,所以厌弃我;我因为爱他,所以不能不可怜他”,“可是我要把这事情干得十分冷淡,天知道,我不愿他如愿以偿”(第四幕第四场)。果然她探知普洛丢斯的求爱是没有希望的。于是她赶往曼多亚森林,用普洛丢斯送给她的戒指,披露了自己的真身:“曾经听过你无数假誓,从心底里相信你不会骗她的朱利娅就在这里”,“比起男人的变换心肠来,女人的变换装束是不算一回事的”。普洛丢斯羞愧得无地自容:“比起男人的变换心肠来!不错,天啊!男人要是始终如一,他就是一个完人,因为他有了这一个错处,便使他无往而不错,犯下了各种的罪恶。变换的心肠总是不能维持好久的”(第五幕第四场)。他们两人终于破镜重圆。正如海涅所说:“朱利娅代表一种带着点粗野但充满了健康活力的青春期的爱,她充满这一时代的思索热情和坚强确信,甚至他的寒腐也不能动摇她的信念和扑灭她的热情”,“也许只有在灼热的太阳同样具有月亮的温柔时,我才能拿它同你相比,朱利娅”!(《莎士比亚笔下的女角》115页,116页)

二、《驯悍记》

剧情故事

补锅匠斯赖醉倒在地上睡去，猎归的贵族“要把这醉汉作弄一番”，把他抬到家中卧床穿上富丽的睡衣，醒来时“让他相信他自己曾经疯了；要是他说他自己是个什么人，就对他说他是在做梦，因为他是一个做大官的贵人”。果然，“他就像置身在一场美梦或空虚的幻想中一样”，“相信他自己真的是一个贵人”。贵族还让他看表演的一桩故事，他忘乎所以，“让我们享受青春，管它什么世事沧桑”，看起了《驯悍记》：

帕度亚富翁巴普提斯塔有两个女儿，大女凯瑟丽娜是有名的悍妇，其父决定：“必须先让我的大女儿有了丈夫以后，方才可以把小女儿出嫁”。大女有丰厚的嫁妆，贞静幽娴的小女比恩卡出嫁，其父则要大笔聘礼。比恩卡的两个富有的求婚者，年大的葛莱米奥和年轻的霍坦西奥，为得到向她求婚的机会这一“共同的利益”，在这件事情上携手合作。

披萨老绅士文森修的儿子路森修来到帕度亚，“想把我的时间用在研究哲学和做人的道理上，在修身养志的功夫里寻找我的乐趣”。但他很快被贤淑的比恩卡迷住了，“要是我不能娶这位年轻贤淑的姑娘做妻子,我一定会被爱情燃烧得憔悴而死的”。于是他假扮教师接近比恩卡,而要他的仆人特拉尼奥顶替他主持家务。

维洛那的绅士彼特鲁乔也到了帕度亚,他的“家父安东尼奥已经不幸去世,所以我才到这异乡客地,想要物色一位妻房,成家立业;我袋里有的是钱,家里有的是财产”。他的好友霍坦西奥介绍他,娶脾气非常之坏而嫁妆丰盛的凯瑟丽娜,他想:“既然我的求婚主要是为了钱,无论她怎样淫贱老丑,泼辣凶悍,我都一样欢迎”。他先与凯瑟丽娜父亲达成协议,其父承诺,如果能得到其大女的垂青,“我死了以后,我的田地的一半都给她,另外再给她二万个克朗”,他也保证:“要是我比她先死,我的一切田地产业都归她所有”,只要求爱成功就可以娶她。他告诉其父:“她固然脾气高傲,我也是天性刚强;两股烈火遇在一起,就把怒气在燃料上消磨净尽了”。他用暴躁的性格和软硬交加、强词夺理对付她,果真使她觉得他“年纪轻轻,识见倒很老成”,他的话语“勉强还算暖和”。于是他硬性确定这周星期日就举行婚礼,其父也不顾大女的不满准予了这门亲事:“我现在就像一个商人,因为货物急于出手,这注买卖究竟做得做不得,也在所不顾了”。但到举行婚礼时,彼特鲁乔有意晚到,装扮成穷酸相,疯疯癫癫大闹教堂,不参加婚宴就把凯瑟丽娜带回家,路上人仰马翻,又冷又饿。好不容易回到家,就“向她大讲节制的道理,嘴里不断骂人,弄得她坐立不安”,不“让她吃饱”,“总叫她睁着眼,不得休息”,“用体贴为名惩治妻子”,“克制她的狂暴倔强的脾气”,“巧妙地把她驾驭起来”。而她“越是心里委屈,他越是把我折磨得厉害”，“这一切都借着爱惜我的名义”。她要回父亲家，他故意不让她穿喜欢的衣服，在路上指太阳为月亮，月亮为太阳，弄得她只好说：“随您叫它是什么名字吧，您叫它什么，凯瑟丽娜也叫它什么就是了”。尽管她也有过反抗：“我知道一个女人倘然一点不知道反抗，她会终生被人愚弄的”，但她还是逆来顺受。

路森修扮作教师，给比恩卡讲授恋爱的艺术博取了她的爱心，又找了个学究冒充他的父亲，应允了一大笔聘礼，接着到教堂私下举行了婚礼：“爱情造成了这些奇迹。我因为爱比恩卡，所以和特拉尼奥交换地位，让他在城里顶替着我的名字，现在我已经美满地达到了我的心愿”。他们的婚姻也得到两位父亲的应允。

在路森修的家宴上，路森修和比恩卡，向两位父亲表示由衷的欢迎，他们还请来了彼特鲁乔姻兄和凯瑟琳娜大姐，以及霍坦西奥和他迎娶的那位寡妇。他们在尽情醉饱之后，讲起了笑话。寡妇说：“头眩的人以为世界在旋转”，讥讽家有悍妇的彼特鲁乔，他猜想我的丈夫也有同样不可告人的隐痛。彼特路乔却回敬道：“让我们赌一个东道，各人去叫他自己的妻子出来，谁的妻子最听话，出来得最快的，就算谁得胜”。结果，凯瑟琳娜出来得最快，而且讲出了做妻子向丈夫应尽的本分：“一个女人对待她的丈夫，应当像臣子对待君王一样忠心恭顺；倘使她倔强使性，乖张暴戾，不服从他正当的愿望，那么她岂不是一个大逆不道、忘恩负义的叛徒？应当长跪乞和的时候，她却向他挑战；应当尽心竭力服侍他、敬爱他、顺从他的时候，她却企图篡夺主权,发号施令。这一种愚蠢的行为,真是女人的耻辱”。彼特路乔以为:这“预兆着和睦、亲爱和恬静的生活,尊严的统治和合法的主权”。而路森修对凯瑟丽娜的这席话却不以为然:“对暴戾的女人说,这一番话可毫无用处”,“她会这样被他降伏,倒是一桩想不到的事”。

看戏的斯赖没有再露面,和他坐在一起的夫人也是童仆装扮的。

人生启示

1. **恶意作弄无辜的人是愚蠢的**。被人作弄是可悲的,恶意作弄人的人更可悲,无异于自掘陷阱,自我作弄,自己的地位和身份将可能被你作弄的人取代,可真成了“一场绝妙的消遣”。谁成为贵族或奴仆并没有什么定规,奴仆可以成为贵族,贵族也可以变成奴仆。这虽然是一出闹剧,但揭示了一个道理,虽然嘲弄奴仆“一定想不起他自己是个什么人”(序幕第一场),但贵族不小心也陷入可能跌为奴仆的危境:“真想不到像您这样一个有权有势、出身高贵、富有资财、受人崇敬的人物,会沾染到这样一个下贱的邪魔”!(序幕第二场)每个人的地位和身份都是可以变动的,保持高贵的身份和地位是需要努力的,而要往上发展不至于沉沦则更需要加倍努力。

不清醒的人难有作为。要做清醒的人,不要常在睡梦中,不要做梦中的不清醒的人,连自己是什么、可以做什么也不清醒的人。“我是在做梦，还是到现在才从梦中醒来”的处于梦幻中的人一无所有。为了实现去梦想，要实现梦想唯有超常的努力，不经奋斗把梦境当做现实的，“就是醒着的时候，也跟睡着一样”(序幕第二场)的人是可怜的。

2. **没有学问才智不可能成为完整的人。**“像一个人从清浅的池沼里踊身到汪洋大海中，希望满足他的焦渴一样”，“勤求上进，敦品励学”，研习学问，修身养志，是非常必要，值得钦佩的。但是学问必须结合实际，“必须合乎自己的兴趣，方才可以得益”，要“尽管拣您最喜欢的东西研究”，“音乐是使宇宙和谐的守护神”(第三幕第一场)，“音乐和诗歌可以开启您的心灵”，“研究研究数学和形而上学也未始不可”，“自己喜欢学什么便学什么”(第三幕第一场)。而且不能做道学空谈家，不能不通世事、不行实践、不解问题、不近人情，“我们一方面向慕着仁义道德，一方面却也不要板起一副不近人情的道学面孔，不要因为一味服膺亚里士多德的箴言，而把奥维德的爱经深恶痛绝”(第一幕第一场)。

3. **把女性作为商品出售的婚姻是对人和人性的摧残。**巴普提斯塔把大女儿凯瑟丽娜，作为他“急于出手”的“货物”，令他“摇头的滞货”(第二幕第一场)卖给了彼特鲁乔。而彼特鲁乔“只要有钱，就是把一个木人泥偶给他做妻子他也要”，他得到丰盛的嫁妆“就心满意足了”(第一幕第二场)。凯瑟丽娜却极为懊恼：“你们不管我愿意不愿意，硬要我嫁给一个疯头疯脑的家伙”(第三幕第三场)，但她也没有办法。大女儿出手后，又来卖小女儿：“我们必须根据实际的条件判定谁是锦标的得主。你们两人中谁能够答应给我的女儿更重的聘礼，谁就可以得到我的比恩卡的爱”（第二幕第一场）。

在父命夫权专制压迫下，丧失了人的尊严和价值尤其使人哀怜。凯瑟丽娜在父命夫权的桎梏下，为自己的尊严和权利曾经苦苦挣扎，对于她不愿嫁的如果嫁了的人，“她会用三只脚的凳子打破你的鼻头，把你涂成花脸叫人笑话”，她要求有自己的自由：“难道我就得听人家安排时间，仿佛自己连要什么不要什么都不知道吗？”（第一幕第一场）对于其父要她嫁给彼特鲁乔，她愤懑地说：“你还叫我女儿吗？你真是一个好父亲，要我嫁给一个疯疯癫癫的汉子，一个轻薄的恶少，一个胡说八道的家伙。”（第二幕第一场）她斥责新婚的丈夫：“你刚一结婚就摆出这种威风来，将来我岂不要整天看你的脸色吗？”（第三幕第二场）“我相信我也有说话的权利”，“比你尊长的人，也不能禁止我自由发言”（第四幕第三场）。

但彼特鲁乔把她作为自己的东西做主：“她是我的家私，我的财产；她是我的房屋，我的家具，我的田地，我的谷仓，我的马，我的牛，我的驴子，我的一切”（第三幕第二场），他软硬兼施百般折磨摧残她，终于取得了“尊严的统治和合法的主权”（第五幕第二场），使她“知过则改”，说出丧失人的尊严和价值的自白：“你的丈夫就是你的主人，你的生命，你的所有者，你的头脑，你的君王”，“只要我的丈夫吩咐我，我就可以向他下跪，让他因此而心中快慰”。当然她也指出在专制框架内，为什么高傲的女人俯首认输：“现在我知道我们的枪茅只是些稻草，我们的力量是软弱的，我们的软弱是无比的，我们所有的只是一个空虚的外表"(第五幕第二场)。尽管如此,彼特鲁乔并不轻松,时刻担心他的夫权被悍妇颠覆。

三、《错误的喜剧》(又译《难得糊涂》)

剧情故事

叙拉古商人伊勤，来到以弗所经商，并搜寻外出寻找母弟未归的大儿安提福勒斯及童仆德洛米奥，但被判处死刑。因为这两个城邦，已经各自制定庄严的法律："叙拉古人涉足到以弗所的港口，这个人就要被处死"，"除非他能交纳一千个马克，才能赎命"。

而在二十五年前，伊勤的妻子在他们做买卖的埃必丹农生下"一模一样，全然分别不出来"的两个男孩。同一客店一个"穷人家妇女也产下了两个面貌相同的双生子"，这穷妇的双生子被伊勤买下，将来侍候他的两个儿子。哪知他们在返乡船上遇到暴风触礁，妻子和两个小儿被科林多渔民救起，伊勤和两大儿被另一船搭救，从此渺无音讯。七年前十八岁的大儿携童仆，外出探寻母弟一直未回，两年后伊勤开始"走遍希腊，直达亚洲的边界，到处搜寻他们"达五年之久。可是今天到以弗所，他"的一生将在这里告一段落，要是我这迢迢万里的奔波能够向我保证他们尚在人间，我也就死而无怨了"。大家无不深切同情他"遭受人间最大的惨痛"，以弗所公爵应允他："在今天设法找寻可以援救你的人，替你赎回生命”，否则“只好把你处死”。

大儿此时也来到以弗所，听“说这地方有很多骗子”，他们“认识我，我却不认识我自己”，“好像我是他们的老朋友一样”，“我看这里的人都有魔术，他们有意用这种古怪的手段戏弄我”。果然一个妇女阿德里安娜自称是他的妻子，并且叫出他的名字，强拉他回家吃饭。他“且将错就错，顺从着她的心意，把这现成的丈夫名义权时顶替”。回家后妻子热心款待这位丈夫，紧闭家门任谁敲打也不开，妻妹露西安娜还劝他：“安慰安慰我的姐姐”，他却向妻妹求爱。阿德里安娜的丈夫也叫安提福勒斯，他回到家门，任怎样拍叫都叫不开门，他就要用铁锄砸进去。商人朋友鲍尔萨泽劝他：“快不要这样子，给人家知道了，不但于您的名誉有碍，而且会疑心到尊夫人的品行”。于是他们到他妓女相好家吃饭，还要把新打的送妻子的金项链送给相好，“算是对我老婆的报复”。

充当丈夫的大儿吃完饭出来，金匠安哲鲁错认他是阿德里安娜的丈夫，把新打的金项链给了他。而安哲鲁欠一商人的钱，正要用金项链的工钱还债，转眼碰到阿德里安娜的丈夫，就跟他要工钱，可是他说他并没有得到项链，这关系到安哲鲁的信用。于是安哲鲁和一商人向官差告发逮捕了他，他急忙要仆人回家拿钱取保，这个仆人却是大儿的仆人，与他的仆人长得一样，也叫德洛米奥，他的仆人当然没拿到保钱，他就发疯似地打他的仆人，正好被赶到援救丈夫的阿德里安娜碰到，她也以为丈夫真疯，就叫牧师术士品契为他驱邪逐鬼，“帮助他恢复本性”，还叫人把他“缚住手脚抬到家里”，“丢在一个黑暗潮湿的地窖里”。而安哲鲁又向再次错认为阿德里安娜丈夫的大儿索要工钱,逼得他拔剑决斗,以“证明我自己是个重名誉讲信义的人”。阿德里安娜制止了错认丈夫的决斗，还是叫人要把他捆送到她家。大儿不得不逃进了庵院。阿德里安娜执意要庵院的住持放回她可怜的发了疯的丈夫,“要把他牢牢地捆起来,送他回家医治”。住持诱使阿德里安娜招认自己的错处:“你的丈夫是因为你的多疑善妒,才丧失了理智的”,“决不能把他交在你们手里”。

阿德里安娜只好向为赴刑场处决伊勤路过此地的公爵控诉。这时阿德里安娜的丈夫,挣脱束缚也赶来请公爵殿下主持公道。即将赴刑的伊勤终于看见了自己的儿子,他向公爵诉说:“我看见这儿有一个可以救我的人,他一定愿意拿出钱来赎我”,但是他看见的小儿子、阿德里安娜的丈夫安提福勒斯,并不记得见过这位父亲,伊勤错认他为他的大儿子。但尼庵的住持是清醒的人,原来她是伊勤失散的妻子爱米利娅,她指认这两个安提福勒斯是他们的双生子,两个德洛米奥是穷妇的双生子。公爵得知两对双生子的故事后高兴地说:“这两个面貌相同的安提福勒斯,这两个难分彼此的德洛米奥”,“他们两人就是这两个孩子的父母,在无意中彼此聚首了”,他因此决定赦免伊勤的死罪。现在真相大白,由于他们“彼此认错了人,所以闹了这许多错误”。住持尼盛情邀请公爵和各位参加一场洗儿的欢宴:“仿佛是在经历难产的痛苦，直到现在才诞生出你们这沉重的一胞双胎”,“吃了这么多年的苦,现在是苦尽甘来了”!

人生启示

1. **争取人生权利和家庭幸福的奋斗不可阻挡。**伊勤和爱米利娅一家本来安享着人世的幸福，但由于在返乡海船上突遭风暴和触礁，又遭人祸，一家人各分东西不知踪影达二十几年。不过他们都没有沉沦，各自都在奋发力争人生的权利，生活的幸福，家庭的团圆。

爱米利娅和两个小儿虽被救起，但两个小儿被恶人抢去不知下落，她孤身一人不得不出家为尼，既安身立命又期待团圆，果然等到时机。她保护两个大儿，勇敢指认丈夫伊勤和两个小儿，促成全家团圆，诚邀“殿下，我的夫君，我的孩儿们，还有你们这两个跟我的孩子一起长大，同甘共苦的童儿，大家一起参加一场洗儿的欢宴，陪着我一起高兴吧”(第五幕第一场)。伊勤“因为思念存亡未卜的妻儿，就让我这唯一的爱子远离膝下”，寻找“母弟的下落”，“到如今也不知道他究竟在哪处存身”，自己也走南闯北搜寻妻儿，以至来到以弗所，误入虎穴，险遭劫难，只是向人诉说“怎样被幸福遗弃的经过”(第一幕第一场)，才得到一线生机，最后获得团圆赦免。这表明催人泪下的亲情无可阻遏，落难之人终有化险为夷的团聚良机，只要坚持不懈奋力争斗，追求人生权利、生活幸福的美好愿望，终将战胜邪恶势力。

人是地球的主人，但人的正当权利和幸福生活，要依靠自己努力奋斗来争取创造。剧中精辟指出：“人类是控制陆地和海洋的主人,天赋的智慧胜过一切走兽飞禽。”(第二幕第一场)这一真理充分揭示了人的价值和力量,肯定了人的独立和自由,颂扬了人的理性和智慧,赞美了人的本性和现实生活。但是人只有努力奋斗创造,才能赢得自由幸福的生活和人正当的权利利益。大安提福勒斯一边远行寻找母弟,一边熟悉社会世事,学会经商营生,确立诚信为本,既能正当赚钱,又善追求幸福。他被错认阿德里安娜丈夫后,莫名其妙中权充顶丈夫名义接受款待却不越轨,又不失时机向妻妹露西安娜求爱:“你是我的纯洁美好的身外之身,眼睛里的瞳仁,灵魂深处的灵魂,你是我幸福的源头,饥渴的食粮,你是我尘世的天堂,升天的慈航。”(第三幕第二场)他在街市上被人错认送钱给物,正常的概收不拒,但无理向他索要钱财拒不支付,并敢于抽剑决斗以生命维护自己的名誉信义。小安提福勒斯被恶人抢去历经波折,后由公爵“殿下的伯父米那丰老殿下,那位威名远震的战士把我带到了这儿”。当年他跟随公爵“南征北战,冒死救驾”(第五幕第一场)建立功勋,以至公爵把阿德里安娜许配给他,他成为城市里受人尊敬有地位身份的贤人。

2. **法制和信用社会中愚蠢残暴的法律必须废除。**“以弗所是个有法律的城市”,而且是讲信用的城市,如果欠债不还,就会被官差抓捕关押,“给抓到比地狱还深的监狱里去”,“一定会叫你从此没脸见人”(第四幕第一场)。可是以弗所与叙拉古两个城邦发生嫌隙以来,“已经各自制定庄严的法律,禁止两邦人民之间的一切来往,法律还规定,只要是以弗所的人在叙拉古的市场上出现,或者叙拉古人涉足以弗所的港口,这个人就要被处死，他的钱财货物就要被全部没收，悉听该地公爵的处分，除非他能够交纳一千个马克，才能赎命”，而且城邦“的法律不可破坏”，公爵“的地位和誓言不可踰越”(第一幕第一场)。这个法律阻挡了无辜市民自由交往，阻碍了商品经济的正常发展，是破坏经济、违背人性的愚蠢而残暴的法律，自然应予废除。赦免伊勤实际上也宣告了这条法律的无理和应予废除。

3. **抓不住公平的时间成就事业它就会偷偷溜走**。“不管做什么都应该有一定的时间”，“时间老人自己是个秃顶，所以直到世界末日也会有大群秃顶的徒子徒孙”，“因为他把毛发大量施舍给畜生了，可是他虽然给人毛发不多，却叫人脑筋更聪明，这也足以抵偿了”。这告诉我们，时间可以给我们聪明，也可以使有人变傻，聪明与傻不在于头发多少也就是不在于时间多少，而在于能不能抓住时间，如何运用时间，用时间去做什么。“一个生来秃顶的人要想收回他的头发”，是做无用的事情，当然是浪费时间，“就没有时间”能够做成，而且越做越傻。“毛发虽多，脑筋却很少”的人去做“染上花柳病”的荒唐事，当然越变越傻，毛发也会丢光，时间全都无谓消失。“可是不要头发的人也有他的一套”(第二幕第二场)，不做收回头发的蠢事，另辟蹊径作有用、有为的事可能成就大聪明。“时间本来是个破产户，你找他要什么，他就没什么。再说时间也是个小偷”，“不分白天黑夜，时间总是偷偷地溜过去”。时间给予我们太多的机会，但我们做成的事，所创造的价值，远远抵不上这些机会中所可能做成的更大的事业、创造的更大的价值。与其说“时间是一个破产户兼小偷”(第四幕第二场)，不如说我们自己是个破产户，兼抓不住时间偷偷溜走的小偷。

四、《爱的徒劳》

剧情故事

那瓦国王腓迪南为了博取声名，向“自己的感情和一切俗世的欲望奋勇作战”，决定把他颁布的敕令写成誓约，规定他和侍臣共同苦读三年：“潜心探讨有益人生的学术”，在这期间，不许见一个女人，每周一天不许接触食物，平日只有一餐，每晚只许睡三小时，破戒将勾销他的荣誉。两个侍臣朗格维、杜曼签了字，另一个侍臣俾隆反对这几条严厉的戒律，但他要知道“怎样可以一边叛誓，一边把我的信誉保全”，也签了约，不过他预计：“事实上的必要将使我们在这三年之内毁誉三千次”。

就在此时，宫廷豢养的、常用奇腔异调逗他们发笑的、一个荒唐古怪的西班牙人亚马多，告发乡人考斯塔德与村女杰奎妮妲并坐谈情，触犯了国王的诏令。国王判处考斯塔德禁食一星期，每天吃些糠、喝些水。其实亚马多爱恋杰奎妮妲并使她怀了孕，还要考斯塔德传送情书给她。后来亚马多“向杰奎妮妲发誓，为了她的爱，我要帮助她耕种三年”。

法国公主和三个侍女罗瑟琳、玛利娅、凯瑟琳也很快来到那瓦王国，要面见国王索还阿奎丹的权利。国王为了守约，把她们安置在那瓦王宫廷外的帐幕里。公主一见国王,一面要求归还阿奎丹,一面嘲讽国王"谨守那样一个无聊的誓,真是一桩极大的罪恶","您有一天会毁誉的"。而国王一面否认收到法王一笔偿款,一面"透露出不可遏抑的热情",染上了"我们情人们所说的相思病"。三侍臣与三侍女也"对答如流,不相上下",要把姑娘"放在我的心坎里温存"。

第二天,公主和和国王分别在御苑打猎。俾隆首先把给罗瑟琳的情书,要考斯塔德转送。考斯塔德却把亚马多给杰奎妮妲的信错交给了公主,俾隆的信错给了杰奎妮妲。杰奎妮坦就请牧师纳森聂尔读信,揭穿了俾隆背誓情书的秘密:"你是天人,啊!赦免爱情的无知,以尘俗之舌讴歌绝世的仙姿"。国王自读给公主的情诗:"啊,倾国倾城的仙女,你的颜容使得我搜索枯肠也感觉词穷",却被俾隆偷听。朗格维、杜曼背誓分别给玛利娅、凯瑟琳的情诗、情歌也被国王和俾隆听到。既然真相都已揭开,"我们不是大家都在恋爱","大家都毁了誓",就要"证明我们的恋爱是合法的,我们的信心并没有遭到损害"。俾隆以"娓娓动听的辩解减除我们叛誓的内疚":"想一想你们最初发下的誓:绝食、读书、不近女色,全然是对于绚烂的青春的重大的谋叛!""让我们放弃我们的誓约,找到我们自己,否则我们就要为了谨守誓约而丧失自己。这样的毁誉是为神明所允许的,因为慈悲的本身可以代替法律,谁能把慈悲和爱情分而为二?"于是国王号令大家:"兵士们,上阵呀","举起你们的大旗,向她们努力进攻吧","而且我们一定要达到目的"。又是俾隆提醒:"种下莠草哪能收起佳禾?那昭昭的天道从不会有私心；轻狂的娘儿嫁给背信的丈夫，是顽铜怎么换得到美玉精金”？

公主和侍女收到国王和侍臣源源不断送来的礼物情诗，却讥讽“他们都是蠢透了的傻瓜，才会出这样大的代价来买我们的讥笑”。又得知他们都要过来拜访，但“他们都要扮成俄罗斯人的样子，他们的目的是谈情说爱和跳舞，凭着他们赠送的礼物，认明各人恋爱的对象，倾吐自己倾慕的衷诚”，于是她们把各人收到的礼物交换佩带，每个人都套上脸罩不让他们瞧见她们的脸，要他们“认错求爱的对象”，也不陪他们跳舞，不“理会他们预先写就的说辞”，“把这些情人们作弄一下”，“向他们开开玩笑”，“要使他们不能达到目的”。果然他们“遭到了这样的冷淡”，“伤心得忘记了他的词句”，“最有意味的戏谑是以谑攻谑，让那存心侮弄的自取其辱”，“碰了一鼻子的灰，乘兴而来，败兴而归”。当然，“他们决不能忍受这样刻毒的侮辱”，很快又用他们的本来面目向她们求爱，她们还是把他们取笑得体无完肤。公主责备国王：“美的事物不会使人破坏誓言”，“我不愿因为我的缘故，使你毁弃了立誓信守的神圣的盟约”，“不要随便发誓，一次背誓以后，什么誓都靠不住了”。俾隆在罗瑟琳的舌剑唇枪下脸色发白：“天上的星星因为我们发了伪誓，所以把这样的灾祸降在我们头上。那一张铁铸的厚脸能够恬不为意呢”？“用你尖刻的思想把我寸寸解剖吧”。当他得知他们戴着假面具求爱的对象已是张冠李戴，更加羞愧：“我们本来已经负上一重欺神背誓的罪名，现在又加上第二次的背誓；第一次是有意，第二次是无心”，“使我们言而无信”。

此刻法国使者带来法王去世的噩耗,公主和侍女当晚就要回国,国王仍然恳求:"现在在这最后一分钟的时间,把你们的爱给了我们吧"。公主回应:"您毁过太多的誓","我不愿相信您发的誓;您必须赶快找一处荒凉僻野的隐居的所在","要是这种严肃而孤寂的生活,改变不了您在一时冲动之中所作的提议","那么在一年终了的时候","我一定愿意成为您的"。罗瑟琳要求俾隆:"你也必须洗涤你的罪恶;你的身上沾染着种种恶德,而且还负着叛誓的重罪","你必须在这一年之内,昼夜不休地服侍那些呻吟床榻的病人",把讥讽嘲笑挖苦的"可厌的习气从你的脑海之中根本除去"。凯瑟琳告诉杜曼:"我用三重的爱希望你有这三种东西":"一把胡须,一个健康的身体,一颗正直的良心"。玛丽娅则等待朗格维:"一年过去以后,我愿意为了一个忠心的朋友脱下我的黑衣"。他们都郑重地允诺。正是"人生的种种鹄的,往往在最后关头达到了完成的境界,长期的艰辛所不能取得结果的,却会在紧急的一刻中得到决定",虽然"有情人未成眷属,好好的喜剧缺少一幕团圆的场面",但亚马多请乡人村女唱起了塾师霍罗福尼斯、牧师纳森聂尔创作的《春之歌》、《冬之歌》,作为庄严的离别仪式上欢快的颂歌,期待着一年后的重聚,不使他们的爱变成徒劳的爱。

人生启示

1. **一旦叛誓毫无信誉可言,一次毁约终生失去信用。**违背人性，脱离实际，荒唐愚昧伪善的禁令和誓约，肯定会一一背盟沦为笑柄。背盟者必将陷入毁誉失信的罪恶深渊。背离实际违反法理的虚伪盟约决不能签誓，不可能既背誓毁盟又保全虚名。为了私利伪名信誓旦旦之人，最可能最快最彻底毁誓，并走向罪恶的反面。国王的禁令和戒约，“为的是追寻真理的光明，真理却虚伪地使你的眼睛失明，这就叫做：本想找光明，反而失去了光明”，“因为每个人都是生来就有他自己的癖好，对这些癖好只能宽大为怀，不能用强力来压制”。对于这个明明知道是“叫人怎么办得到”的“禁止良好风尚的野蛮法律”，并且签誓前就准备以“事实上的必要”作盾牌“毁誉三千次”(第一幕第一场)，仍然要签名盟誓，既是屈从于专制的愚昧，也是视守信为儿戏，更是两面三刀的伪君子。虚伪结盟誓愿被人传为笑话，背誓更遭人戏谑，这样的人怎能得到信任与尊敬。背盟人的爱更使人难以接受，严厉的誓愿都可以背弃，背誓再许下的誓言还有什么价值，这样的爱难以征服别人，更被人耻笑戏弄，到头来很可能是徒劳的爱。当然对于他们冲破束缚人性的桎梏，背弃荒诞无稽的盟约，追求自由和爱情的勇气，值得同情和支持，但是他们付出的叛盟的代价过于昂贵，他们背信的品性令人鄙夷和厌恶。

2. **重誓守信高贵典雅才具有十足的人格魅力。**法国公主一见到那瓦国王，就一针见血地指斥他：“因为知道这样的誓，反而是一种愚昧”，“谨守那样一个无聊的誓，真是一桩极大的罪恶，虽然毁弃它同样是一种罪恶”，“意志，也只有意志，能使您毁誓”。公主在国事谈判中也利用国王的盟誓，“因为要是您让我羁留在贵国，就等于把您的誓言毁弃了”，“我不能不为陛下的名誉惋惜”。当国王向她求爱时，她兴奋地说：“瞧这就是那多情的国王给我的”，“他用塞满了爱情的诗句密密地写在一张纸的两面”。她调侃国王迎接她到宫廷：“这一块广场可以容留我，它也必须替您保全您的誓言，上帝和我都不喜欢背誓的人”。她忠告国王：“坦白的供认是最好的辩解”。她在最后一刻仍要求国王：“远离一切人世的享乐”隐居一年，“要是摧残不了您的爱情的绚艳的花朵”，“那么在一年终了的时候，您就可以凭着已经履行这一条件，来向我提出要求，我现在和您握手为盟，那时候我一定愿意成为您的”(第五幕第二场)。法国公主真诚坚贞，高贵典雅，才略过人，美丽庄重，为国事而来，给那瓦王国带来了自由独立欢乐爱情的人性光辉，重誓守信才貌兼备的人格魅力，颠覆了王国的陈腐誓约和伪善陋习，以信誉维护国家利益，以智慧考验爱情诚意，体现了拥有自由智慧、青春美丽的新女性的高尚尊贵。

3. **对有才干有缺陷的人，要尊崇才华、帮助悔改。**俾隆具有自由思想的独立人格，和强烈的现实生活欲望，尖刻剖析世态炎凉的才气，但又极为伪善，抛弃信誓，刻薄嘲谑。他反对陈规陋习，提出“读书的目的究竟是什么”？真切地解剖：“孜孜吃吃的腐儒白首穷年，还不是从书本里掇拾些片爪寸鳞”？“过分的博学无非浪博虚声；每一个教父都会替孩子命名”。他讽刺：“万物都各自有它生长的季节，太早太迟同样是过犹不及。你们到现在才去埋头功课，等于爬过了墙头去拔开门上的键锁”。尽管如此，他一边准备叛誓又保全声名，一边签誓：“我一定遵守我的誓言，安心忍受这三年的苦行”(第一幕第一场)。

他第一个叛誓却掩藏到最后不得不“承认有罪”。背誓真相揭穿后他又犀利指出：“我们都是有血有肉的凡人；大海潮升潮落，青天终古长新，陈腐的戒条不能约束少年的热情。我们不能反抗生命的意志，我们必须推翻不合理的盟誓”，唱出了自由和美、反对禁欲的颂歌：“美貌是一服换骨的仙丹，它会使扶杖的衰龄返老还童。啊！她就是太阳，万物都被她照耀得灿烂生光”，“从女人的眼睛里我得到这一个教训：它们永远闪耀着智慧的神火；它们是艺术的经典，是知识的宝库，装饰、涵容、滋养着整个世界；没有它们，一切都会失去它们的美妙”，“你们谨守你们的誓约，就可以证明你们的痴愚”(第四幕第三场)。

罗瑟琳早就听说俾隆，“从来不曾有一个比他更会谈笑的人，能够雅谑而不流于鄙俗”。俾隆一见到曾和他跳过舞的罗瑟琳：就“要把您放在我的心坎里温存”，罗瑟琳回驳他：“那么请您把我放进去吧，我倒要看看您的心是怎样的”(第二幕第一场)。他把罗瑟琳的魅力比作：“魔鬼往往化装光明的天使引诱世人”(第四幕第三场)。她们又揭破他的假面：“您不是套着一具比您自己好看一些的脸壳，遮掩了一幅比它更难看的尊容吗”？“聪明人变成了痴愚，像一条最容易上钩的游鱼，因为他凭恃才高学广，看不见自己的狂妄”，“愚人的蠢事算不得稀奇，聪明人的蠢事才叫人笑痛肚皮，因为他用全副的本领证明自己的愚笨”，“我尽管冷嘲热骂，他却是受宠若惊；他做了我手中玩物。我变成她司命灾星”(第五幕第二场)。

但她坦诚告诫他：“世间的长舌说你是一个玩世不恭的人

物，满嘴都是借题影射的讥讽和尖酸刻薄的嘲笑；无论贵贱贫富，只要触动了你的灵机，你都要把他们挖苦得不留余地。要是你希望得到我的爱：第一就得把这种可厌的习气从你的脑海之中根本除去”(第五幕第二场)。俾隆也表示：“我们要对你们永远忠实；凭着这一段耿耿的至诚，洗净我们叛誓的罪愆”(第五幕第二场)。罗瑟琳的尖利泼辣智慧才干，如同公主侍臣鲍益所说：“姑娘们一张尖刻的利嘴，就像无形的剃刀般锋锐，任是最纤细的秋毫微末，碰着它免不了迎刃而折，她们的思想驾起了羽翼，最快的风比不上它迅疾”(第五幕第二场)。

五、《仲夏夜之梦》

剧情故事

雅典公爵忒修斯远征阿玛宗，征服了希波吕忒女王，“我用我的剑向你求婚，用威力的侵凌赢得了你的芳心”，他们的婚典还有四天就要举行。伊吉斯却“怀着满心的气恼，来控诉我的孩子、我的女儿赫米娅”，她不愿嫁给我答应嫁给的绅士狄米特律斯；另一绅士拉山德又“用诡计盗取了她的心，煽惑她使她对我的顺从变成倔强的顽抗”。公爵向赫米娅指出，雅典的法律是：“你的父亲对于你应当是一尊神明”，“你就像在他手中捏成的一块蜡像，他可以保全你，也可以毁灭你”，如果拒绝嫁给狄米特律斯，“不是受死刑，便是永远和男人隔绝”。要她在四天后必须作出决定。赫米娅坚持：“就让我自开自谢吧，殿下，我不愿意把我的贞操奉献给我心里并不敬服的人”。她的爱人拉山德知道，“真正的爱情，所走的道路永远是崎岖多阻”，由于他的一个寡居的伯母家，离雅典二十里路，他提议：“我可以在那边和你结婚，雅典法律的利爪不能追及我们”。于是两人约定，明晚在雅典郊外三里路地方的森林里会面而出逃。他们还把这个决定告诉了赫米娅的女友海丽娜，而海丽娜一直在热恋狄米特律斯,“狄米特律斯在没有看见赫米娅之前,也曾像下雹一样发誓,说他是完全属于我的”,但“无数的誓言都化为乌有。我要去告诉他美丽的赫米娅的出奔:他知道了以后,明夜一定会到林中去追寻她”,“我的目的是要补报我的苦痛,使我能再一次聆接他的音容”。

雅典附近的森林,到了夜间就成了神仙的世界。仙后提泰妮娅在印度神坛的一个信徒生下一个男婴后死去,仙后抚养了这个孩子。仙王奥布朗却要这孩儿作他的侍童,仙后为了孩子的母亲不愿舍弃,仙王就要又名好人儿罗宾的精灵迫克,去采来小丘匹德火箭射中的“爱懒花”:“它的汁液如果滴在睡着人的眼皮上,无论男女,醒来一眼看见什么生物,就会发疯似地对它恋爱”。而只有“这一朵女贞花采自月姐园庭,它会使爱情的小卉失去功能”,“恢复你原来的本性,解去你眼前的幻景”。仙王把这花汁悄然滴在熟睡的仙后眼皮上,仙后醒来第一眼看到的竟然是被迫克罩上死驴头壳的,正在林中排戏的雅典织工波顿,于是疯狂爱上了这头“驴子”。仙王乘机索讨那个男儿,仙后立刻给了他。他解去“她眼中这可憎的迷惑”,仙王仙后又重归于好。

仙王又要迫克把其余的花汁“带了去在林中访寻,一个娇好的少女见弃于情人,倘见那薄幸的青年在她近前,就把它轻轻地点上他的眼皮,他的身上穿着雅典人的装束,你须仔细辨认清楚,不许弄错”。

拉山德和赫米娅在林中“东奔西走,疲乏得快要昏倒了”,拉山德又在暗夜中迷了路,他们就在花坛近旁相隔而睡,等待天明再赶路。精灵迫克过来正好看到拉山德，“他身上穿着雅典的衣裳，我那主人所说的正是他，狠心地欺负那美丽的娇娃，她正在这一旁熟睡”，于是就挤花汁滴在拉山德眼上，“倾注着魔术的力量神奇，等你醒来的时候，让爱情从此扰乱你睡眠的安宁”。

狄米特律斯追踪赫米娅也来到森林，海丽娜紧紧跟随他，他“要把拉山德杀死，但我的命却悬在赫米娅手中”，他要海丽娜滚开，不许再跟着他，海丽娜却穷跟不舍：“是你吸引我跟着你的，你这狠心肠的磁石！可是你所吸的却不是铁，因为我的心像钢一样坚贞”，他把她丢在了黑暗之中。

在夜暗之中的海丽娜，却看到拉山德躺在地上，不见有血也没有伤处，就把他唤醒。醒来的拉山德，疯狂爱上了第一眼看到的海丽娜：“我愿为着你赴汤蹈火，玲珑剔透的海丽娜”！莫名其妙的海丽娜拒绝了他，更感到“我怎忍受得下这种尖刻的嘲笑呢”？“你侮辱了我，真的，用这种卑鄙的样子向我献假殷勤”。

赫米娅从噩梦中醒来寻不见拉山德，却撞到仍向她求爱的狄米特律斯，斥责他：“要是你已经乘着拉山德睡着的时候把他杀了，那么把我也杀了吧；已经两脚踏在血泊中，索性让杀人的血淹没你的膝盖吧”。

隐蔽在林间的仙王目睹这一切，责备迫克：“你已经大大地弄错了，把爱汁去滴在一个真心的恋人的眼上。为了这次错误，本来忠实的将要改变心肠，而不忠实的仍旧和以前一样”。仙王要迫克把海丽娜找回，再在卧下睡去的狄米特律斯眼上施上魔法。果然醒来的狄米特律斯,又发狂似地向他第一眼看到的海丽娜求爱:“啊,海伦!完美的女神!圣洁的仙子”!

仍在魔力下的拉山德向狄米特律斯表白:“现在我用全心和好意把我在赫米娅的爱情中的地位让给你,但你也得把海丽娜的爱情让给我”。狄米特律斯回答他:“保留着你的赫米亚吧”,现在我的爱“已经回到它的永远的家,海丽娜的身边”,“不要侮蔑你所不知道的真理,否则你将以生命的危险重重补偿你的过去”。

赫米娅决不相信拉山德的表白是真的,“你说的不是真话,那不会是真的”。她向天悲鸣:“天啊!你这骗子!你这花中的蛀虫!你这爱情的贼!哼!你乘着黑夜,悄悄地把我的爱人的心偷了去吗”?海丽娜却认为:“她也是他们的一党。现在我明白了他们三个人一起联合了用这种恶戏欺凌我”。为了海丽娜,拉山德和狄米特律斯要拔剑决斗,仙王叫迫克快去把他们两人引开,直到他们奔波得精疲力竭而睡去。海丽娜、赫米娅也疲乏得睡去。仙王就叫迫克:“你把这草挤出汁来涂在拉山德的眼睛上,它能够解去一切的错误,使他的眼睛恢复从前的眼光。等他们醒来之后,这一切的戏谑,就会像是一场梦境或是空虚的幻象,这一班人们将回到雅典去,而且将订下白头到老,永无尽期的盟约”。

清晨到来的时候,公爵和女王也来到林中,“领略着猎犬们的吠叫和山谷中的回声应和在一起的妙乐”。伊吉斯却发现她的女儿和那三个男女一起躺在这儿。公爵叫“猎奴们吹起号角来惊醒他们”。醒来的拉山德坦白:“我是和赫米娅一同来到这儿的，我们想要逃出雅典，避过了雅典法律的峻严”。而狄米特律斯说：“我对于赫米娅的爱情会像霜雪一样溶解”，“我一切的忠信、一切的心思、一切乐意的眼光，都是属于海丽娜一个人了”。公爵高兴地说：“伊吉斯，你的意志只好屈服一下了，这两对少年不久便将跟我们一起在神庙中缔结永久的鸳盟”。在雅典忒修斯宫中，公爵祝愿他们：“心灵里永远享受着没有阴翳的爱情日子”。纯朴忠诚的雅典工匠们献上“关于年轻的皮拉摩斯及其爱人提斯柏的冗长的短戏，非常悲哀的趣剧”以助兴，一直演到午夜敲过十二点，又跳起贝格摩舞，神仙们也演出了终场歌舞，迫克最后陈述：“这种种幻景的显现，不过是梦中的妄念，这一段无聊的情节，真同诞梦一样无力”。

人生启示

1. **追求坚贞爱情自主婚姻仍然是永远的课题。**赫米娅始终执着追求爱情的真诚和婚姻的自由。当她父亲残忍地要求：“她要是不嫁给这位绅士，便应当立时处死”时，她“不知道是什么力量使我如此大胆，也不知道在这里披诉我的心思将会怎样影响到我的美名”，仍坚定表示不愿意嫁给她不爱的“缺德的负心汉”，她向天悲叹：“不幸啊，尊贵的要向微贱者屈节臣服”！“可憎啊，年老的要和年轻人发生关系”！“倒霉啊，选择爱人要依赖他人的眼光”！她袒露心声：“既然真心的恋人们永远要受磨折似乎已是一条命运的定律，那么让我们练习着忍耐吧；因为这种磨折，正如忆念、幻梦、叹息、希望和哭泣一样，都是可怜的爱情缺不了的随从者”。拉山德更深知：“即使彼此两情悦服，但战争、死亡或疾病却侵害着它，使它像一个声音、一片影子、一段梦、黑夜中的闪电那样短促，在一刹那间展现了天堂和地狱”，“光明的事物，总是那样很快地变成了混沌”(第一幕第一场)。

他们毅然决定出奔，赫米娅“凭着一切男子所毁弃的约誓——那数目是远超过于女子所曾说过的，我向你发誓，明天一定到你指定的那地方和你相会”(第一幕第一场)。她劝拉山德：“为着爱情和礼貌，请睡得远一些；在人间的礼法上，保持这样的距离对于束身自好的未婚男女，是最为合适的”(第二幕第二场)。拉山德在魔力作弄下疯狂爱上海丽娜而厌弃她，她始终不相信这是真的，始终不接受狄米特律斯的求爱，始终不背弃对拉山德的爱：“还有什么事情比之你厌恨我更残忍呢”？(第三幕第二场)直至拉山德魔法解除，他们如愿以偿。

海丽娜虽被狄米特律斯背弃过，但她痴心不改，始终追求不悔：“你在我的眼里是整个世界”，“我愿死在我所爱的人的手中，好让地狱化为天宫”(第二幕第一场)。她也曾把拉山德和赫米娅私奔的消息告诉狄米特律斯，背弃了朋友，但她坚守自尊，视魔力下的拉山德、狄米特律斯的追求，和赫米娅的同情是对她的轻侮欺凌：“要是人们所说的真话都是互相矛盾的，那么神圣的真话将成了一篇鬼话”；“把你对她和对我的誓言放在两个秤盘里，一定称不出轻重来，因为都是像空话那样虚浮”(第三幕第二场)。

2. **运用超现实的幻觉解决现实问题是不现实的。**要用现实的力量解决现实问题。当然不依靠幻觉，借用外力角色，互相换位思考，也不失为解决现实问题的一种现实方法。仙王奥布朗使用恋爱花汁的魔力，想解决他与仙后提泰妮娅的矛盾，并想帮助解决凡人爱情中的矛盾："让它那灵液的力量，渗进他眸子的中央，当他看见她的时光，让他向她婉转求情"(第三幕第二场)。仙后中魔后，竟把"把你的仙国跟我掉换都别想"的男孩转给了仙王，什么原因仍匪夷所思。难道是仙后爱上怪物而弃绝了对婴孩的爱？仙后解去了魔法，回复原来的本性难道仍然忘却了那男儿吗？

至于两个中魔的男子，爱上了同一个人却都没有被接受。狄米特律斯怎么会转而重爱海丽娜？如果说是"爱懒花"汁液的功用，可它造成的只是幻景而不是真实，如果看做是真实，那遇到解药女贞花岂不又要恢复背誓的本性？所以狄米特律斯自己都"不知道什么一种力量——但一定是有一种力量"使他恢复对海丽娜的爱，"这些事情似乎微细而无从捉摸，好像化为云雾的远山一样"，"你们真能断定我们现在是醒着吗？我觉得我们还是在睡着做梦"。赫米娅"觉得好像这些事情我都用昏花的眼睛看着，一切都化作了层叠的两重似的"。海丽娜"也是这样想。我得到了狄米特律斯，像是得到了一颗宝石，好像是我自己的，又好像不是我自己的"(第四幕第一场)。公爵也感到这些恋人们所说的话"奇怪得不像是真实"，因为"情人们和疯子们都富于纷乱的思想和成形的幻觉，他们所理会到的永远不是冷静的理智所能充分了解。疯子、情人和诗人，都是幻想的产儿”,“强烈的想象往往具有这种本领,只要领略到一些快乐,就会相信那种快乐的背后有一个赐予的人”。女王却“可以证明那不会是幻想,虽然那故事是怪异而惊人,却并不令人不能置信”(第五幕第一场)。

仙王是想“一切事情都将和平解决”(第三幕第二场),但不触动雅典残酷专制的法律,于是就用魔力制造幻梦让恋爱的人们顺从,这一次解决得就不够完美,那下一次呢?

3. **完整复杂的世界可以解剖为多重世界**。在这些各具不同特点,不同时间地点,不同层次性质意义的多重世界中,要找准在各个世界中的位置,适应和改进这个世界。剧中的世界至少可以解剖为:古典世界与宫廷世界,雅典世界与外部世界,现实世界与神仙世界,森林世界与梦幻世界,爱情世界与戏剧世界,贵族世界与民间世界。

古典世界是天上神话世界,忒修斯本是希腊神话里的英雄,曾远征阿玛宗,攻克后娶其女王希波吕忒为妻。宫廷世界是他们在人间统治的王府。

雅典世界是公爵及其法律专制统治的世界,外部世界是雅典法律不能追及的世界。

现实世界是凡人清醒生活的世界,以两对新人的爱情与婚姻为主题,虽然有情人如愿以偿,叛誓者改过自新,但都是神力魔幻下得以促成,并未能冲破雅典法规的罗网。神仙世界是神仙的王国又是隐身或溜出仙境与凡人交往的世界,它和天上神话世界相通,仙王奥布朗为着情人阿玛宗女王希波吕忒,从印度平原赶到这里,仙后提泰妮娅与忒修斯的私情也瞒不过仙王。

森林世界既是自然世界，又是神仙出没制造幻梦的世界，既是雅典世界与外部世界的边际，又是王公贵族和平民狩猎游乐的世界。森林世界的实质是自由与专制的过渡，白天为凡人主宰，夜晚为神仙掌管，是出逃者的避难所，戏剧的排练场，王公的逐猎地，更是神仙施法的魔力世界，人仙睡梦中的梦幻世界。在这世界中充满爱的花汁仙境，反证了雅典婚姻法律的愚蠢和残暴。

爱情世界是恋爱人们特有的，感情世界和婚姻生活的世界；戏剧世界则是雅典工匠排演的戏剧，它是“诗人的眼睛在神奇的狂放的一转中，便能从天上看到地下，从地下看到天上。想象会把不知名的事物用一种形式呈现出来，诗人的笔再使它们具有如实的形象，空虚的无物也会有了居处和名字”，而创造构建的人间或神灵的现实世界的剪影。“最好的戏剧也不过是人生的一个缩影，最坏的只要用想象补足一下，也就不会坏到什么地方去”(第五幕第一场)。

贵族世界是王公和贵族富人的世界，民间世界则是劳作的仆人、工匠和平民的世界。

多重世界的交错与对比，从多侧面多角度反映了世界的过去、现在和未来，现实与梦幻，天上与人间，宫廷与民间，自然与社会，此处与外地，每个世界都各具特点和意义。各人在其中都有不同的角色和表演，歌颂人的自由独立幸福欢乐，鞭挞对人性的压抑和凌辱。

六、《威尼斯商人》

剧情故事

威尼斯商人安东尼奥“的全部财产都在海上”，虽然他自述：“我的买卖的成败并不完全寄托在一艘船上，更不是依赖着一处地方，我的全部财产，也不会因这一年的盈亏而受到影响”，但他的心跟着他“那些扯着满帆的大船在海洋上簸荡着”。他的朋友威尼斯另一商人巴萨尼奥为了维持“外强中干的体面，把一份微薄的资产都挥霍光了”，而且欠着安东尼奥很多钱，但他因为看上了贝尔蒙特一位“长得非常美貌”，“有非常卓越的德性”，“有时接到她的含情脉脉的流盼”的富家嗣女鲍西娅，需要相当的财力和其他求婚者匹敌，再次向安东尼奥借钱。安东尼奥仍愿尽力相助，只是他“现在既没有钱，也没有可以变换现款的货物”，他们“两人就去分头打听什么地方可以借到钱”，安东尼奥用他的信用做担保，或者用他自己的名义给巴萨尼奥借下来。

巴萨尼奥找到威尼斯又一商人、犹太富翁夏洛克，要求借三千块钱，三个月为期，由安东尼奥签立借据。夏洛克评估了安东尼奥的财产，认为“他这个人是靠得住的”，答应“接受他的契约”。夏洛克真实目的是：“要是我有一天抓住他的把柄，一定要痛痛快快地向他报复我的深仇宿怨”，“我恨他因为他是个基督徒，可是尤其因为他是个傻子，借钱给人不取利钱，把咱们在威尼斯城里干放债这一行的利息都压低了”，“他憎恶我们神圣的民族，甚至在商人会集的地方当众辱骂我，辱骂我的交易，辱骂我辛辛苦苦赚下来的钱，说那些都是盘剥得来的腌臜钱。要是我饶过了他，让我们的民族永远没有翻身的日子”。于是他说：“跟我去找一个公证人，就在这儿签好了约；我们不妨开个玩笑，在约里载明要是您不能按照约中所规定的条件，在什么日子，什么地点还给我一笔什么数目的钱，就得随我的意思，在您身上的任何部分割下整整一磅白肉，作为处罚”。安东尼奥因为“离开签约期满还有一个月，我就可以有九倍这笔借款的数目进门”，甘愿签下了这张借约。

贝尔蒙特的鲍西娅“已经厌倦这个广大的世界了”，她“既不能选择我所中意的人，又不能拒绝我所憎厌的人；一个活着的女儿的意志，却要被一个死了的父亲的遗嘱所钳制”。她父亲临终之时定下了抽签选婿的方法：“叫谁能够在这金、银、铅三匣之中选中了他预定的一只”，便可以与他的女儿匹配成亲。各国求婚的王孙公子络绎来到，不愿采用选匣决定取舍的回国后，摩洛哥亲王首先选匣，他看到金匣上刻着“谁选择了我，将要得到众人所希求的东西”，认为“那正是这位小姐了，整个儿的世界都希求着她”，“这样一颗珍贵的珠宝，绝不会装在比金子低贱的匣子里”，就选了金匣子，可是里边装着一个死人的骷髅而不是鲍西娅的小像，只好匆匆归去。阿拉贡亲王接着选匣，他看到银匣上刻着“谁选择了我，将要得到他所应得的东西”，以为是鲍西娅无疑了，揭开里边竟是“一个眯着眼睛的傻瓜的画像”，又默忍着愤怒回转家门。

威尼斯商人巴萨尼奥借到钱最后赶到，他坚信：“外观往往和事物的本身完全不符，世人却容易为表面的装饰所欺骗”，装饰“是狡诈的世人用来欺诱智士的似是而非的真理”，因而他选择了寒伧的铅匣：“你的形状只能使人退走，一点没有吸引人的力量，然而你的质朴却比巧妙的言辞更能打动我的心”，果然里边是“美丽的鲍西娅的副本”。鲍西娅本来就中意巴萨尼奥，现在“一切纷杂的思绪、多心的疑虑、鲁莽的绝望、战栗的恐惧、酸性的猜嫉，多么快地烟消云散了”！她以身相许并赠送他一个指环：“要是您让这指环离开你的身边，或者把它丢了，或者把它送给了别人，那就预示着您的爱情的毁灭，我可以因此责怪您的”。

此时却传来安东尼奥“的船舶都一起遭难了”，这样他就不能如期还给夏洛克的欠款，“而且即使他现在有钱还那犹太人，那犹太人也不肯收他”，“一口咬定，要求按照约文的规定，处罚安东尼奥违约”。鲍西娅得知安东尼奥为巴萨尼奥欠款将遭罚，一面与巴萨尼奥到教堂完婚，并给他欠款二十倍的钱去还债，一面致信他的表兄博士培拉里奥，请他致函公爵介绍她扮作青年博士出庭，为安东尼奥主持公道。

正当传来安东尼奥有船失事时，夏洛克的女儿杰西卡在安东尼奥等人帮助下，与一个基督徒罗兰佐私奔，并且偷带走了夏洛克大量的钱物珠宝，还改信了基督教。夏洛克只得悲呼：

“我自己的血肉跟我过不去”，“只有我一个人倒霉，只有我一个人叹气，只有我一个人流眼泪”！

在审理夏洛克状告安东尼奥违约案的威尼斯法庭开庭前，夏洛克就“不分昼夜地向公爵絮叨，说是他们倘不给他主持公道，那么威尼斯根本不成其为自由邦。二十个商人、公爵自己、还有那些最有名望的士绅，都曾劝过他，可是谁也不能叫他回心转意，放弃他狠毒的控诉”。安东尼奥也曾向他哀求，他也毫不松口：“我一定要照约实行”。

开庭后，公爵还是规劝他：“你不过故意装出这一副凶恶的姿态，到了最后关头，就会显出你的仁慈恻隐来”，夏洛克坚执不改：“一定要照约执行处罚，要是殿下不准许我的请求，那就是蔑视宪章，我要到京城里去上告，撤销贵邦的特权”，“因为我对于安东尼奥抱着久积的仇恨和深刻的反感，所以才会向他进行这一场对于我自己并没有好处的诉讼”。巴萨尼奥提议：“借了你三千块钱，现在拿六千块钱还你好不好”？夏洛克一口拒绝：“即使这六千块钱中间的每一块钱分成六份，每一份都可以变成一块钱，我也不要它们，我只要照约处罚”。

公爵所请培拉里奥博士推荐的，鲍西娅假扮的青年博士到庭替公爵审判。鲍西娅首先指出，按照威尼斯的法律，夏洛克的控诉是可以成立的，安东尼奥的生死现在操在夏洛克的手里。接着要求夏洛克慈悲一点：“慈悲不是出于勉强”，“它不但给幸福于受施的人，也同样给幸福于施与的人，它有超乎一切的无上威力，比皇冠更足以显出一个帝王的高贵”，“要是真的按照公道执行起赏罚来，谁也没有死后得救的希望”，“望你能够从你的法律的立场上作几分让步”。鲍西娅要夏洛克选择:“根据法律,这犹太人有要求从这商人的胸口割下一磅肉来,还是慈悲一点,把三倍原数的钱拿去”?夏洛克仍“只要求法律允许我照约执行处罚”,“我已经对天发过誓啦,难道我可以让我的灵魂背上毁誉的罪名吗?不,把整个儿的威尼斯给我,我都不能答应”。鲍西娅还要求夏洛克:“去请一位外科医生来替他堵住伤口,费用归你负担,免得他流血而死”,也被他因“约上没有这一条”而拒绝。

于是鲍西娅宣判:“那商人身上的一磅肉是你的,法庭判给你,法律许可你”,正当夏洛克预备割肉时,鲍西娅又说:“这约上并没有允许你取他的一滴血”,“在割肉的时候,要是流下一滴基督徒的血,你的土地财产,按照威尼斯的法律,就要全部充公”,“也不准割得超过或是不足一磅的重量”,“比一磅略微轻一点或是重一点”,“就要把你抵命,你的财产全部充公”。夏洛克只好要求“把我的本钱还我,放我走”,但因夏洛克,“他已经当堂拒绝过了;我们现在只能给他公道,让他履行原约”,夏洛克不得不宣布:“我不打这场官司了”。但法庭还是没有放过他,鲍西娅说:“威尼斯的法律规定:凡是一个异邦人企图用直接或间接手段,谋害任何公民”,“他的财产的半数应当归受害人的一方所有,其余的半数没入公库,犯罪者的生命悉听公爵处置”,“你现在刚巧陷入这一条法网,因为根据事实的发展,已经足以证明你确有运用直接、间接手段,危害被告生命的企图”。

公爵立即宣判:“我自动饶恕了你的死罪,你的财产的一半划归安东尼奥,还有一半没入公库,要是你能够诚心悔过,也许还可以减处你一笔较轻的罚款”。安东尼奥表示：“要是殿下和堂上愿意从宽发落，免于没收他的财产的一半，我就十分满足了；只要他能够让我接管他的另外一半的财产，等他死了以后，把它交给最近和他的女儿私奔的那位绅士；可是还要有两个附带的条件”：他“必须立刻改信基督教”，“必须当庭写下一张文契，声明他死了以后，他的全部财产传给他的女婿罗兰佐和他的女儿”。夏洛克不得不接受，向天悲鸣：“你们夺去了我的养家活命的根本，就是活活要了我的命”！他孤零零一个人走上回家之路，内心里呼唤着：“公道啊！法律啊！我的银钱，我的女儿”！

鲍西娅在退庭后为了测试她丈夫的忠诚，向巴萨尼奥索要他妻子给他的信物——一个指环，他犹豫了一下还是追上去，把这指环送给挽救了安东尼奥的，假扮法官的鲍西娅，以示感激。回到贝尔蒙特，复原女装的鲍西娅因此责备巴萨尼奥：“您的虚伪的心里没有一丝真情”，巴萨尼奥只得祈求：“鲍西娅，饶恕我这一次出于不得已的错误”，“凭着我的灵魂起誓，我以后再不违背对您发出的誓言”。安东尼奥也“把我的灵魂作为担保，保证您的丈夫决不会再有背信的行为”。鲍西娅因而原谅了巴萨尼奥，而且用培拉里奥的来信，揭开了她装扮法官的秘密，又带来安东尼奥的三艘商船已经满载而归的好消息，还带来夏洛克签署的授赠产业的文契。贝尔蒙特鲍西娅华丽的大厦内外充满欢欣。

人生启示

1. **商人的重要地位作用不可忽视。** 商人是商品经济运行不可缺少的主体之一。威尼斯商人夏洛克、安东尼奥、巴萨尼奥就是三种类型商人典型的代表。

夏洛克是善于经营的商业天才，是金融贸易先驱者的代表。当人们“借钱给人不取利钱”，“跟人家互通有无，从来不讲利息”，认为“哪有朋友之间通融几个钱也要斤斤较量利息的道理”时，他却把他们看成傻子。他认为，用“我自己的钱博取几个利息”，“只要不是偷窃，会打算盘总是好事”(第一幕第三场)。因而辛辛苦苦积累了财富，首先在金融贸易打开了局面，成为精明干练的金融贸易的先驱者。因此他的财富遭人嫉恨，特别是那些不懂金融贸易、思维仍停留在易货贸易和买卖奴隶阶段的商人的仇视，他的正常商业行为也受到种种限制、排挤和破坏，加之他是个犹太异邦金融富商，更受到商业迫害、种族歧视、宗教歧视和异邦歧视的多重打击。

而且他从来都尊重法律，重视守约，把法律看得高于一切，运用法律维护商业利益，反对歧视和压迫。他对安东尼奥说：“好多次您在交易所里骂我，说我盘剥取利，我总是忍气吞声，耸耸肩膀，没有跟您争辩，因为忍受迫害本来是我们民族的特色。您骂我是异教徒、杀人的狗，把唾沫吐在我的犹太长袍上，只因为我用我自己的钱博取几个利息”，安东尼奥却“恨不得再这样骂你、唾你、踢你"(第一幕第三场)。安东尼奥的朋友也骂夏洛克:"万恶不赦的狗,看你死后不下地狱!让你这样的东西活在世上,真是公道不生眼睛","你的性情正像豺狼一样残暴贪婪",而夏洛克回答:"除非你能够把我这一张契约上的印章骂掉,否则像你这样拉开了喉咙直嚷,不过白白伤了你的肺","我在这儿要求法律的裁判","我又不干错事,怕什么刑罚?你们买了许多奴隶,把他们当做驴狗骡马一样看待,叫他们做种种卑贱的工作,因为他们是你们出钱买来的","我向他要求的这一磅肉,是我出了很大代价买来的,它是属于我的,我一定要把它拿到手里。您要是拒绝了我,那么你们的法律去见鬼吧!威尼斯城的法令等于一纸空文"(第四幕第一场)。

安东尼奥则是从事海外贸易的"善良的商人"(第三幕第二场)代表。他的财产全在海上,由于自然和人为原因商业风险极大。"他有一艘船开到特里坡利斯,另外一艘开到西印度群岛","第三艘船在墨西哥,第四艘到英国去了,此外还有遍布在海外各国的买卖",可是"有陆地的强盗,也有海上的强盗,还有风波礁石各种危险"(第一幕第三场)。但是他不畏艰险,勇于开拓,取得令人注目的成就。他重视法律,恪守信用,懂得"公爵不能变更法律的规定,因为威尼斯的繁荣,完全依赖着各国人民的来往经商,要是剥夺了异邦人应享的权利,一定会使人们对威尼斯的法治精神发生重大的怀疑"。当传来他的船"从特里坡利斯、墨西哥、英国、里斯本、巴巴里和印度来的船只","没有一艘平安到港"(第三幕第二场)的消息时,他面临破产,无力如期还款,夏洛克又坚执处罚,他坦然面对,准备为履约和朋友牺牲生命。只是他不懂和厌恶金融贸易，歧视和排斥金融商人尤其是犹太商人夏洛克："有好多次，人家落在他的手里，还不出钱来，弄得走投无路，跑来向我呼吁，是我帮助他们解除他的压迫，所以他才恨我"(第三幕第三场)。

安东尼奥曾多次仗义帮助一些威尼斯商人朋友，但当他因无力偿还夏洛克的三千元钱面临生命危险时，竟无一人施以援手，致使他违约将受处罚。这也是威尼斯的世态炎凉。

安东尼奥还帮助罗兰佐与杰西卡私奔，如果是纯洁的自由恋爱，那是高尚的行为，但他们背着夏洛克偷带走了夏洛克的大量珠宝和钱财，那就是偷盗。虽然他要求管理夏洛克另一半财产，待夏洛克死后把夏洛克的全部财产转给他的女儿和女婿，但这是另一回事。况且夏洛克死后，夏洛克女儿杰西卡是唯一继承人，自然能继承夏洛克的全部财产。

巴萨尼奥是外强中干挥霍资产，依赖举债和攀附富人过活的，破落户的代表。他"最大的烦恼是怎样可以解脱我背上这一重重由于挥霍而积欠下来的债务"(第一幕第一场)。而他无论在钱财方面或是友谊方面，欠安东尼奥的债都是顶多的，但他为了攀龙附凤，不顾廉耻还向安东尼奥借钱，致使安东尼奥冒着生命危险签下残忍的借约。他本来就是表里不一，深知外表与内在往往不符，以此反用抽中了鲍西娅。选匣前他隐瞒了奸谋，选中后才坦白："我的高贵的家世是我仅有的财产"，"我不但一无所有，而且还负着一身债务，不但欠了我的一个好朋友许多钱，还累他为了我的缘故，欠了他仇家的钱"(第三幕第二场)。他又轻易背誓，将鲍西娅赠予的爱情信物指环送给了别人。

2. **对商人的复杂命运不应作简单化的推断。**夏洛克由于个性的缺陷和环境的险恶，在反对迫害歧视，维护商业利益过程中，走向了歧途，最后落入谬误、荒唐、歧视性法律的陷阱，沦为压迫和冤屈的牺牲品，其悲剧命运令人极为憎恶又痛心、同情、怜悯和义愤。夏洛克之所以仇恨安东尼奥是因为："他曾经羞辱过我，夺去我几十万块钱的生意，讥笑着我的亏损，挖苦着我的盈余，侮蔑我的民族，破坏我的买卖，离间我的朋友，煽动我的仇敌；他的理由是什么？只因为我是一个犹太人"，"要是一个犹太人欺侮了一个基督徒，那基督徒怎样表现他的谦逊？报仇。要是一个基督徒欺侮了一个犹太人，那么照着基督徒的榜样，那犹太人应该怎样表现他的宽容？报仇。你们已经把残虐的手段教给我，我一定会照着你们的教训实行，而且还要加倍奉敬哩"(第三幕第一场)。

因此他签了如果执行将触犯伤害刑律，因而也伤害自己的，残忍愚蠢实际不可执行的借约，而且这个约定违反了犹太法律，尽管罗马法律允许，他的目的是："要是他愆了约，我要挖出他的心来；只要威尼斯没有他，生意买卖全凭我一句话了"(第三幕第一场)。而且准备从胸口割肉时，他还拒绝请医生堵住伤口，非要把对手置于死地。这样他就走到了企图杀害仇人的恶毒的反面。但是他只是有伤害企图，并没有伤害行为，这是不能定伤害罪的。但他忘记了，威尼斯歧视异邦人的荒谬绝伦的法律，却可以把异邦人的伤害企图判为死罪，并处没收全部财产，这样夏洛克就落入荒唐法律的罗网，沦为歧视迫害的冤屈牺牲品，落得家破人去、改变信仰的悲惨下场。一个商业天才和金融贸易的先驱者就这样被扼杀，但是金融商业的发展是无可阻挡的。

3. **对光彩照人的女性形象要赞美歌颂。**鲍西娅是美丽、庄重、典雅、智慧的女性，是光明与幸福的一个代表。她“所具有的那种尊贵、温婉和优雅，外加她个人独特的天赋：高度的智力、热烈的情绪、果断的决心和达观乐天的性格”，“她又兼具她的地位，她的周围关系所赋予她的诸多优异出众的后天教养”，“便在她身上造就了一种骄矜、一种高贵庄严的美、一种雍容的气度”，“她充满透彻的智慧、纯真的柔情和活泼的机智，由于她从来不知道什么是贫困、忧伤、恐惧和失败，她的智慧里丝毫没有半点阴暗和抑郁的影子；她的全部激情充满了信念、希望和欢乐，她的机智中丝毫也找不出半丁点儿尖刻和恶意”（见海涅《莎士比亚笔下的女角》87 页）。她的思想和语言睿智而深刻，对于求婚者，在鲍西娅看来：“我宁愿嫁给一个骷髅，也不愿嫁给”那不勒斯亲王和巴拉廷伯爵，“这两人中间的任何一个”；那位法国贵族“什么人的坏处他都有一点，可是一点没有他自己的特色”；英国少年男爵“的行为举止，那是他从四面八方学来的”，他曾赏给那位苏格兰贵族一记耳光，而苏格兰贵族发誓一有机会立即奉还；至于德国少年，“当他顶好的时候，叫他是个人还有点不够资格，当他顶坏的时候，他简直比畜生好不了多少”（第一幕第二场）。

求婚者选匣时，她机智地说：“毁谤和评判，是两件作用不同，性质相反的事情”，“正像飞蛾在烛火里伤身，这些傻瓜们自恃着聪明，免不了被聪明误了前程”（第二幕第九场）。她尖锐质问巴萨里奥："在您的柔情之中，隐藏着什么奸谋"？她目送他去选匣："我的生命悬在你手里，但愿你安然生还，我这观战人的心中比你上场作战的人还要惊恐万倍"！"我但愿我有无比的贤德、美貌、财产和亲友，好让我在您的心目中占据一个很高的位置"（第三幕第二场）。当他假扮法官，完胜了夏洛克状告安东尼奥的官司后，她欣慰地说："一件善事也正像这支蜡烛一样，在这罪恶的世界上发出广大的光辉"，"多少事情因为逢到有利的环境，才能够达到尽善的境界，博得一声恰当的赞美"（第五幕第一场）。

七、《温莎的风流娘儿们》

剧情故事

约翰·福斯塔夫爵士虽然顶着“现在这种爵士满街都是的”“爵爷”头衔，却是个“又老、又冷、又干枯，再加上一肚子肮脏”，“像魔鬼一样到处造谣生事”，“像个泼老太婆一样千刁万恶”，“一味花天酒地，玩玩女人，喝喝白酒、蜜酒，喝醉了酒白瞪着眼睛骂人吵架”，“昧了良心”，把“名誉置之不顾，去干一些偷偷摸摸的勾当”的“一个穷光蛋的孤老头子”，尤其是“他玩起女人来，不论贵贱贫富老少，在他都是一样，只要是女人都配他的胃口”，真是“万恶不赦的淫贼”。现在他“快要穷得鞋子都没有后跟啦”，就想去吊温莎绅士“福德老婆的膀子”，“觉得她对我很有几分意思”，“听说她丈夫的钱都是她一手经管的，他有数不清的钱藏在家里”，于是他写了一封调情信准备送给她。他同时写了封调情信给温莎绅士培琪的老婆，认为“她用贪馋的神气把我从上身望到下身，她的眼睛里简直要喷出火来炙我”，“她也经管着钱财，她就像是一座取之不竭的金矿”。他的如意算盘是：“我要去接管她们两人的全部富源，她们两人便是我的国库；她们一个是东印度，一个是西印度，我就在这两地之间开辟我的生财大道”。可是他的从仆毕斯托尔、尼姆都不愿送这龌龊的信，他就以“这年头儿大家都要讲究个紧缩”为名把他们辞退了，只留下一个侍童为他通风报信。这两人决计复仇：“先去向培琪报告，有人正在勾搭他的老婆”，再“去叫福德加倍留神，说福斯塔夫，那混账东西，想把他的财产一口侵吞，还要占夺他的美貌娇妻”。

培琪老婆收到福斯塔夫的信后怒气冲天：“好一个胆大妄为的狗贼”！“我这一口气非出不可”。福德老婆也把福斯塔夫的信拿给培琪老婆看，发现“这两封信简直是一个印版里印出来的”，“他到底把我们看做什么人啦”？她们商定：“我们一定要向他报复，让我们约他一个日子相会，把他哄骗得心花怒放，然后我们采取长期诱敌的计策，只让他闻到鱼儿的腥气，不让他尝到鱼儿的味道”，“假意敷衍他，却永远不让他达到目的，直等那罪恶的孽火把他熔化在他自己的脂油里”。福德得知这封信后心里不是滋味：“我必须忍耐一下，把这事情调查明白”，“我要去找那福斯塔夫”，“我并不疑心我的妻子，我也不放心让她跟别个男人在一起。一个男人太相信他的妻子，也是危险的”。培琪也知道了这信：“他要是真想勾搭我的妻子，我可以假作痴聋，给他一个下手的机会，看他除了一顿臭骂之外，还从她身上得到什么好处”。两个老婆当然不知道丈夫们已经知道这信的事，她们仍按谋划请卡厄斯医生的女仆快嘴桂嫂去约福斯塔夫。福德假扮白罗克大爷也去探询福斯塔夫，得知他将到自己家赴约，他就“要去打破他们的好事”。

福斯塔夫如约来到福德家，正在调戏福德老婆：“但愿你的丈夫早早死了,我一定要娶你回去,做我的夫人”,“在整个法兰西宫廷里也找不出像你这样一位漂亮的夫人”。培琪老婆依计闯进屋大声地说:“你那汉子带了温莎城里所有的捕役”,“要来捉这奸夫哩”。被吓得要死的福斯塔夫钻进事先备好装脏衣服的篓子,两个仆人把它抬走扔进了泰晤士河。赶回的福德带着培琪一班人在屋里搜了个遍,当然没找到福斯塔夫,“自取其辱”。两个老婆仍不解气:“福斯塔夫那家伙虽然已经受到一次教训,可是像他那样荒唐惯了的人,一服药吃下去未必见效,我们应当让他多知道些厉害才是”。她们又叫快嘴桂嫂去约他。福德也探知福斯塔夫将再次赴约。

果然,福斯塔夫“就是把我扔到火山洞里,我也不会就此把她放手的”,又如约来到向福德老婆表白:“你的懊恼已经使我忘记了我身受的种种痛苦”。培琪老婆也恰好赶来报警,你那汉子一定要“再来试验一次他的疑心对不对”,“福德的三个弟兄手里拿着枪,把守着门口,什么人都不让出去”。福斯塔夫只好让她们把他装扮成福德家女仆的姑妈、福德最讨厌的妖妇。福德赶回看到这个贼老婆子就是一顿毒打赶了出去。两个老婆觉着“我们横竖名节无亏,问心无愧,索性一不做,二不休,再把他作弄一番”,“让他当着众人出一次丑”。并且把作弄福斯塔夫告诉了她们丈夫,点破了福德的疑心。他们商议:“约他在半夜到林苑去相会”,叫他“头上装了两只大角”,扮作传说中管林子的猎大赫恩的样子,“在那橡树的旁边等着我们”。等到他与我们相会时,孩子们装扮的一队精灵就出来,把“他团团围住,把这龌龊的爵士”“拧得遍体鳞伤,还用蜡烛烫他的身体,直等他招认一切”后，“我们大家就一起出来，捽下他的角，把他一路取笑着回家”。又叫快嘴桂嫂把他约了出来。

福斯塔夫第三次赴约，顶着公鹿头扮作赫恩来到温莎林苑，夜里十二点刚见到两位老婆，精灵们就跑出来围住福斯塔夫“窜窜跳跳，拧得他遍体鳞伤”，“用炼狱火把他指尖灼烫，看他的心地是纯洁还是肮脏，他要是心无污秽，火不能伤，哀号呼痛一定居心不良”。两位绅士丈夫和牧师也出来一起把他捉住，数落他“像你这样的一只杂碎布丁”，“一袋烂麻线”，“一个浸胖的浮尸”，“把这对鹿角扔在林子里不是比拿到城里去更合适”，“要敬奉上帝，消除欲念”。福斯塔夫这“才明白我受了你们愚弄，做了一头蠢驴”，“这也算是我贪欢好色的下场”。两对夫妻看到“他已经受到报应”，“冤家宜解不宜结”，就与他“手拉手，过去的事情，以后不用再提”，请他到“家里来喝杯乳酒”。

培琪的年轻漂亮品德高尚的女儿安·培琪有不少追求者。乡村法官夏禄为侄儿斯兰德向安求婚，请威尔士籍牧师休·爱文斯师傅做媒：“她的爷爷留给她七百镑钱”，“还有她父亲给她的钱”。斯兰德却表示：“您叫我娶她，我就娶她”，“有了一年三百镑的收入，顶不上眼的伧夫也就变成俊汉”，“不管来的是什么人，尽管身份比我们乡绅人家要低”。休师傅为此写了封信要快嘴桂嫂转交给安。哪知桂嫂的主人法国籍的卡厄斯医生“也爱着培琪家小姐”，桂嫂还对他说过：“安·培琪一定会嫁给”他的。这回，桂嫂又向为休师傅和斯兰德送信的仆人表示：“我一定愿意尽力帮你家少爷的忙”。卡厄斯知道休师傅帮助斯兰德向安求婚，立即下了挑战书，要与休决斗，不让他再管闲事。

乡邻们有意把他们引开劝他们和解："你这位法国大夫，你这位威尔士牧师，一个替人医治身体，一个替人医治灵魂，你也不要吵，我也不要闹，大家算了吧"。

还有一个少年绅士范顿也请桂嫂帮忙向安求婚，桂嫂一边向他说："我可以发誓她是爱您的"，一边自语："这人是个规规矩矩的绅士，可是安并不爱他"，"我要替他们三个人同样出力"，"要替范顿大爷特别出力"。安的父亲看中了斯兰德，母亲却希望女儿嫁给卡厄斯，但都不同意选范顿做女婿，理由是："这位绅士没有家产，他常常跟那位胡闹的王子他们厮混，他的地位太高，他所知道的事情也太多啦"。安自己不愿嫁给斯兰德："好妈妈，别让我跟那个傻瓜结婚"，她也不喜欢卡厄斯："要是叫我嫁给那个医生，我宁愿让你们把我活埋了"！安爱恋着范顿，他坦诚告诉她："我最初向你求婚的目的，的确是为了你父亲的财产，可是自从我认识你以后，我就觉得你的价值远超过一切的金银财富；我现在除了你美好的本身以外，再没有别的希求"。

安与他商订："要是机会和最谦卑的恳求都不能"达到目的，他们就在安在温莎林苑装扮仙后那个深夜，私自在教堂牧师前结婚。安的父亲也安排在那夜，让斯兰德把穿白衣的安偷走结婚，母亲则要卡厄斯在那夜，把穿绿衣的安引走完婚，安只好都答应了。待那夜仙后和精灵们出来时，斯兰德和卡厄斯接走的都是假扮安的男孩子，只有范顿与安如愿以偿。他们完婚以后，安向父母祈求："好爸爸，原谅我！好妈妈，原谅我！"范顿向他们坦白："你们用可耻的手段，想叫她嫁给她所不爱的人，可是她跟我两个人久已心心相许，到了现在，更觉得什么都不能把我们两人拆开。她所犯的过失是神圣的,我们虽然欺骗了你们,却不能说是不正当的诡计,更不能说是忤逆不孝,因为她要避免强迫婚姻造成的无数不幸的日子,只有用这办法”。安的父母只好祝福他们:“愿上天给你快乐!拗不过来的事情,也只好将就过去”。福斯塔夫乘机讪笑:“我很高兴,虽然我遭了你们的算计,你们的箭却也会发而不中”。安的父母大度地邀请“大家回家去,在火炉旁边把今天的笑话谈笑一番吧,约翰爵士和大家都去”。

人生启示

1. **人品的优劣不取决于地位的高低。**混迹于高阶层未必有高人品。福斯塔夫空有爵士之名,却是个“好色的骑士”,“下流的骑士”(第二幕第一场),不惜“出卖良心”,“用假骰子到处诈骗人家”(第一幕第三场)。他认定“金钱是个好兵士,有了它就可以使人勇气百倍”。他勾引两位绅士的老婆就是“用她做钥匙,去打开这个忘八的钱箱,这才是我的真正的目的”(第二幕第二场)。所以他受辱挨打仍再三赴约,直到在温莎林苑众人面前出丑才略有悔意:“因为我自己做贼心虚”,“虽然荒谬得不近情理,也会使我深信不疑,可见一个人做了坏事,虽有天大的聪明,也会受人之愚的”,“猎狗在晚上出来,哪只鹿也不能幸免”(第五幕第五场)。

2. **聪慧贞洁的女性令人敬佩。**福德老婆和培琪老婆,聪明、泼辣、干练又贞洁、守节，从长计议，精心谋划，配合默契，想到就做，把个无耻无赖的约翰爵士嘲弄得体无完肤，又坚守贞洁保全名誉刺破了丈夫疑心，正是："不要看我们一味胡闹，这蠢猪是他自取其殃，我们要告诉世人知道，风流娘们不一定轻狂"(第四幕第二场)。

3. **乐于帮助善于沟通的热心人不可或缺。**快嘴桂嫂是卡厄斯的保姆、看护、厨娘、仆人，"替他管屋子，还给他洗衣服、酿酒、扫地擦桌、铺床叠被，什么都是"她一个人做的，"天一亮就起身，老晚才睡觉"，"真把人都累死了"。而且她特别乐于助人、善于沟通，乡邻有了难事都乐意找她。"因为她跟培琪家小姐是很熟悉的"，所以斯兰德、卡厄斯、范顿向安求婚都找她帮忙，她自以为"在温莎地方，谁也没有像我一样明白安的心思"，"她也只肯听我的话，别人的话她才不理"(第一幕第四场)。她对谁的请求都尽力相助。福德和培琪的两位老婆三次约福斯塔夫都是叫桂嫂带信去，三次都约了出来，"叫她去是再好没有了"(第二幕第一场)。她觉着"天哪！把你们拉拢在一起，真麻烦死了！你们中间一定有谁得罪了天，所以才这样颠颠倒倒的"(第四幕第五场)。

4. **"冤家宜解不宜结"对于社会和谐尤为必要。**本剧一开幕，夏禄法官就要控告侮辱了他的福斯塔夫，但福斯塔夫"自己也有几分认错"，培琪就"很愿意给你们两位彼此消消气"，"冤家宜解不宜结，还是大家和和气气的好"，"希望大家一杯在手，旧怨全忘"(第一幕第一场)。到终场时，福德老婆又说，约翰爵士"已经受到报应，那笔钱就算了吧，冤家宜解不宜结，咱们不要逼人太甚”。安与范顿成婚后，福德又说，“木已成舟，培琪大爷，您也不必发呆啦”，“金钱只能买田地，娶妻只能靠运气”(第五幕第五场)。冲突和纠葛都已解开，大家快快乐乐地回家谈笑。

八、《无事生非》(又译《无事烦恼》)

剧情故事

阿拉贡亲王唐·彼德罗一行出征得胜全师而归,受梅西那总督里奥那托的诚邀来到他的宅邸。彼德罗十分看重的旗下、年轻的弗罗棱萨贵族克劳狄奥,“是一位很有才能的人”,“看上去像一头羔羊,上起战场来却像一头狮子;他的确能够超过一般人对他的期望”。他在出征前就已爱上了总督的女儿、唯一的后嗣希罗。克劳狄奥内心充满爱慕:“现在我回来了,战争的思想已经离开我的脑中,代替它的是一缕缕的柔情,它们指点我年轻的希罗是多么美丽”。亲王关心他:“要是你果然爱希罗,你就爱下去吧,我可以替你向她和她的父亲说去,一定叫你如愿以偿”。当晚假面舞会刚结束,亲王就对克劳狄奥报喜:“我已经替你向希罗求过婚,她已经答应了;我也已经向她的父亲说起,他也表示同意了”。她父亲说:“从我手里接受我的女儿,我的财产也随着她一起传给您了”,“现在你只要选定一个结婚的日子,愿上帝给你快乐”!克劳狄奥惊喜得一下说不出话:“静默是表示快乐的最好的方法;要是我能够说出我的心里多么快乐,那么我的快乐只是有限度的”。他向希罗表示:“我把我自己跟您交换，我要把您当做瑰宝一样珍爱”，希罗则“用一个吻堵住他的嘴”。

亲王另一旗下、帕度亚的年轻贵族培尼狄克，与总督的侄女贝特丽丝“一见面，总是舌剑唇枪，各不相让”，但却是话中有话，相互倾慕。贝特丽丝挑战：“世上有培尼狄克先生那样的人，傲慢是不会死去的；顶有礼貌的人，只要一看见您，也就会傲慢起来”，“与其叫我听一个男人发誓说他爱我，我宁愿听我的狗向着一只乌鸦叫”。培尼狄克回敬：“那么礼貌也是个反复无常的小人了。可是除了您之外，无论哪个女人都爱我”，“我实在一个也不爱她们”，“这样某一位先生就可以逃过他命中注定的抓破脸皮的厄运了”。他还表示：“因为我不愿意对任何一个女人猜疑而使她受到委屈，所以宁愿对无论哪个女人都不信任，免得委屈了自己”，“我愿意一生一世做个光棍”。贝特丽丝也说：“男人若是泥做的，我不要。一个女人要把她的终身付托给一块顽固的泥土，还要在他面前低头伏小，岂不倒霉”？“求婚、结婚和后悔，就像是苏格兰急舞、慢步舞和五步舞一样”：求婚“狂热、迅速而充满幻想”，结婚“循规蹈矩的”“拘泥着仪式和斯文”，“接着来了后悔，拖着疲乏的腿脚，开始跳起五步舞来，愈跳愈快，一直跳到筋疲力尽，倒在坟墓里为止”。她私下却自语：“人家一个个嫁了出去，只剩我一个人年老珠黄；我还是躲在壁角里，哭哭自己没有丈夫吧”。但是亲王觉得：“要是把她配给培尼狄克倒是很好的一对”，她这样说说笑笑，正是她的风趣本色，她“一定是在一个快乐的时辰里出世的”。而“培尼狄克并不是一个没有出息的丈夫”，“他的家世是高贵的；他的勇敢，他的正直，都是大家所公认的”。亲王“要叫培尼狄克先生和贝特丽丝小姐彼此热恋起来”，“把他们两人配成一对”。总督、希罗和培尼狄克的密友克劳狄奥都愿意相助。

培尼狄克独自在花园里冥想：“真不懂一个人明明知道沉迷在恋爱里是一件多么愚蠢的事，可是在讥笑他人的浅薄无聊以后，偏偏会自己打自己的耳光，照样跟人家闹起恋爱”，“除非一个女人身上能够集合一切女人的优点，否则没有一个女人会中我的意的。她一定要有钱”，必须聪明、贤惠、美貌、温柔、有高贵的人品、会讲话、精音乐，“而且她的头发必须是天然的颜色”。亲王、总督和克劳狄奥进到花园里，有意让培尼狄克偷听到他们的谈话：“贝特丽丝在恋爱着培尼狄克”，“尤其想不到的是她竟会对培尼狄克这样一往情深”，“她爱得他像发狂一般”，“她说要是他不爱她，她一定会死；可是她宁死也不愿让他知道她爱他；即使他来向她求婚，她也宁死不愿把她平日那种倔强的态度改变一丝一毫”。培尼狄克当然认为：“这不会是诡计；他们谈话的神气是很严肃的”，“她的热情好像已经涨到最高度，爱我！哎哟，我一定要报答她才是”，“我一定不要摆架子，一个人知道了自己的短处，能够改过自新，就是有福的”，“我也要从此为她颠倒”，“人类是不能让它绝种的。当初我说我要一生一世做个单身汉，那是因为我没有想到我会活到结婚的一天”。

希罗和她的侍女欧苏拉也走进花园，故意让贝特丽丝偷听到她们的谈话：“您真的相信培尼狄克这样一心一意地爱着贝特丽丝吗”？“亲王和我的未婚夫都是这么说的”，“人家都说她心窍玲珑，她绝不会糊涂到这个地步，会拒绝培尼狄克先生那样一位绅士”，他“无论在外表上、在风度上、在智力和勇气上，都可以在意大利首屈一指”。贝特丽丝果然被说动：“去你的吧，那种狂妄！再会吧，处女的骄傲”！“培尼狄克，爱下去吧，我一定会报答你；我要把我这颗狂野的心收束起来，呈献在你温情的手里”。

亲王的庶弟唐·约翰表面上与其兄和好，实际上他的内心是：“我宁愿做一朵篱下的野花，不愿做一朵受他恩惠的蔷薇；与其逢迎献媚，偷取别人的欢心，宁愿被众人所鄙弃；我固然不是一个善于阿谀的正人君子，可是谁也不能否认我是一个正大光明的小人”，“要是我有自由，我就要做我欢喜做的事”。他听说“克劳狄奥伯爵要跟里奥那托的女儿结婚”，因为自从他“失势以后，那个年轻的新贵出尽了风头”，他决意“只要能够打破他的恋爱的美梦，什么办法我都愿意采取”。他给了侍从波拉契奥一千块钱，与他共施了一条诡计。约翰先向亲王和克劳狄奥造谣：希罗“这位姑娘是不贞洁的，人家久已在那儿讲她的闲话”。然后拉着他们到希罗窗前，看见波拉契奥扮作的男人站在希罗窗口，听到男人把窗内的希罗的侍女玛格莱特叫做希罗，又听见似是希罗实是玛格莱特叫唤男人，瞧见的似是希罗与男人的幽会。果然克劳狄奥和亲王，“在妒火中烧的情绪下”，没有“作冷静的推敲”，就“相信希罗果真是一个不贞的女子”。

在第二天早上教堂举行的婚礼上，克劳狄奥突然荒唐地指责希罗：“她只是外表上像一个贞洁的女人罢了”，“她已经不是一个处女了”，“不要把我的灵魂跟一个声名狼藉的淫妇结合在一起”。亲王也说：“我竭力替我的好朋友跟一个淫贱的女人撮合,我自己的脸也丢尽了”。约翰从旁阴险证实:“这些事情都是真的”。希罗冤屈激愤地晕倒过去,这些诬陷者却扬长而去。贝特丽丝呼唤着:“我想是死了!叔叔,救命”!“啊!我敢赌咒,我的妹妹是给他们冤枉的”!神父清醒指出“亲王们一定有了些误会”。培尼狄克冷静地分析:“要是他们这次受了人家的欺骗,一定是约翰那个私生子弄的诡计,他是最喜欢设阱害人的”。总督表示:“要是他们说的关于她的话果然是事实,我要亲手把她杀死。要是他们无中生有,损害她的名誉,我要跟他们中间最尊贵的一个人拼命去”。神父却劝告:“亲王们离开这儿的时候,以为您的小姐已经死了;现在不妨暂时让她深居简出,就向外面宣布说她真的死了”,这样做,“可以使诬蔑她的人不禁哀怜她的不幸”,而且“人家听说她一听到这种诽谤立刻身死,一定都会悲悼她,可怜她,原谅她”。而“小姐,您必须死里求生;今天的婚礼也许不过是暂时的延期,您耐心忍着吧”。一直为希罗哭泣的贝特丽丝,要培尼狄克杀死毁谤希罗的克劳狄奥,因为贝特丽丝认定:“克劳狄奥伯爵真的冤枉了希罗”,“正像我知道我有思想、有灵魂一样毫无疑问”。培尼狄克就向她表白:“我举手为誓,我爱你”,“一言为定,我要去向他挑战”,“克劳狄奥一定要得到一次重大的教训”。

就在约翰施弄诡计之后,巡夜的警吏、巡丁听见波拉契奥得意地向同伙康拉德,炫耀当晚诬陷希罗的罪行,当即把他们抓捕,他们供认:“因为捏造了中伤希罗小姐的谣言,唐·约翰给了他一千块钱”,而“约翰亲王已经在今天早上逃走”,更没法抵赖。在这个真相还未大白之时,悲愤的总督和他的弟弟向克劳狄奥发起了挑战，培尼狄克也向他下了战书。巡官把波拉契奥带上公开交代："那位小姐是受了我跟我的主人诬陷而死的"。总督愤慨地说："这儿有一对正人君子，还有第三个已经逃走了，他们都是有份的"。克劳狄奥"愿意接受您所能想到的无论哪一种惩罚"，亲王"也愿意领受他的任何重罚"。总督则要求他们"两位向这儿梅西那所有的人宣告她死的多么清白"，还要招克劳狄奥做他的侄婿、他弟弟面如希罗的女儿的女婿。

在神父面前"一切事情总算圆满收场"，克劳狄奥娶了又复活过来的清白的希罗，培尼狄克与贝特丽丝也希望得到神父的许可："让我们就在今天正式成婚"，不过他们是"先跳舞再结婚"，"让我们的心跟我们妻子的脚跟一起飘飘然起来吧"。

人生启示

1. **运用超常的手段才可能挽救超常的危难。**美好的婚姻，经过与险阻和忧患抗争，才可能达成真正的美满。希罗在婚礼上被诬陷而晕倒，幸福与灾难的巨大反差使人手足无措，生与死的选择即在眼前，神父凭藉"我的学向、我的见识、我的经验"，"我的年齿、我的身份或是我的神圣的职务"，迅速判定："要是这位温柔的小姐不是遭到重大的误会，要是她不是一个清白无罪的人，那么你们尽管把我叫做傻子"，因为她的神色"显示出她的含冤蒙屈的清贞"；"在她的眼睛里射出一道火一样的光来，似乎要把这些贵人们加在她身上的无辜的诬蔑烧掉"，果断提出对外宣布她已经死了："再给她举办一番丧事，在贵府的坟地上给她立起一方碑铭"。因为"非常的病症是要用非常的药饵来疗治的"，"我们往往在享有某一件东西的时候，一点不看重它的好处；等到失掉它以后，却会格外夸张它的价值，发现当它还在我们手里的时候所看不出来的优点"，克劳狄奥"一定会悲伤哀恸"，"后悔不该给她这样大的难堪"。这样做"至少也可以替她把这场羞辱掩盖过去"(第四幕第一场)。更重要是争取了时间和机会，可能彻底洗刷掉她受到的诬告。果然诬害的罪恶被揭破，失去的东西更为珍重。克劳狄奥在希罗坟前悲悼："生蒙不虞之毁，死播百世之馨；惟令德之昭昭，斯虽死而犹生"(第五幕第三场)。克劳狄奥终于与死而复生的希罗完婚，一切达成圆满。

2. **在危难的非常时刻每个人都会暴露本性**。设阱诬害置人于死地的奸贼最为可憎，轻信诬陷而毁谤者也难辞其咎，充满善心、真诚和智慧识破奸谋的人才是高尚的人，为了正义向做了恶事的朋友挑战才是健全的人。

阴沉的约翰为了达到按"自己的心意行事"的罪恶目的，"无论什么破坏、阻挠、捣乱的手段"，"不管它会引起怎样不幸的后果"的毒计都敢于施行，以达到他"希望得到的结果"："使亲王受骗，叫克劳狄奥懊恼，毁坏了希罗的名誉，把里奥那托活活气死"(第二幕第二场)。他是最可恶的罪魁祸首。

而克劳狄奥对于对自己的爱人的诬陷却那么轻易相信，又那么恶毒当众诽谤她，置她晕倒而不顾，足见他既没有真诚爱情，甚至没有起码的人性，是一个不负责任的轻浮的公子哥儿，直接给希罗伤害最深重的罪人。

亲王更甚一层，竟然凭着他的名誉起誓诬蔑："那个荒唐的家伙已经亲口招认，这样不法的幽会，他们已经有过许多次了"，亲王的名誉有什么价值？

希罗的父亲，对于自己唯一的亲生女儿竟没有基本的信任，谎言不经证实就希望她死去，还要亲手把她杀死，甚至拒斥神父为希罗的辩护，这一丝一毫也不像"把她看得比我自己还重"的父亲。

除了神父之外，唯有贝特丽丝确信希罗是被冤枉的，唯有培尼狄克认为一定是约翰的诡计，当他最初对挑战克劳狄奥犹豫时，贝特丽丝慷慨陈词："什么亲王！什么伯爵！好一个做见证的亲王！好一个甜言蜜语的风流伯爵！啊，为了他的缘故，我但愿自己是一个男人；或者我有什么朋友愿意为了我的缘故，做一个堂堂男子！可是人们的丈夫气概，早已消磨在打恭作揖里，他们的豪侠精神，早已丧失在逢迎阿谀里了；他们已经变得只剩下一条善于拍马吹牛的舌头；谁会造最大的谣言，而且拿谣言来赌咒，谁就是个英雄好汉。我既然不能凭着我的愿望变成一个男子，所以我只好做一个女人在伤心中死去"(第四幕第一场)。为此培尼狄克决心向做了恶事的朋友挑战。他们两人才是高大健全的新人！

高贵的真心相恋的爱人同临非常时刻，也是他们不由自主倾诉爱慕的最佳时机。虽然机智的嘲讽和尖利的幽默是一种风趣，但不要因违背内心的做作而扭曲了人生。发誓互不倾吐爱意的培尼狄克与贝特丽丝，在希罗遭陷的非常时刻，因为同为希罗悲伤与不平，而不自觉地倾注了内心："您是我在这世上最爱的人"，"我也可以说您是我在这世上最爱的人"(第四幕第一场)。彼此压抑的人性得以解放，真诚的爱情得以收获。一对新人终于坦荡荡地走上了自由、幸福、纯真、崇高人生的舞台。

九、《皆大欢喜》(又译《如愿》)

剧情故事

老公爵被其弟弗莱德里克篡夺了权位,地产收入全被没收,并被放逐到亚登森林。老公爵的女儿罗瑟琳与篡位者的女儿、她的族妹西莉娅,自小在"一个摇篮里长大",从未分开,西莉娅非要"跟她一同出亡,否则便要寻死",篡位者不得不把罗瑟琳留下来陪伴他的女儿,"她们两人的相爱是远过于同胞姐妹的"。

老公爵从臣罗兰爵士的幼子奥兰多,被大哥奥列佛"当做牛马关在家里",叫他"和佃工一起过活",不把他当兄弟看待,不让他"具有或学习任何上流人士的本领",尽"一切力量用这种方法来摧毁"他的高贵的素质,还要剥夺父亲遗留给他的一千块钱。奥兰多"觉得在我身体之内的我的父亲的精神已经因为受不住这种奴隶的生活而反抗起来了。我一定不能再忍受下去"。他要假扮一个摔角手,向新公爵的拳师查尔斯挑战,"跟他较量较量我的青春的力量"。奥列佛深知"他很善良,从来不曾受过什么教育,然而却很有学问,充满了高贵的思想,无论哪一等人都爱戴他","以致于我倒给人家轻视"。奥列佛因此"那么恨他","希望他送命",竟要拳师"把他的头颈和手指一起捩断”。连新公爵也看到这摔角赛的“两方的实力太不平均了”，“想把他劝阻了，可是他不肯听劝”。新公爵就叫两个女儿去说服他，她们请求他：“顾虑您自身的安全，放弃了这种尝试吧”，“您的名誉不会因此受到损失；我们可以去请求公爵停止这场摔角”。可是他坚持：“让你们的美目和好意伴着我去作这场决斗吧。假如我打败了，那不过是一个从来不曾给人看重过的人丢了脸；假如我死了，也不过死了一个自己愿意寻死的人。我不会辜负我的朋友们，因为没有人会哀悼我；我不会对世间有什么损害，因为我在世上一无所有”。结果他摔赢了，拳师被摔倒抬出去了。新公爵得知他是罗兰的儿子，而罗兰是新公爵的永远的仇敌，因而新公爵唯愿他是另外一个父亲的儿子。西莉娅对“我父亲无礼猜忌的坏脾气”十分痛心，她鼓励奥兰多：“如果您对意中人再能真诚，那么您的情人一定是很有福气的”。罗瑟琳自颈上取下项链赠给奥兰多：“我是个失爱于命运的人”，“我的矜傲早随着我的命运一起丢光了”，“给您征服了的，不单是您的敌人”。而奥兰多也不由自主被征服：“可怜的奥兰多啊，你给征服了！取胜了你的，不是查尔斯，却是比他更柔弱的人儿”。

篡位者因为人民都称赞罗瑟琳的品德，为她的父亲老公爵而同情她，就对她宣布：“你得赶快收拾起来，离开我们的宫廷”，“我不能信任你”，“在这十天之内，要是发现你在离我们宫廷二十里之内，就得把你处死”。罗瑟琳辩解：“别看错了我，把我的穷迫看作了奸慝”。西莉娅也为她求情：“要是她是个叛逆，那么我也是”，我们“永远成着对，拆不开来”，“我没有她做伴便活不下去”。然而篡位者的判决无可挽回，他对西莉娅说：“她的和气、她的沉默和她的忍耐，都能感动人心，叫人民可怜她”，“她已经夺去了你的名誉；她去了之后，你就可以显得格外光彩而贤德了”。西莉娅却对罗瑟琳发誓：“无论你怎样说，我都要跟你一起走”，“公爵把他的女儿也放逐了”。于是她们商定：因为“美貌比金银更容易引起盗心”，罗瑟琳打扮得像个男人，叫盖尼米德；西莉娅穿破旧的衣裳用些黄泥涂在脸上，叫爱莲娜。他们带上珠宝钱物，还带上小丑试金石做伴，偷偷地避过宫中的人们，走上了去亚登森林之路，去找父亲和伯父，“找寻自由”而“不是流亡”。她们极度疲乏来到亚登森林，买下一处“草屋牧场和羊群”，作为栖身之地。

好心的侍臣勒·波劝告奥兰多：“您还是离开这地方吧”，新公爵“会把您一切的行事都误会的”。因为两个女儿失踪，她们又曾“常常称赞最近在摔角赛中打败了强有力的查尔斯的那个汉子”，篡位者就要把你抓去。老罗兰爵爷的老仆亚当也劝告奥兰多：“您的好处，好少爷，就是陷害您自身的圣洁的叛徒，唉，这算是一个什么世界，怀德的人会因为他们的德行反遭毒手”！不要走进这扇家门，他们“预备在今夜放火烧去您所住的屋子”，“还会想出别的法子来除掉您”，“您要回避，您要警戒”。亚当还把省下的五百块工钱交给奥兰多，还作他的仆人，和他一起去找“一处小小的安身的地方”。他们也走进亚登森林，亚当累饿得再也走不动了，奥兰多把亚当背到遮阴的地方就去找吃的。他看到一伙人正准备吃东西，就执剑上前跟他们要吃的，原来这伙人是老公爵和他的从臣，老公爵客客气气地对待他，等他把亚当背来一起吃了东西，知道他是罗兰爵士的儿子，就收留了他们。

奥兰多非常喜欢亚登森林里“这种牧人的生活”，他尽情抒发情思：“啊，罗瑟琳！这些树林将是我的书册，我要在一片片树皮上镂刻下情思”，把他的情诗悬挂在每棵树上：“悬在这里吧，我的诗，证明我的爱情”，“任何处见得到颂赞她美德的言辞”。罗瑟琳读到：“她的名声随着好风播满诸城，整个世界都在仰慕罗瑟琳”，西莉娅也看见：“莫看她苗条的一身娇小，宇宙间的精华尽萃于兹”。她们猜中写诗的男人就是奥兰多。男装的罗瑟琳终于见到森林中的奥兰多，她要“他假想我是他的爱人”，“假如你把我叫做罗瑟琳，每天到我的草屋里来向我求爱”。奥兰多如约向她求婚，她叫西莉娅扮作牧师主婚，举行了一个假装的婚礼。

罗瑟琳正在懊恼奥兰多约会失约的时候，奥列佛拿着一方染着血迹的手帕找着了她。原来奥列佛因为找不到奥兰多，被新公爵没收房屋土地赶了出去，来到亚登森林一株橡树下仰面睡着时，被一条金绿蛇缠住，奥兰多经过惊走了蛇，又见一头母狮蹲伏在旁，他的“天性克服了他的私怨，使他去和母狮格斗，很快地那狮子便在他手下丧命”，但他“臂上给母狮抓去一块肉，血不停地流，那时他便晕了过去，嘴里还念着罗瑟琳的名字”。听到这里罗瑟琳也晕了过去。当她再见奥兰多时，已经变成新人的奥列佛却已与西莉娅谈妥准备第二天结婚，奥兰多“就要去请公爵参加婚礼。但是，唉！从别人的眼中看见幸福，多么令人烦闷”，“我不能老是靠着幻想而生存了”。罗瑟琳以生命为誓:"那么我不再用空话来叫你心烦了","要是你爱罗瑟琳真是爱得那么深",那么你哥哥和西莉娅结婚的时候,你也可以和罗瑟琳结婚。罗瑟琳还撮合过牧女菲苾和牧人西尔维斯相爱。试金石击败乡人威廉,与村姑奥德蕾也要在明天结婚。

第二天在老公爵主持下婚礼如约举行,复原女装的罗瑟琳作为老公爵女儿与奥兰多成婚,菲苾自然嫁给了西尔维斯,奥列佛与西莉娅结为夫妻,试金石也娶到奥德蕾。奥兰多的二哥贾奎斯又带来喜讯:"弗莱德里克公爵因为听见每天有才智之士投奔到这林中,故此兴起大军,亲自统率,预备前来捉拿他的兄长,把他杀死除害。他到了这座树林的边界,遇见了一位高年的修道士,交谈下,悔悟前非,便即停止进兵;同时看破红尘,把他的权位归还给他的被放逐的兄长,一同流亡在外的诸人的土地,也都各还原主"。老公爵听后高兴地宣布:"你给你的兄弟们送来了很好的新婚贺礼来了";"先让我们在这林中把我们正在进行中的好事办了;然后,在这幸运的一群中,每一个曾经跟着我忍受过艰辛的日子的人,都要按着各人的地位,分享我的恢复了的荣华"。现在,"举行起我们乡村的狂欢来吧"。而老公爵的从臣,"一定会痛痛快快地把这染病的世界的丑恶的身体清洗个干净"的杰奎斯,却"不想看你们的作乐;你们要有什么见教,我就在被你们遗弃了的山窟中恭候"。老公爵还是叫大家"进行下去吧,开始我们的嘉礼;我们相信始终都会很顺利"。大家终于遂心如愿,皆大欢喜。

人生启示

1. **每个人在世界舞台上都有个角色表演。**整个世界是个舞台，每个人都在表演着自己的那个角色，都有上场和下场的时候。精彩的表演不是为了掌声，而是求得内心的平静和满足；拙劣的丑恶的演出也都会留下痕迹，想抹也抹不掉，重演的机会都难有，内心的煎熬将永伴，除非改过自新。剧中杰奎斯说；"全世界是一个舞台，所有男男女女不过是一些演员；他们都有下场的时候，也都有上场的时候"(第二幕第七场)。

罗瑟琳面对篡位者的放逐义正词严地驳斥："叛逆并不是遗传的，殿下；即使我们受到亲友的牵连，那与我有什么相干？我的父亲并不是个叛徒呀"。她和西莉娅毅然出走到亚登森林，运用智慧和勇气找寻到自由和爱人与父亲，朝气蓬勃的新生力量，以顽强的生命力和纯朴浓烈的爱战胜腐朽邪恶和仇恨。

西莉娅劝导罗瑟琳："凡是他用暴力从你父亲手里夺来的东西，我都要怀着爱心归还给你"，"我们难道要拆散吗？我们难道要分手吗，亲爱的姑娘？不，让我的父亲另外找一个后嗣吧"，"让我分担一些你的心事吧。我对着因为同情我们而惨白的天空起誓，无论你怎样说，我都要跟你一起走"(第一幕第三场)。她不计父辈仇怨，不惜受难毁誉，放弃荣华富贵，背离叛逆家庭，与堂姐相依为命，生死与共，不仅为堂姐争取到幸福欢爱，也为自己找寻到自由和爱人与伯父，其博爱情怀和牺牲精神尤显光彩夺目。

老仆亚当从十七岁来到罗兰家已到近八十岁，仍然帮助奥兰多出逃，而且“我愿意忠心地跟着您，直至喘尽最后一口气”，他的目的只是：“我只要能够有个好死，对得起我的主人，那么命运对我也不算无恩”。奥兰多感慨万千：“啊，好老人家！在你身上多么明白地表现出来古时那种义胆侠肠，不是为了报酬，只是为了尽职而流着血汗！你是太不合时了；现在的人们努力工作，只是为着希望高升，等到目的一达到，便耽于安逸；你却不是这样”。

奥兰多以德报怨，奋不顾身，狮口夺人，挽救了虐待并欲置他于死地的大哥，证明了他并不“是一株不成材的树木”（第二幕第三场）。

而弗莱德里克篡权夺位，放逐其兄与女儿，企图置于死地；奥列佛虐待其小弟，妄图借拳师之手将其杀害；都是兄弟阋墙的罪人。只是在难逃厄运的煎熬和威逼下，在心灵导师和搭救义举的感召下，才得以悔悟。

2. **不同地位境遇的人有不同的人生哲学**。不同的哲学思想自由地阐发交流，指导人们在人生的道路上探索前行。比如：

关于人生。杰奎斯说：“一个人的一生中扮演着好几个角色，他的表演可以分为七个时期。最初是婴孩”，“然后是背着书包、满脸红光的学童”，“然后是情人”，“然后是一个军人，满口发着古怪的誓，胡须长得像豹子一样，爱惜着名誉，动不动就要打架，在炮口上寻求着泡沫一样的荣名”，“然后是法官，胖胖圆圆的肚子塞满了阉鸡，凛然的眼光，整洁的胡须，满嘴都是格言和老生常谈;他这样扮了他的一个角色”,第六个时期变成了“精瘦的趿着拖鞋的龙钟老叟”,“终结着这段古怪的多事的历史的最后一场,是孩提时代的再现,全然的遗忘,没有牙齿、没有眼睛、没有口味、没有一切”(第二幕第七场)。其实人生的每个阶段扮演不同的角色,同一个阶段也会同时扮演不同的角色,每一个角色也会有不同的侧面,而每个角色都是洗刷不掉的人生的痕迹。关键是青壮年时期军人和法官这两个角色,要珍惜荣誉但不要追求虚名,有真才实学、新的思想和真诚纯正的品格,不要故步自封、好为人师,这样到老死的时候,你希望平静地被人忘掉,但却不会没有一切。

关于造物与命运。西莉娅与罗瑟琳对话:因为造物“给了美貌,就不给贞洁;给了贞洁,就只给丑陋的相貌”,“不,现在你把命运的职务拉扯到造物身上去了;命运管理着人间的赏罚,可是管不了天生的相貌”,“管不了吗?造物生下了一个美貌的人儿来,命运不会把她推到火里去从而毁坏她的容颜吗”?(第一幕第二场)先天给你的基础不能改变,后天却可以努力,与恶劣的环境抗争,与自身的缺陷搏斗,争取把命运把握在自己手中,取得可能的最好的结果。美貌不一定不贞洁,贞洁不一定不美貌;不美貌可以贞洁,贞洁更是一种美貌;美貌而不贞洁,美貌就不贞洁;美貌与贞洁可以兼得,“贞洁跟美貌碰在一起,就像在糖里再加蜜”(第三幕第三场),兼得不了不要怪别人。

关于牧人的生活和宫廷的礼貌。牧人柯林与小丑试金石对话:“您喜欢不喜欢这种牧人的生活”?“照它的清静而论,我很喜欢这种生活;可是照它的寂寞而论,实在是一种很坏的生活。看到这种生活是在田间，很使我满意；可是看到它不是在宫廷里，那简直很无聊。你瞧，这是一种很经济的生活，因此倒怪合我的脾胃；可是它未免太寒伧了，因此我过不来”。“要是你从来没有到过宫廷里，你就不曾见过好礼貌”，“你的举止一定很坏；坏人就是有罪的人，有罪的人就该死。你的情形很危险呢”。“你懂不懂得一点哲学”？“我只知道这一点儿：一个人越是害病，他越是不舒服；钱财、资本和知足，是人们缺少不来的三位好朋友；雨湿淋衣，火旺烧柴；好牧场产肥羊，天黑是因为没有了太阳；生来愚笨怪祖父，学而不慧师之惰”，“我是一个地道的做活的；我用自己的力量换饭吃换衣服穿；不跟别人结怨，也不妒羡别人的福气；瞧着人家得意我也高兴，自己倒了霉就自宽自解；我的最大的骄傲就是瞧我的母羊吃草，我的羔羊啜奶”，“在宫廷里算作好礼貌的，在乡野里就会变得可笑；正像乡下人的行为一到了宫廷里就显得寒伧一样”，“这样一个人是天生的哲学家了”（第三幕第二场）。试金石忘了他是宫中豢养的一个小丑奴才，他却用宫中贵人的口气讲话，他对于自己讲的是假话或有几分奴性的真话，而替贵人讲的倒可能有的是真话，有的却是偷换概念转移词意违背逻辑的谬论；牧人哲学家纯朴真实的哲学，则启人深思。

关于忧愁与欢笑。杰奎斯与罗瑟琳对话：“我喜欢发愁不喜欢笑”，“这两件事各趋极端，都会叫人讨厌，比之醉汉更容易招一般人的指摘”，“我没有学者的忧愁，那是好胜；也没有音乐家的忧愁，那是幻想；也没有侍臣的忧愁，那是骄傲；也没有军人的忧愁，那是野心；也没有律师的忧愁，那是狡猾；也没有女人的忧愁，那是挑剔；也没有情人的忧愁，那是集上面一切之大成；我的忧愁全然是我独有的，它是由各种成分组成的，是从许多事物中提炼出来的，是我旅行中所得到的各种观感，因为不断沉思，终于把我笼罩在一种十分古怪的悲哀之中”（第四幕第一场）；“你多半是卖去了自己的田地去看别人的田地；看见的这么多，自己却一无所有；眼睛看饱了，两手却是空空的”。旅行、提炼、沉思、发愁并不是什么坏事，发愁的时候能最富于见识，但是不要陷入空想，要深刻指出问题，更要投身于解决实际问题，否则就会一无所成、空无所有。

关于傻子与聪明人。杰奎斯，试金石，公爵和西莉娅的议论：“傻瓜的愚蠢往往是聪明人的砺石”，“聪明人可以做傻事，傻子却不准说聪明话”（第一幕第二场），“傻子自以为聪明，但聪明人知道自己是个傻子”（第五幕第一场）。“他把他的傻气当作了藏身的烟幕，在它的荫蔽之下放出它的机智来”（第五幕第四场）；“别把我当聪明人看待”，要“准许我说我心里的话；我一定会痛痛快快地把这染病的世界的丑恶的身体清洗个干净，假如他们肯耐心接受我的药方”（第二幕第七场）。傻子认为聪明人“一句谎话的各种程度按着次序”是：“有礼的驳斥”，“谦恭的讥刺”，“粗暴的答复”，“大胆的谴责”，“挑衅的反攻”，“委婉的说谎”和“公然的说谎”（第五幕第四场）；而聪明人“用你们所没有的东西起誓，你们便不算是发的假誓”（第一幕第二场）。决不能用身份和地位来判定聪明人和傻子，自以为是的伪善的矫饰的聪明人常常做蠢事，卑贱者往往最聪明，聪明人也会用傻子的面具隐蔽尖刻的指斥和透彻的智言，聪明人有自知之明，知道对于许多事物自己其实是个傻子，当然都要用实际来辨识聪明人与傻子。

十、《第十二夜》(又译《各遂所愿》)

剧情故事

少女薇奥拉和她的哥哥西巴斯辛,在一次海上航行中遇险,她觉得他的哥哥也许“侥幸没有淹死”,她自己“也是侥幸才保全了性命”。她与搭救她的船长来到伊利里亚,得知“一位名实相符的高贵的公爵”奥西诺统治着这地方,她“曾经听见我父亲说起过他”,而他正“在向美貌的奥丽维娅求爱”。奥丽维娅“是一位品德高尚的姑娘;她的父亲是一位伯爵,约莫在一年前死去,把她交给他的儿子,她的哥哥照顾,可是他不久又死了。他们说为了对于她哥哥深切的爱,她已经发誓不再跟男人们在一起或是见他们的面”,“公爵的请求她也是拒绝的”。于是薇奥拉就请“相信你的心地跟你的外表一样好的”船长,“替我保守秘密,不要把我的真相泄露出去”,“帮助我假扮起来”,化名西萨里奥,“去侍候这位公爵,你可以把我送给他作为一个净了身的侍童”。而她要使计谋,让公爵爱上她,作他的夫人,“达到我的目的”。

公爵认识薇奥拉只有三天,就把他“秘密的内心中的书册”向她展示了,要她到奥丽维娅那边去:“向她宣布我的恋爱的热情，把我的一片挚诚说给她听，让她吃惊”，“你倘能成功，那么你主人的财产你也可以有份”。薇奥拉答应公爵：“我愿意尽力去向您的爱人求婚”，内心却是：“唉，怨只怨多阻碍的前程！但我一定要做他的夫人”。

薇奥拉第一次求见奥丽维娅就受到拒绝，但她“要像州官衙门前竖着的旗杆那样立在您的门前不去，像凳子脚一样直挺挺地站着，非得见您说话不可”，而且她“长得很漂亮，说话也很刁钻”，奥丽维娅就叫她进来罩上面纱与她交谈。她对奥丽维娅机智地说道：“您是世上最忍心的女人，要是您甘心让这种美埋没在坟墓里，不给世间留下一份副本”，“您太骄傲了；可是即使您是个魔鬼，您是美貌的。我的主人爱着您；啊！这么一种爱情，即使您是人间的绝色，也应该酬答他的”。她却回答：“我不能爱他，虽然我想他品格很高，知道他很尊贵，很有身份，年轻而纯洁，有很好的名声，慷慨、博学、勇敢，长得又体面；可是我总不能爱他，他老早就已经得到我的回音了”。她并不退让：“我要在您的门前用柳枝筑成一所小屋，不时到府中访谒我的灵魂”。奥丽维娅却注意到：“你的口才倒是颇堪造就的。你的家世怎样”？她巧妙应答：“超过于我目前的境遇，但我是个有身份的士人”。奥丽维娅最后答复：“我不能爱他，叫他不要再差人来了；除非或者你再来见我，告诉我他对于我的答复觉得怎样”。奥丽维娅竟为这少年心动：“我觉得好像这个少年的美处在悄悄地蹑步进入我的眼中”，“你的语调、你的脸、你的肢体、动作、精神，各方面都可以证明你的高贵”。她叫管家马伏里奥，把一只并不是这少年留下的主人的戒指，赶上去送给少年，薇奥拉收到戒指心绪不安:“我没有留下戒指呀,这位小姐是什么意思”?“一定的,她爱上我啦”,“可怜的小姐,她真是做梦了”!“我的主人深深地爱着她;我呢,可怜的小鬼,也是那样恋着他;她呢,认错了人,似乎在思念我。这怎么了呢!因为我是个男人,我没有希望叫我的主人爱上我;因为我是个女人,唉!可怜的奥丽维娅也要白费无数的叹息了!这纠纷要让时间来理清;叫我打开这结儿怎么成”!

薇奥拉回到公爵府,公爵仍要她“再给我到那位忍心的女王那边去;对她说,我的爱情是超越时间的”,“我的爱就像饥饿的大海,能够消化一切”,“吸引我的灵魂的是她的天赋的灵奇,绝世的仙姿”。而她乘机向他表达爱慕之情:我曾经看中的人“相貌跟您差不多”,“年纪也跟您差不多”,“假如我是个女人也许会爱上您,殿下”。

奥丽维娅宅中还住着她的叔父——酒鬼托比爵士;热恋着奥丽维娅的安德鲁爵士,一个年收入三千块钱当年就花光的体面之士,经常与托比在宅中酗酒胡闹通宵达旦。马伏里奥劝阻他们,而这个管家“反复无常,逢迎取巧是他的本领,一头装腔作势的驴子,背熟了几句官话,便倒也似的倒了出来,自信非凡,以为自己真了不得,谁看见他都会爱他”,而且他对奥丽维娅有非分之想。奥丽维娅的侍女玛利娅与托比、安德鲁就想凭着马伏里奥的这个弱点,“堂堂正正地给他一顿教训”。玛利娅模仿奥丽维娅的笔迹写了一封“暧昧的情书”,丢在马伏里奥要走过的路上,而马伏里奥正在幻想着奥丽维娅下嫁给他,他“做了马伏里奥伯爵”,从路上拾起了这封“给不知名的恋人”的信,信中说："照我的命运而论，我是在你之上，可是你不用惧怕富贵"，"你的好运已经向你伸出手来，赶快用你的全副精神抱住它"，他便以为这是他侍奉的小姐写给他的信。于是他穿上信上赞美而小姐最不喜欢的黄袜子，扎着十字交叉的袜带，在小姐面前竟然放肆地说要奉陪她去睡觉，以至小姐相信他疯了，让托比叫几个人加意留心着他免得出意外。托比就把他捆住关在一件黑屋子里，叫小丑蒙斯特扮作牧师去黑屋把他作弄一番，再让小丑恢复本貌去看望他，应他要求送去灯火和纸笔，带回他写给小姐的信，小姐才发现他并没有疯，而是因为他顽固无礼而被欺侮就把他放了出来，而马伏里奥放出后发誓："我一定要出这一口气，你们这批东西我一个都不放过"。

薇奥拉第二次来到奥丽维娅宅第，奥丽维娅先来到花园与她相见，向她倾诉心声："上次你到这儿来把我迷醉了之后，我叫人拿了个戒指追你"；"我已经表示得太露骨了；掩藏着我的心事的，只是一层薄薄的蝉纱"，"等到才情和青春成熟之后，你的妻子将会收获到一个出色的男人"，"我希望你是我所希望于你的那种人"。而她却回答："现在我不过是你的弄人"，"只是请您把真心的爱给我的主人"。奥丽维娅一口回绝："那我已经给了你了，怎么还能凭着我的名誉再给他呢"？安德鲁看见这一幕嫉妒得恼火，托比怂恿他向那公爵差来的少年挑战："世上没有一个媒人会比一个勇敢的名声更能说动女人的心了"。正当安德鲁拔剑要与不得不拔剑应对的薇奥拉决斗时，搭救薇奥拉哥哥西巴斯辛的船长安东尼奥突然出现，制止了安德鲁。原来西巴斯辛也来到伊利里亚无目的地漫游，准备到奥西诺公爵宫廷里去，安东尼奥执意作他的仆人追随他。而安东尼奥曾与公爵的舰队作战立过战功，因此在这城里被认出就很危险，他就把钱袋给西巴斯辛用，他去找下宿的旅馆。西巴斯辛是与她妹妹薇奥拉同一时辰出生的同胞兄妹，他与男装的妹妹自然非常相像难以区分，他也以为妹妹在那场海难中被淹死，他们的父亲是梅萨林已故的西巴斯辛。安东尼奥把救下的薇奥拉误认为西巴斯辛，薇奥拉当然不认识他，面对赶过来逮捕他的警吏，他不得不向她要回钱袋，她也莫名其妙，但听到“他说起西巴斯辛的名字”，她寻思“是他把妹妹错认作哥哥”！

急不可耐的奥丽维娅派小丑去请薇奥拉再来，小丑却错把西巴斯辛带到，他“心里很觉得这也许是出于错误”，奥丽维娅竟要他“现在就跟我和这位神父到我家的礼拜堂里去”，“向我充分证明你的忠诚，好让我小气的、多疑的心安定下来”，“直到你愿意宣布出来按照我的身份的婚礼将在什么时候举行”。西巴斯辛跟着他们欣然前往：“立过的盟誓永没有欺罔”！

薇奥拉第三次来到奥丽维娅府上，是跟随公爵一起来的。奥丽维娅当面再次拒绝了公爵的求爱，公爵已经失去了耐性：“假如我狠得起一条心，为什么我不可以”“把我所爱的人杀死了呢”？而且“蛮性的嫉妒有时也带着几分高贵的气质”，“我也有些知道谁在你的心中夺去了我的位置”，“你所爱着的这个宝贝”，是我的仆人西萨里奥，“我要把他从你残酷的眼睛里除去”。随即要薇奥拉跟他去，薇奥拉“追随我所爱的人”公爵准备离去：“我甘心愿受一千次死罪，只要您的心里得到安慰”。奥丽维娅则惊叫：“西萨里奥，我的夫，别去”！请来的神父立即证实：“一个永久相爱的盟约，已经由你们两人握手缔结，用神圣的吻证明，用戒指的交换确定了”。西巴斯辛也及时赶来。公爵惊异道：“一样的面孔，一样的声音，一样的装束，化成了两个身体；一副天然的幻镜，真实和虚妄的对照”！奥丽维娅也感到“真奇怪呀”！西巴斯辛与薇奥拉互认了兄妹，西巴斯辛向奥丽维娅打趣地说：“您现在同时是一个女人和一个男人的未婚妻了”。而公爵诚心地向薇奥拉表示：“你既然一直把我称作主人，从此以后，你便是你主人的主妇了”。奥丽维娅诚邀公爵：“如果您不嫌弃，肯认我作一个亲戚，而不是妻子，那么同一天将庆祝我们两家的婚礼，地点就在我家，费用也由我来承担”。托比也与戏谑马伏里奥的玛利娅成婚。这样除了马伏里奥和安德鲁，大家是各遂所愿。

人生启示

1. **任何时候都不要忘记自己是自己。**不要忘了自己是谁，不要忘了深层次地、深刻准确地认识和把握自己，不要忘了坚持自己正义的信条，和努力实现自己的崇高目标。同时要能够识别别人，透过外表认清别人的内在。假扮、假装、假作都是达成自己本意目标的手段，而不是自己本性的改变。假扮别人不要忘了自己的本质，误认了别人、被别人误认也不要忘记自己的本质。要知道自己的优点、弱点和缺点，了解自己的优势、弱势和劣势，既不要自不量力也不要妄自菲薄，要努力争取适应形势或改变形势，争取在自己条件和所处环境下实现最好结局。

薇奥拉落难虽获救，但早已丧父，唯一长兄又生死未卜，没有条件公开追求高尚的婚配，但她深知自己出身高贵、气质高洁、才智高人、目标高远，因此使用假扮智谋和聪慧才能，虽然路途充满艰危和难以确定的结局，但仍有可能争取实现理想婚姻和恢复高贵的目标，尽管很有可能自我牺牲再遭灭顶之灾，也要不惜代价奋发力争。她假扮仆人侍童必须忠于主人；她又是匿身的公爵追求者，必须达到成为其夫人的高尚目标；她又是其主人向自己的情敌求爱的使者，既要充分表达主人的爱意，又不能让主人的恋人爱上主人；她还是主人的恋人的恋人，成为有负主人的情敌，也是必然要成为有负主人的恋人的幻影；她无意中又成为主人的恋人其它追求者必欲挑战除去的情敌；她还被错认为她的哥哥。

这多重角色和矛盾集中于她一身，只是由于她时刻不忘记自己，不忘自己的信条和目标，不忘认识和把握自己，因而周旋有方、游刃有余，终于排除纷扰利用优势达成目标。正如她在扮演不同角色，在不同场合所说的自己的外表和内在："我并不是我所扮演的角色"(第一幕第五场)，"我现在才明白假扮不是一件好事情，魔鬼会乘机大显他的身手"(第二幕第二场)，"她从来不向人诉说她的爱情，让隐藏在内心中的抑郁像蓓蕾中的蛀虫一样，侵蚀着她的绯红的脸颊"(第二幕第四场)，"装傻装得好也是需要才情的；他必须窥伺被他所取笑的人们的心情，了解他们的身份，还得看准了时机"，"每个机会都不放过。这是和聪明人的艺术一样艰难的工作"(第三幕第一场)，"你猜想得不错,我不是我自己”,“我起誓,凭着天真与青春,我只有一条心一片忠诚,没有女人能够把它占有,只有我是我自己的君后”(第三幕第一场),“相信我,这全然不是出于我的本意”,“我哥哥正是我镜中影子,兄妹俩生就一般的形状”(第三幕第四场),“我爱他甚于生命和眼睛,远过于对于妻子的爱情,愿上天鉴察我一片诚意,倘有虚谎我决不辞一死”(第五幕第一场)。

奥丽维娅连续丧父失兄,她决心罩上面纱不见男人,但当她第一次见到男装的薇奥拉,就情不自禁揭开面纱倾心相恋,勇敢释放出爱慕追求高贵之美的本性,不由自主地冲破自己对自己的束缚,她的内心是:“我的行事我自己全不懂,怎一下子便会把人看中?一切但凭着命运的吩咐,谁能够作得了自己的主”!(第一幕第五场)如薇奥拉对她的评判:“我以为你以为你不是你自己。”你把自己的真实本性掩饰和扭曲了,你自己都认识和把握不了自己,自己都不知道自己是自己。”可她只是感受到薇奥拉高尚气质和情缘吸引力的一面,并没有窥穿内心,甚至连性别都未弄清就在神父面前私许终身,如果不是西巴斯辛出现,那将真是一场悲喜剧。

至于奥丽维娅的三个追求者:公爵自恃地位和气质高贵一定会征服奥丽维娅,却经常差遣仆人为其求爱又不是自己去求取,把命运寄托于别人而不是自己把握,而且不知爱情不能只靠地位气质,他恰恰缺乏不可缺少的对奥丽维娅的情缘吸引力,又不知他自己对女儿身的薇奥拉有强烈吸引力,如薇奥拉没有恢复女身那也将是一场悲剧,公爵已把男装薇奥拉视为情敌:“我的恶念已经成熟:我要牺牲我钟爱的羔羊,白鸽的外貌乌鸦的心肠”(第五幕第一场)。安德鲁“以为我们的生命不过是吃吃喝喝而已”(第二幕第三场),他还“是个不靠军功而受封的爵士;可是跟人吵起架来,那简直是个魔鬼”,他以为与奥丽维娅的叔父托比日夜花天酒地,又除去他的情敌奥维拉,就可以得到她的垂青,那当然只能是异想天开。奥丽维娅只是认为,自命不凡的马伏里奥“以我目前的处境来说,很配做我的仆人”,可他却以为她有意于他,她只能认为他“这家伙简直中了暑在发疯”(第三幕第四场),他的结局也只能是“他给人欺侮得太不成话了”(第五幕第一场)。

2. **任何富贵都要依靠自己争取和把握**。玛利娅模仿小姐笔迹的信讲了这一段名言:“有的人是生来的富贵,有的人是挣来的富贵,有的人是送上来的富贵”(第二幕第五场)。薇奥拉和西巴斯辛生来富贵但遭难失去富贵,她依靠自己争取又重得富贵;而西巴斯辛面对机遇敢于抓住,果断把握机缘去争取也重获富贵。马伏里奥在幻觉中迎接不可能送上来的富贵,自然只能两手空空。

3. **忘恩负义是最可鄙的心上的垢污**。安东尼奥错认薇奥拉为西巴斯辛,又搭救了薇奥拉,可是当他被捕时,她不仅没有任何表示还拒还钱袋而引起误会,安东尼奥斥责她忘恩负义:“这个天神一样的人,原来却是个邪魔外道”!“心上的瑕疵是真的垢污;无情的人才是残废之徒。善即是美;但美丽的奸恶,是魔鬼雕就文采的空椟”。薇奥拉非常委屈:“我一点不知道,您的声音相貌我也完全不认识。我痛恨人们的忘恩,比之痛恨说谎、虚荣、饶舌、酗酒,或是其它存在于脆弱的人心中的陷入的恶魔还要厉害”(第三幕第四场)。直到西巴斯辛和薇奥拉同时出现才解除了误会。

十一、《一报还一报》（又译《请君入瓮》、《量罪记》）

剧情故事

维也纳公爵文森修决定给自己一个出巡的假期，并且给宠臣安哲鲁下了诏书：“当我不在的时候，你就是我的全权代表”，“你在代我摄政的时候，尽管放手干去，不必有什么顾虑；你的权力就像我自己一样，无论是需要执法从严的，或者不妨衡情宽恕的，都凭着你的判断执行”。公爵之所以这样做是因为：“我们这儿有的是严峻的法律”，“可是在这十四年来，我们却把它当做具文”，“变成了毫无效力的东西”，“现在再重新责罚他们，那就是暴政了。所以我才叫安哲鲁代理我的职权，他可以凭藉我的名义重整颓风，可是因为我自己不在其位，人民也不致对我怨谤。一方面我要默察他的治绩”，“在各处巡回察访，不论皇亲国戚或是庶民，我都要一一访问”；“可是其中的一个原因，是因为安哲鲁这人平日拘谨严肃，从不承认他的感情会冲动”，“所以我们倒要等着看看，要是权力能够转移人的本性，那么世上正人君子的本来面目究竟是怎样的”。于是他“扮作一个贵宗的僧侣”，穿上僧服，学习了“教士所应有的一切行为举止”，在维也纳各处暗访，对安哲鲁却说“我是到波兰去了”。

少年绅士克劳狄奥与他的未婚妻朱丽叶互许终身，就要和她结婚了，却和她发生了关系使她有了身孕。这事“触犯刑章，按律例应处死刑”。现在被安哲鲁抓去，他“正是要杀一儆百，给众人看一个榜样”，因此“他已经把他判罪了，听说处决的命令已经下来”。克劳狄奥已经后悔：“我这次是咎由应得”，“因为我从前太自由了”，“毫无节制的放纵，结果使人失去了自由”。但是他对处罚不服又疑惑：“现在这个新任的摄政，也不知道是因为不熟悉向来的惯例；或是因为初掌大权，为了威慑人民起见，有意来一次下马威”，把这十几年来“束诸高阁的种种惩罚重新加在我的身上”。辅佐安哲鲁的老臣爱斯卡勒斯都对这个判决有疑义：“我们的刀锋虽然要锐利，操刀的时候却不可大意，略伤皮肉就够了，何必一定要置人于死命”？“你自己也很可能在你一生中的某个时刻犯下你现在给他判罪的错，从而堕入法网”。但他执意不改判。克劳狄奥只好求助在被游街示众中路遇的朋友、一个纨绔子弟路西奥，请他代他向今天进庵院修道受戒的姐姐依莎贝拉请求，要她“向那严厉的摄政说情。我相信她会成功，因为在她的青春的魅力里，有一种无言的辩才，可以使男子为之心动；当她在据理力争的时候，她的美妙的辞令更有折服人的本领”。依莎贝拉得知弟弟的情形后，立刻去向安哲鲁求情搭救。

依莎贝拉向安哲鲁请求宽恕：“我有一个兄弟已经判处死刑，我要请大人严究他所犯的过失，宽恕了犯过失的人”，“您要是能够对他发生怜悯”,“也许您会心怀不忍而宽恕了他吧”,“任何大人物的章饰”,“都比不上仁慈那样更能衬托出他们的庄严高贵。倘使您和他易地相处,也许您会像他一样失足,可是他决不会像您这样铁面无情”,“我愿我有您那样的权力,而您是处在我的地位,那时候我也会这样拒绝你吗”?他已经动心,但仍坚持:“你兄弟已经受到法律的裁判,你多说话也没有用处”,依莎贝拉仍抱着希望:“一切众生都是犯过罪的,可是上帝不忍惩罚他们,却替他们设法赎罪。要是高于一切的上帝毫无假借地审判到您,您能够自问无罪吗”?“有着巨人一样的膂力是一件好事,可是把它像一个巨人一样使用出来,却是残暴的行为”,“骄傲的世人掌握到暂时的权力,却会忘记了自己琉璃易碎的本来面目”,“当权的人虽然也像平常人一样有错误,可是他却可以凭藉他的权力,把自己的过失轻轻忽略过去。请您反躬自省,问一问您自己的心,有没有犯过和我弟弟同样的错误”?安哲鲁“心思摇惑不定”,因为“她说得那样有理”,“我已经受到诱惑了”。他约她明天午前再来,而他内心在翻腾着恶念:“你因为她的纯洁而对她爱慕,因为爱慕她而必须玷污她的纯洁吗?啊,让她的弟弟活命吧!要是法官自己也偷窃人家的东西,那么盗贼是可以振振有词的”,“因为爱慕纯洁的事物而驱令我们犯罪的诱惑,才是最危险的”,“上帝的名字挂在我的嘴边咀嚼,心头的欲念,兀自在那里奔腾”。

第二天安哲鲁要求依莎贝拉:“把你的兄弟从森严的法网中解救出来,唯一的条件是你必须把你肉体上最宝贵的一部分献给‘有权解救的’此人,不然他就得送命”。依莎贝拉断然拒绝："为了我可怜的弟弟，也为了我自己，我宁愿接受死刑的宣判"，"我却不愿让我的身体蒙上羞辱"，"宁可让一个兄弟在片刻的惨痛中死去，不要让他的姐姐因救他而永远沉沦"。安哲鲁更加无耻强求："把你的肉体呈献给我，来救你弟弟的性命，否则他不但不能活命，而且因为你的无情冷酷，我要叫他遍尝各种痛苦而死去"。依莎贝拉愤怒地斥责："你那卑鄙龌龊的本心！好一个虚有其表的正人君子！安哲鲁，我要公开你的罪恶，你等着瞧吧！快给我签署一张赦免我弟弟的命令，否则我要向世人高声宣布你是一个怎样的人"。

依莎贝拉没有办法只好到狱中告诉弟弟："这个外表俨如神圣的摄政"，"却不料他自己正是一个魔鬼"，"要是我把我的贞操奉献给他，他就可以把你释放"，"他倘然要的是我的命，那为了救你的缘故，情愿把它毫不介意地抛掷了"。而克劳狄奥竟然要"好姐姐，让我活着吧！你为了救弟弟而犯的罪孽，上天不但不会责罚你，而且会把它当做一件善事"。依莎贝拉没想到弟弟这样懦弱和无耻："你这畜生！没有信心的懦夫！不知廉耻的恶人！你想靠着我的丑行而活命吗？为了苟延你自己的残喘，不惜让你的姐姐蒙污受辱，这不是伦常的大变吗"？扮作教士暗访狱中的公爵听到他们的对话，设下计谋拯救他们。他对依莎贝拉说："造物给你美貌，也给你美好的德性；没有德性的美貌，是转瞬即逝的；可是你的美貌之中，有一颗美好的灵魂，所以你的美貌是永存的"，"你现在可以去见安哲鲁，屈意应承他的要求"；我们再去劝一位受屈的姑娘，就是安哲鲁遗弃的已缔下婚约的玛利安娜，要求她顶替着你如约前往，去和安哲鲁相会:“这样你的兄弟可以救出,你自己的清白不受污损,可怜的玛利安娜因此重圆破镜,淫邪的摄政也可以得到教训”。因为安哲鲁幽会后食言,仍然要处决克劳狄奥,公爵又出具了自己的亲笔签署和印信,要狱吏把克劳狄奥暂缓处刑,关在一处秘密地点,用另已病故海盗的头代替他的首级送察。公爵还写信,要安哲鲁在城外九里的圣泉旁迎接他回来:“在那边我要不动声色,一步一步去揭露安哲鲁的罪恶”。

在城门附近广场上,安哲鲁和众臣、市民迎接公爵安然归来。依莎贝拉首先向公爵状告:“安哲鲁是一个背盟毁约的人”,“是一个杀人的凶手”,“是一个淫贼、一个伪君子、一个蹂躏女性的家伙”。接着玛利安娜指控:“狠心的安哲鲁!这就是你曾经发誓说它是值得爱顾的脸;这就是你在订盟的当时紧紧握过的手;这就是在你的花园里代替依莎贝拉的身体”。公爵先假意说,你们破坏一个大家公认的正人君子的名誉;接着公爵又装扮成这两个女人告状的主谋教士,证实控诉的事实昭彰;而教士的头巾被路西奥扯下,现出的本相却是公爵;公爵仍要安哲鲁为自己辩护,安哲鲁这才知道其罪行无可掩饰,不得不要求:“殿下,请您不用再审判我的丑行,我愿意承认这一切。求殿下立刻把我宣判死刑,那就是莫大的恩典了”。公爵先要安哲鲁与玛利安娜立刻举行婚礼,然后“我们就判你在克劳狄奥授首的刑台上受死,也像他一样迅速处决”,“用同样的处罚抵消同样的罪,这才叫报应循环”。玛利安娜立即跪下:“求殿下大发慈悲”,“我不要别人,也不要比他更好的人”。依莎贝拉也跪下为安哲鲁求情:“我想他在看见我之前,他的行为的确是出于诚意的，既然是这样，那么就恕他一死吧”。公爵又叫狱吏把未处决的囚犯带上，才知道克劳狄奥并未受死，为此公爵赦免了安哲鲁。最后，公爵向依莎贝拉求爱：“我还要请你把你的手给我，答应我你是属于我的”，“你要是愿意听我的话，那么我的一切都是你的，你的一切也都是我的”。

人生启示

1. **德性和治术是统治者必备的基本素质**。德性是立身、做人、为官之本，而治术是为民尽责、施政的本领。公爵文森修“是一个重视自省工夫甚于一切纷争扰攘的人”，“他欢喜看见人家快乐，甚于自己追寻快乐，他是一个淡泊寡欲的君子”，他自认为：“他的立身处世和他的操劳国事”，“按照他的言行来检验”，“也不得不承认他是一个学者、一个政治家和一个军人”(第三幕第二场)。当他听到路西奥说他“是一个笨伯、一个懦夫、一个穷奢极侈的人、一头蠢驴、一个疯子”时(第五幕第一场)，他认为：“人间的权力尊荣，总是逃不过他人的讥弹；最纯洁的德性，也免不了背后的诽谤”(第三幕第二场)。但他确实利用巡行暗访“使我有机会冷眼旁观这里的一切；我看见维也纳教化废弛，政令失修”(第五幕第一场)，证实了他先前的自责和整顿法纪决心的确当。而他运用暂时移交权力的政治谋略，察明了安哲鲁和爱斯卡勒斯的真实本性，也为今后治国用人恢复纲纪提供了依据。公爵隐退暗察的政治安排，是一种深谋远虑的政治机宜。

2. **道貌岸然的伪善在权力侵蚀下更易暴露。**选择安哲鲁为摄政,公爵经过详细考虑。老臣爱斯卡勒斯也认为:“在维也纳地方,要是有人值得受这样隆重的眷宠恩荣,那就是安哲鲁大人了”。公爵对他既寄予厚望又诚恳告诫:“在你的生命中有一种与众不同的地方,使人家一眼便知道你的全部为人。你自己和你所有的一切,倘不拿出来贡献于人世,仅仅一个人独善其身,那实在是一种浪费。上天生下我们,是要把我们当做火炬,不是照亮自己,而是普照世界;因为我们的德行倘不能推及他人,那就等于没有一样。一个人有了才华智慧,必须使它产生有益的结果;造物是一个工于算计的女神,她所给予世人的每一分才智,都要受赐的人知恩感激,加倍报答”(第一幕第一场)。公爵也知道他曾有毁约弃誓的过错,所以格外注意在权力侵蚀下他的本性的变移。

公爵刚一离开,他就急于对权力作出安排,而后运用权力对本可宽恕的已有婚约的奸淫罪重判死刑,以博取名誉。动机既不纯,对象也选错,判刑更谬错,爱斯卡勒斯的规劝也没有用,他执意认为:“法律所追究的只是公开的事实,审判盗贼的人自己是不是盗贼,却是法律所不问的”。因而造成“也有犯罪的人飞黄腾达,也有正直的人负冤含屈,十恶不赦的也许逍遥法外,一时失足的反而铁案难逃”(第二幕第一场)。

面对才貌双全的依莎贝拉,情理交融无可辩驳的乞求,暂且处于权力顶端的他终于暴露了伪善的本性:“现在我宁愿把我这岸然道貌,去换一根因风飘荡的羽毛”,“我现在一不做二不休,不再控制我的情欲,你必须满足我的饥渴,放弃礼法的拘束”，“你尽管向人怎样说我，我的虚伪会压倒你的真实”(第二幕第四场)。并且在他的花园里与名为依莎贝拉实为玛利安娜幽会，犯下了他判决的奸淫罪。而此后仍毁约下令处死克劳狄奥：“我本来可以让他活命，可是我怕他年轻气盛，假如知道他自己的生命是用耻辱换来的，一定会图谋报复”，他的内心由此而受煎熬：“我们一旦把羞耻放在脑后，所作所为，就没有一件事情是对的；又要这么做，又要那么做，结果总是一无是处。”(第四幕第四场)他的丑行被揭穿：“安哲鲁在庄严的外表，清正的名声，崇高的位阶的重重掩饰下”，“就是一个罪大恶极的凶徒”，“凭着一条可怕的舌头，可以操纵人的生死，把法律供自己驱使，是非善恶，都由他任意判断”(第二幕第四场)。为此他“的内心中充满了悔恨，使我愧不欲生，但求速死”(第五幕第一场)。这正是：“欲代上天行惩，先应玉洁冰清；持躬唯谨唯慎，孜孜以德自绳；诸事扪心反省，待人一秉至公；决不滥加残害，对己放肆纵容。安哲鲁则反之，实乃羊皮虎质；严谴他人小过，自身变本加厉！貌似正人君子，企图一手遮天；使尽狡猾伎俩，索得名誉金钱。何不以诈易诈，令其弄假成真；弱女虽遭遗弃，亦可旧约重申；即以其人之道，还治其人之身”(第三幕第二场)。

3. **理想的人生应是崇高的灵魂和德性高于一切。**具有美好灵魂的美是永存的。依莎贝拉为了亲情甘于牺牲生命：“即使把我粉身碎骨，我也会从容就死”；而当安哲鲁要她献上贞操时，依莎贝拉“情愿牺牲肉体，却不愿玷污灵魂”。由于她有美好的灵魂和德性，她的美貌将永存。她坚守：“贞操是比兄弟更为重要的”，“必须活着做一个清白的人”，她认定：“卑劣的赎罪和大度的宽赦是两件不同的事情；合法的慈悲，是不可和肮脏的徇纵同日而语的”(第二幕第四场)，“耻辱的生命是尤其可恼的”。但她仍尽全力拯救弟弟：“只要是无愧良心的事，我什么都敢去做”(第三幕第二场)。但依计让安哲鲁与玛利安娜约会后，安哲鲁仍背诺下令处死克劳狄奥，她悲愤地呼喊：“可怜的克劳狄奥！不幸的依莎贝拉！万恶的世界！该死的安哲鲁”！(第四幕第三场)安哲鲁被判死刑后她却求公爵免他一死：“安哲鲁的用心虽然可恶，幸而他的行为并未贻害他人；只好把他当做图谋未遂看待，应当减罪一等。因为思想不是具体的事实，居心不良，不能作为判罪的根据”(第五幕第一场)。依莎贝拉集真理、正义、正直、忠诚、仁爱、善良、责任、名誉、贞操、智慧、才情、勇气和宽容、怜悯、仁慈、饶恕等美德与青春、美貌于一身，成为善战胜恶，纯洁战胜龌龊，美德战胜邪魔的一个代表。

而她的弟弟克劳狄奥和未婚妻朱丽叶，“因为年轻识浅，留下了终身的玷辱，现在她怀孕在身，他的情人又被判死刑；他是一个风流英俊的青年，却为风流葬送了一生”！(第二幕第三场)

至于安哲鲁，“大家都看您是这样聪明博学，居然会堕落到一至于此；既然克制不住自己的情欲，事后又是这么鲁莽灭裂，真太叫人失望了”！(第五幕第一场)

那个杀人犯巴那丁：“你有一个冥顽不灵的灵魂，你的一生都在浑浑噩噩中过去，不知道除了俗世以外还有其它的世界。你是一个罪无可道的人”(第五幕第一场)。

纨绔子弟路西奥不仅诽谤他人，而且跟一个女人相好有了孩子却不与她结婚。

他们都被不同程度赦免,但都必须洗心革面。

还有妓院当差的庞贝在狱中所说的:“人们很可能错认这是咬弗动太太开的窑子,因为她的许多老主顾都在这儿。头一个是纨绔少爷”,“还有一个舞迷少年”,“还有傻大爷,风流哥儿,贾黄金,喜欢拿刀动剑的瓷公鸡,专给人闭门羹吃的浪荡子,在演武场上显身手的快马先生,周游列国,衣饰阔绰的鞋带先生,因为醉酒闹事把白干扎死的烧酒大爷”。“此外还有不知多少;原来都是挥金如土的阔少,这会儿只能向囚窗外面的过路人哀求施舍了”(第四幕第三场)。还有的富有得“像一头不胜重负的驴子,背上驮载着金块在旅途上跋涉,直等到死来替你卸下负荷”;还有“你自己的骨血,嘴里称你为父亲尊长,心里也在咒诅着你不早早伤风发疹而死”(第三幕第一场)。这些走入人生歧途的人也都要洗心革面。至于发厉害的热病死去的著名海盗拉戈静,连头也被割去顶替克劳狄奥,已经来不及了。

十二、《终成眷属》

剧情故事

海丽娜是名医吉拉·德·拿滂的独生女，她父亲临死时托付罗西昂伯爵夫人照顾她，“她有天赋淳厚优美的性质”，“她的优点却由于天性纯朴而越加出色，她的正直得自天禀，教育更培植了她的德性”。伯爵夫人把她“当做我自己的亲生骨肉一样看待”，“像母亲一样关心着”她，“对她抱着极大的期望”。

伯爵夫人的独生子勃特拉姆应法国王上的召唤，即刻将启程赴巴黎王宫尽忠效命，夫人祝福他：“愿你不但在仪表上像你的父亲，在气概风度上也能够克绍箕裘，愿你的出身和美德永远不相上下，愿你的操行与你高贵的血统相称”！

勃特拉姆的离去更激起海丽娜的伤心，因为她暗自热恋着他：“在我的想象之中，除了勃特拉姆以外没有别人的影子”，“他是这样高不可攀；我不能踰越我的名分和他亲近”，“希望与狮子匹配的驯鹿，必须为爱而死”。但她并不气馁和颓丧，她认定：“一切办法都在我们自己”，“尽管地位如何悬殊，惜惜相怜的人，造物总会使他们结合在一起”。她计划运用先父传她的一种秘方治好王上的痼疾，然后希望王上恩赐她与勃特拉姆结合。管家听到“她用无限哀怨的语调声诉着她的心声”，得知“她爱上了我们的少爷了”，赶快禀知夫人。夫人早已猜疑到几分，得到实据后，夫人以为：“我们是自然的子女，谁都有天赋的感情”，“当热烈的恋情给青春打下了烙印，这正是自然天性的标志和记号”。夫人直白地告诉海丽娜：“你可以做我的媳妇”，“你爱着我的儿子”，“你不要瞒住我吧，我总是会尽力帮助你的”。海丽娜只好跪下坦陈：“我是爱着您的儿子，并且爱他胜过您，仅次于爱上天”，“我并不用僭越名分的表示向他追求，在我不配得到他的眷爱以前，决不愿把他占有”，“请您可怜可怜我这命薄缘悭、自知无望、拼着在默默无闻中了此残生的人儿吧”！并且告知她想去巴黎，医治王上重病的计划：我觉得父亲“传给我这一份遗产，一定会带给我极大的幸运”。夫人爽快地答应：“你不仅可以得到我的准许，也可以得到我的爱”。

王上“害的是瘘管症”，“最高明的医生都已经离开”，“众口一词地断定病入膏肓，决非人力所能挽回的了”，王上当然不会轻信海丽娜的药饵。但她在王上面前力辩：“既然陛下已经断定一切治疗都已无望，那么就给我一个机会，让我试一试我的本领，又有什么妨碍呢？创造世界的神，往往借助于最微弱者之手”，“最有把握的希望，往往结果终于失望；最少希望的事情，反会出人意料的成功”，“陛下，请您接受我的劳力吧，这并不是试验我的本领，乃是试验上天的意旨”，“航海者的滴漏二十四回告诉人们那窃贼一样的时间怎样偷溜过去以前，陛下身上的病痛便会霍然脱体”。王上问她：“你有这样的自信，要是结果失败呢”？她慷慨许诺：“请陛下谴责我的鲁莽，把我当做一个无耻的娼妓”，“我的处女的清名永远丧失”，“我的生命也可以在最苛虐的酷刑中毁灭”。王上终于被说服：“我觉得仿佛有一个天使，借着你柔弱的口中发出他的有力的声音”，“你的生命是可贵的，因为你身上具备一切生命中值得赞美的事物，青春、美貌、智慧、勇气、贤德，这些都是足以使人生幸福的；你愿意把这一切作为孤注，那必然表示你有非凡的能耐，否则你一定有一种异常胆大妄为的天性。好医生，我愿意试一试你的药方，要是我死了，你自己可也不免一死”。她及时提出：“药方若不能奏效，死就是我的犒赏；不过要是我把陛下的病治好了”，“我要请陛下亲手赐给我一个我所选中的丈夫”。国王表示：“凭着我的王杖和死后超生的希望起誓，我一定答应你”，“我也一定帮助你如愿以偿”。

国王的病果然被海丽娜治好：“现在他简直比海豚还壮健”，“一个最柔弱无能的使者，表现他的伟大超越的力量”。国王如约“把朝廷中所有的贵族一起召来”，要海丽娜在这一群年轻未婚的贵人中随意选择：“他们都不能拒绝你”，“我对他们都可以运用君上和严亲的两重权力，把他们中间的任何一个人许配给你”。她选中已来到宫中的勃特拉姆做她的丈夫：“我不敢说我选取了您，可是我愿意把我自己奉献给您，终身为您服役，一切听从您的指导”。而勃特拉姆“是要凭着自己的眼睛做主的”，他并不愿娶海丽娜为妻，他认为：“她是靠着我家养活长大的，一个穷医生的女儿做我的妻子！我宁可一辈子倒霉”！国王开导他：“你不喜欢她，只因为她是一个穷医生的女儿，那么你重视虚名甚于美德，这就错了”，“要是把人们的血液倾注在一起，那颜色、重量和热度都难以区别,偏偏在人间的关系上,会划分这样的鸿沟,真是一件怪事”,“善恶的区别,在于行为本身,不在于地位的有无”,“只要你能因为这女子的本身而爱她,我可以给她其余的一切;她的贤淑美貌是她自己的嫁妆,光荣和财富是我给她的赏赐”,他仍表示:“我不能爱她,也不想爱她”。国王为了自己的信用不受损害,运用权力要求他:“为了你自己的好处,赶快抑制你的轻蔑,服从我的旨意”,“否则你将永远得不到我的眷顾”。他只得屈服:“我愿意捐弃个人的爱情,服从陛下的指示”,“我愿意娶她为妻”。国王又叮嘱:“你既然答应娶她,就该真诚爱她,不可稍有二心”。但当他与海丽娜在牧师面前起誓结婚以后,却不愿与她同床,而且决定立即去意大利战场作战,要她赶快回家:“永远不跟她同床”。他给她的判决是:“汝倘能得余永不离手之指环,且能腹孕一子,确为余之骨肉者,始可称余为夫;然余可断言永无此一日也”,“余一日有妻在法兰西,法兰西即一日无足以令余眷恋之物”。伯爵夫人深感痛心:我的儿子“把他高贵的天性都染坏了”,“他的剑是永远赎不回他所已经失去的荣誉的”。而海丽娜决心离开法兰西,按照丈夫信上的要求得到其夫的指环并为其腹孕一子,以使其夫得到安慰并回到法兰西,她也能得到这个真正的丈夫。

海丽娜扮作进香人参礼圣洛克来到弗罗棱萨城外,听说丈夫罗西昂伯爵勃特拉姆立了很大的功劳:“捉住了他们的主将,还亲手杀死他们公爵的兄弟”。但她丈夫“曾经用尽各种手段想要破坏寡妇的女儿狄安娜的贞操”。于是她与寡妇商定,要狄安娜向伯爵讨要他手指上祖先遗传的指环,然后约他一个时间相会，“到了那时间，我会顶替她赴约，她自己还是白璧无瑕”，“那就是男的有邪心，女的无恶意，看似犯奸淫，实则行婚配”。海丽娜同时让圣约克的牧师证实她已经死亡，她“因为她的多愁善感的天性经不起悲哀的袭击，所以一病不起，终于叹了最后一口气”。勃特拉姆得知她的死讯，为她办了丧事，又把他的指环送给狄安娜，约定夜半时分与她相会，却不知“沉沉的黑夜使他觉察不出自己已经受人愚弄”，与他相会的竟是他的妻子。

因为军队已经解散，她的丈夫也回家了。海丽娜与寡妇、狄安娜一起也向马赛急奔，要找国王为她作证却扑了个空，就请人把诉状先带给去罗西昂的国王。在罗西昂伯爵夫人家中，国王正要把拉佛老臣的女儿许给勃特拉姆，看见勃特拉姆摘下的指环竟然是国王送给海丽娜的。而赶到伯爵夫人家状告勃特拉姆的狄安娜，又拿出他送给她的、他家六世祖传的戒指作证，揭开了海丽娜与她丈夫相会有了身孕的秘密。最后“复活”的海丽娜出现，向勃特拉姆倾诉：“我的好夫君！当我冒充着这位姑娘的时候，我觉得您真是温柔体贴，无微不至。这是你的指环”，你信上讲的“这两件事情我都做到了，您愿意做我的丈夫吗”？勃特拉姆这才向国王表示：“她要是能够把这回事情向我解释明白，我愿永远永远爱她”。这正是：“团圆喜今夕，艰苦愿终偿，不历辛酸味，奚来齿颊香”。

人生启示

1. **要把命运牢牢掌握在自己手中。**要充分运用自由发展的机会，精心策划奋力博取，实现自由幸福的理想。海丽娜为了踰越地位差距的鸿沟，追求意中情人、多方设计、竭力奋争、终成眷属，放射出对爱情婚姻真挚争取，对自由独立炽烈追求，充满青春热情、智慧勇气、高尚美德，不畏艰险，不惜牺牲的人性光芒。她的人生信念是："一切办法都在我们自己，虽然我们把它诿之天意；注定人类命运的上天，给我们自由发展的机会，只有当我们自己冥顽不灵，不能利用这种机会的时候，我们的计划才会遭遇挫折"，"只有那些斤斤计较，害怕麻烦，认为好梦已成过去的人，他们的希冀才永无实现的可能"(第一幕第一场)。"我知道我的爱是没有希望的徒劳，可是在这罗网一样千孔万眼的筛子里，依然把我如水的深情灌注下去，永远不感到干涸"，我"虔信而执迷，我崇拜着太阳，它的光辉虽然也照到它的信徒的身上，却根本不知道有这样一个人存在"(第一幕第三场)，"万事吉凶成败，须看后场结局；倘能如愿以偿，何患路途纡曲"(第四幕第四场)，"只要能够得到圆满结果，何须顾虑眼前的挫折"(第五幕第一场)。

当然恋爱婚姻自由是双向的，海丽娜的执着值得钦佩，国王的强迫并不足取，勃特拉姆不知惜玉怜香，所以终成眷属却不一定皆大欢喜。"来得太迟的爱情，就像已经执行死刑以后方才送到的赦状,不论如何后悔,都没有法子再挽回了”,“我们粗心的错误,往往不知看重我们自己所有的可贵的事物,直至丧失了它们以后,方始认识它们的真价”(第五幕第三场)。

2. **人生是一幅多彩交织的复杂图画。**一个善人行善的同时可能也沾染了恶习,难免有过失,要及时清除瑕疵;而一个恶人往往也不会一无是处,更要改恶从善,洗心革面。无论是什么样的人在什么时节,都要洁身自好、扬善抑恶。如同一位从臣所言:“人生就像是一匹用善恶的丝线交错织成的布;我们的善行必须受我们的过失的鞭挞,才不会过分趾高气扬;我们的罪恶又赖我们的善行把它们掩盖,才不会完全绝望”(第四幕第三场)。勃特拉姆出身高贵,年轻勇敢,渴求功名,当初国王留他在身边,他就感叹:“我留在这儿,就像一匹给妇人女子驾驭的辕下驹,终日在石道上消磨我的足力,等着人家一个个夺了光荣回来,再没有机会一试我的身手”,“不,天日在上,我一定要逃跑出去”,“做个发扬祖国光荣的法兰西好男儿”,“奋身博取世人称誉的机会”(第二幕第一场)。而当国王强迫他与他不喜欢的海丽娜结婚时,他“与其闷在黑暗的家里,和一个可厌的妻子终日相对,还不如冲锋陷阵,死也死得痛快一些”(第二幕第三场),毅然投身到战神的麾下,“帮助我使我像我的思想一样刚强,使我只爱听你的鼓声,厌恶那儿女的柔情”(第三幕第三场)。

但是“他在这里凭着他的勇敢,虽然获得了极大的光荣,可是他回家以后将遭遇的耻辱,也一定是同样大的”(第四幕第三场)。因为他答应并娶了海丽娜为合法妻子,却不仅未尽丈夫的义务,而且发誓永不回家永不与其同床,并以有妇之夫之身诱引良家少女丧失贞操，还让她“把我的指环拿去吧，我的家，我的荣誉甚至于我的生命，都是属于你的”(第四幕第二场)，而他并不真心爱她，也不打算娶她为妻，只想玩够了丢掉，听见海丽娜的死讯却”“一定很高兴”。这真是“我们有时往往会把我们的损失当做莫大的幸事”，“有时我们却因为幸运而哀伤流泪”(第四幕第三场)。

3. **年轻人应有效仿的模范和准则。**他应当：“在他的高傲之中没有轻蔑，在他的严峻之中没有苛酷”，“对众人一视同仁，对少数人推心置腹，对任何人不要亏负”。“只有当那些和他同等地位的人激起他的不满的时候，他才会对他们作无情的指责；他的良知就像一具时钟，正确地知道在哪一分钟为了特殊的理由使他不能不侃侃而言”，“他把那些在他下面的人当做不同地位的人看待，在他们卑微的身份前降尊纡贵，听了他们贫弱的谀辞，也会谦逊不遑，使他们因他的谦逊而受宠若惊”。“在能力上你应当能和你的敌人抗衡，但不要因为争强好胜而炫耀你的才干；对于你的朋友，你应该开诚相与；宁可被人责备你朴讷寡言，不要让人嗔怪你多言偾事”(第一幕第二场)。“最可耻的，却是那些席父祖的余荫，不知绍述先志，一味妄自尊大的人。最好的光荣应该来自我们自己的行动，而不是倚恃家门。虚名是一个下贱的奴隶，在每一座墓碑上说着谎话，倒是在默默无言的一坯荒土之下，往往埋葬着忠臣义士的骸骨”(第二幕第三场)。

4. **要学会对付混迹于社会的无赖浪人。**浪人有混社会的生活经验，有时也有点小聪明，但谎话连篇，造谣诈骗，背信爽约，毫无道德，没有廉耻，常做些坏事还怂恿别人做坏事，一旦得到点好处，或受到恐吓，就会背叛事主出卖一切，受到作弄和惩罚之后依然“我行我素”，“照旧吃吃喝喝，照样睡得烂熟”，不害臊地“厚着脸皮活下去”（第四幕第三场）。要看透这类人物，“这人的灵魂就在他的衣服上。不要信托他重要的事情”（第二幕第五场），要调用他们的长处，抑止他们的恶行，及时清理社会垃圾。变废为宝以利社会。勃特拉姆的侍从帕洛就是这类人。他鼓动海丽娜放弃贞操（第一幕第一场）。他怂恿勃特拉姆“放大胆子，偷偷地逃跑出去”出征，勇敢地丢弃了她（第二幕第一，三场）。而到了前线，他“是个卑鄙龌龊的军官，那个年轻伯爵就是给他诱坏的”（第三幕第五场），当他被作弄抓捕以后，为了活命供出了“我们营里的一切秘密”。正如他自己所说：“凡是一个正人君子所不应该有的品质，他无一不备；凡是一个正人君子所应该有的品质，他一无所有”，“给他几毛钱，他就可以把他的灵魂连同世袭继承权全部出卖”（第四幕第三场）。

第二章　历史剧

一、《约翰王》

剧情故事

英国约翰王是已故父王亨利二世的四子，他的二哥"狮心王"理查一世死去时无子嗣，在英国的约翰继承了他的王位，而其已故三哥吉弗雷的儿子少年亚瑟，按旧规血缘更近更有理由继承王位，却因身在法国未能承继应得的王位。法王腓力普代表亚瑟向约翰要求："追还这一座美好的岛屿和其他的全部领土，爱尔兰、波亚叠、安佐、妥伦和缅因"；"把它们交给你的侄儿和合法的君王，少年的亚瑟的手里"，否则"残暴而流血的战争，将要强迫你放弃这些霸占的利权"。而约翰王决心："要用战争对付战争，流血对付流血，压迫对付压迫"，据守已得到的"合法的权利"。

约翰王率领大军迅速登上了法国国土，约翰王之母艾莉诺太后、约翰王侄女西班牙郡主白兰绮也随从到了法国前线。法王腓力普与杀害理查王的奥地利公爵联合起来，带着法王太子路易和约翰王之侄亚瑟向约翰王声讨篡窃之罪。英法两王的大军对峙在英国在法国的领地安及尔斯城外，要求市民承认亚瑟或是约翰是他们合法的君王，让他们进城。而市民回答："我们是英格兰国王的子民”，“谁能够证明他是真正的国王，我们愿意向他证明我们的忠诚”。于是英法两王双方交战，但未分胜负。市民只好闭门固守，又提出“一个和平合作的方策”：“那位西班牙的女儿，白兰绮郡主，是英王的近亲”，法王“路易太子和那位可爱的女郎正是年龄相当的一对”，“要是你们促成了这位王子和这位郡主的良缘，这一个结合对于我们紧闭的城门将要成为比炮火更有力的武器”。母后艾莉诺即劝约翰王：“成全了这门亲事吧；给我的孙女一笔大大的嫁妆；因为凭着这次联姻，可以巩固你现在基础尚未稳定的王位，让那乳臭未干的小儿得不到阳光的照耀”。

于是约翰王同意了这门亲事，给路易“伏尔克森、妥伦、缅因、波亚叠和安佐五洲作为她的嫁妆，另外再加增英国国币三万马克”。法王也“很满意。我儿和这位年轻的郡主，你们握手吧”。法王本来是为了争取亚瑟的母亲康斯丹丝夫人“的权利而来”，可是他“却转换了方向，谋求我自身的利益了”。约翰王为了和解一切，封“少年的亚瑟为布列塔尼公爵兼里士满伯爵”。在这场“疯狂的和解”中，“约翰为了阻止亚瑟夺取他的全部的权利，甘心把他一部分的权利割舍放弃”。而“‘利益’，这颠倒乾坤的势力”，“蒙蔽了反复成性的法兰西的肉眼，使他放弃他的援助弱小的决心，从一场坚决的正义的战争，转向一场卑鄙恶劣的和平”，国王们因“‘利益’而背弃信义”，“利益”成为他们的“君主”。

正在此时，罗马教皇的使臣潘杜尔夫来到，质问约翰王：“为什么你要用威力压迫那被选为这次坎特伯雷大主教的史蒂芬·兰顿，阻止他就任圣职”？约翰强硬地回答：“没有一个意大利的教士可以在我们的领土之内抽取捐税；在上帝的监临之下，我是最高的元首，凭借主宰一切的上帝所给予我的权力，我可以独自统治我的国土，无须凡人的协助”，“我要用独自的力量反对教皇，把他的友人认为我的仇敌”。潘杜尔夫当即宣布：“你将要受到上天的咒诅，被摈于教门之外”，“不论何人，能够用任何秘密的手段取去你的可憎的生命的，将被称为圣教的功臣，死后将要升入圣徒之列”。他还要求法王：“除了和英国敌对以外，一切命令都是不存在的”，“不然的话，我们沉重的咒诅将要降临在你身上，使你无法摆脱，在它们黑暗的重压下绝望而死”。法王只得屈服：“英格兰，我决定和你绝交了”。于是两军重新交锋，法王联军奥地利公爵被杀，报了理查王的冤仇。亚瑟被俘送回英国。英军冲破法军的阻碍回到了英国。

但约翰仍把亚瑟看作“挡在我路上的一条蛇，无论我的脚踏到什么地方，他总是横卧在我的前面”，他竟要监守人赫伯特将亚瑟的双眼烫瞎和处死，亚瑟恳求他大发慈悲和怜悯，赫伯特被说动放弃了行刑。大臣们也“诚意地要求将亚瑟释放”，“他的自由才是陛下的幸福”。然而亚瑟没有被释放，却在逃离监狱跳下城墙时被摔死。法王路易太子也“凭着我的婚姻而取得的资格，继亚瑟之后，要求这一个国土的主权”，而率法军登陆英格兰，“让战争的巨舌，申说我的权利”。潘杜尔夫早就预言，约翰“为了自身的安全而溅洒了纯正的血液”，当他听见法王太子“的大军压境的时候”，“他的民心就要离弃他，欢迎新来的主人”。果然恐惧的人民和不平的贵族抛弃了约翰王：“全国的生命、公道和正义已经从这死了的王裔的躯壳里飞到天上去了，英国现在所剩下的，只有一个强大繁荣的国家的无主的利益，供有力者的争持攫夺”。

在这王权和国家危急的关键时刻，约翰王向罗马教皇屈尊效忠，希望潘杜尔夫劝退法军，“使这场风波化为无事”，同时“让我们武装起来”，“把这场儿戏的战争和这些侏儒的武力扫荡出”国境之外。而“法国太子所盼望的大量援军”，“在古德温沙滩上触礁沉没”，“法军士气销沉，已经在开始撤退了”。贵族们也重新收回对约翰王所抛弃的忠诚。但患着凶恶热病的约翰王“误服了一个寺僧的毒药”，“毁灭尽了它的君主的庄严”。他的儿子亨利亲王“继承先王的遗统，肩负祖国的光荣”，贵族们向他掬献“不变的忠勤和永远的臣服”：“我们的英格兰从来不曾，也永远不会屈服在一个征服者的骄傲的足前，除非它先用自己的手把自己伤害”，“只要英格兰对它自己尽忠，天大的灾祸都不能震撼我们的心胸”。

人生启示

1. **为了维护利益变换策略是明智的。**约翰王为保住既得利益，在与法军争战不分胜负情况下，促成母后侄孙女与法王太子的婚姻，牺牲部分利权保住了全部王权，暂时解除一次王位危机。然而这一联姻使法王太子有资格争夺英王王位，在教皇怂恿下造成新的危机。在这关键时刻，约翰王对教皇由反对改变为效忠，争得教皇支持，又一次化解王位危机。正是"'利益'，这颠倒乾坤的势力"成为君主崇拜的"君主"，"这世界本来是安放得好好的，循着平稳的轨道平稳前进，都是这'利益'，这引人作恶的势力，这动摇不定的'利益'，使它脱离了不偏不颇的正道，迷失了它正当的方向、鹄的和途径"(第二幕第一场)。

2. **残害无辜的残暴和狡诈必遭天谴。**约翰王自知："若指望合法的权利作保障"那"就要糟糕了"(第一幕第一场)，因而为彻底消除王位的隐忧，执意加害无辜的亚瑟，致使"纯洁而美好的王子"亚瑟越狱而亡。他却嫁祸于人："这些佞臣们往往会在君王的默许之下曲解法律，窥承主上的意志，虽然也许那只是未经熟虑的一时的愤怒"。他的暴行激起臣民极度愤恨和背弃："这是突破一切杀人罪案的最高峰"，"一场最可耻的惨剧、一件最野蛮的暴行、一个最卑劣的打击"(第四幕第三场)。他自己也"好后悔。建立在血泊中的基础是不会稳固的，靠着他人的死亡换到的生命也决不会确立不败"，"我的天良因为我杀死我的侄儿，正在向我兴起问罪之师"(第四幕第二场)。果然他被"一个蓄意弑君的"(第五幕第六场)寺僧所毒杀。

二、《理查二世》

剧情故事

理查二世的叔父约翰·刚特德高望重，他的儿子亨利·波林勃洛克，控告诺福克公爵托马斯·毛勃雷阴谋叛逆。理查王决定他们以决斗解决势不两立的争端，但在最后时刻，理查德王突然宣布："因为我们的眼睛痛恨同室操戈所造成的内部的裂痕"，决定"把你们放逐出境"，波林勃洛克六年，毛勃雷终生，并且要他们立下誓言："永远不准同谋不轨，企图危害我、我的政权，我的臣民或是我的国土"，"倘有故违，立处死刑"，这正是理查王最担心的。理查王特别注意到，波林勃洛克"向平民怎样殷勤献媚，用谦卑而亲昵的礼貌竭力博取他们的欢心"，"好像我治下的英国已经操在他的手里，他是我的臣民所仰望的未来的君王一样"。

由于儿子被放逐悲痛欲绝的刚特突患重病，临死之际的他，"觉得自己仿佛是一个新受到灵感激动的先知"，预言理查王"的轻躁狂暴的乱行决不能持久"。他向理查王直言："虽然我比你病重，你才是将死的人"，"在你那仅堪复顶的王冠之内，坐着一千个谄媚的佞人"，"侵蚀你的广大的国土"，"你现在是英格兰的地主,不是他的国王”,“你的王冠将要丧失在你自己的手里”。而理查王却把他看成“是一个疯狂糊涂的呆子”,当他刚死就决定:“没收我的叔父刚特生前所有的一切金银、钱币、收益和动产”,“补助我们的军需”。理查王最小的叔父约克向他进言:“您用非法的手段,攫夺了”刚特儿子波林勃洛克的权利,“破坏传统的正常的惯例”,“您将要招引一千种危险到您头上,失去一千颗爱戴的赤心”,“不由正道,绝不会有好的结果”。理查王仍毫无悔意地去远征爱尔兰,走上了失去王位和生命的不归路。平民和贵族“已经全然对他失去好感”,他“用卑劣的妥协手段,把他祖先一刀一枪换来的产业轻轻断送”,“国王已经破产了,像一个破落的平民一样”。

刚特的儿子波林勃洛克率领部众和军队,登上英格兰北方海岸伺机开进,他的目的是向英国“要求兰开斯特的爵号”和遗产世袭继承权。随着理查王死亡的传闻,理查王寄希望唯一强大的威尔士人的军队溃散,理查王的亲信被处决,波林勃洛克的势力日益壮大。摄政王约克公爵也与波林勃洛克联合。众叛亲离的理查王竟然答应波林勃洛克:“你自己的一切是属于你的,我也是属于你的,一切全都是属于你的”,并且自愿把王位让给了波林勃洛克。见证这一幕的卡莱尔主教和威司敏斯特长老说:“上帝不允许这样的事”,“悲惨的事情还在后面”。

波林勃洛克接过理查王的王冠,成为亨利四世。退位的理查王被送到邦弗雷特城堡的监狱,他追悔终生:“我一个人扮演着许多不同的角色,没有一个能够满足他自己的命运,有时我是国王”,又“变成了乞丐”,再“变成了国王”,“是什么也不能使他感到满足的”。但波林勃洛克仍不放心，念叨着：“难道我没有一个朋友，愿意替我解除这一段活生生的忧虑吗”？艾克斯顿爵士领会这话的意思，用阴谋手段杀死了理查。理查临终时说：“那击倒我的手将要在永远不熄的烈火中焚烧”。波林勃洛克不敢感谢听了他的话才去干这件事的艾克斯顿，因为“需要毒药的人，并不喜爱毒药”，“虽然我希望他死，我却痛恨杀死他的凶手”，“凭着鲜血浇溉成我今日的地位，这一件事是使我的灵魂抱恨无穷的”，“现在让我们用沉痛的悲泣，肃穆地护送这死于非命的遗骸”。

人生启示

1. **自私乱行与脆弱是致命的缺陷。**理查王不仅放逐其叔父刚特的儿子，而且没收了死去的刚特的全部财产，这种轻躁狂暴的乱行，破坏了惯例，剥夺了波林勃洛克的爵号和遗产的世袭继承权，把他逼上了绝境。理查王“的行为已经造成了物议沸腾、人心瓦解的局面”，“平民们因为他苛征暴敛，已经全然对他失去好感；贵族们因为他睚眦必报，也已经全然对他失去好感”（第二幕第一场）。因而波林勃洛克起兵得到平民和贵族的拥护。而理查王在自己仍有力量抵抗时，不懂得“奋战而死，是以死亡摧毁死亡；畏怯而死，却做了死亡的奴隶”（第三幕第一场），竟解散了手下全部士兵而束手就擒，自动交出了王冠：“他必须屈服吗？国王就屈服吧。他必须被人废黜吗？国王就逆来顺受吧。他必须失去国王的名义吗？凭着上帝的名义，让它去吧”(第三幕第三场)。理查王并且顾影自怜：“一道脆弱的光辉闪耀在这脸上，这脸儿也正像不可恃的荣光一般脆弱”(第四幕第一场)。

2. **杀害已悔的对手将永远不得安宁。**波林勃洛克成为亨利四世后，仍暗示杀害了狱中退位的理查王，他明知这是“一件毁坏我的荣誉，玷辱我们整个国土的恶事”，却仍然犯下了这大逆不道的罪行。他不得不披上阴郁的黑衣举哀：“还要参诣圣地，洗去我这罪恶的手上的血迹”(第五幕第六场)。因为他不懂得宽容已悔的对手，这将使他的灵魂抱恨无穷，并且他的从臣“既然知道怎样扶立非法的君王，当然也知道怎样从偷窃的御座上把他推倒。恶人的友谊一下子就会变成恐惧，恐惧会引起彼此的憎恨，憎恨的结果，总有一方或双方得到咎有应得的死亡或祸报”(第五幕第一场)。

三、《亨利四世(上、下)》

剧情故事

亨利四世用“诡诈的手段取得这一顶王冠”，给了他太大的烦恼：“它在人们的心目之中，不过是我用暴力攫取的尊荣，那些帮助我得到它的人都在指斥我的罪状，他们的怨望每天都在酿成斗争和流血，破坏这粉饰的和平”，“我做了这么多年的国王，不过在”“应付这些大胆的威胁”，“反复串演着这一场争杀的武戏”。

亨利四世最亲近的王子、威尔士亲王哈利“是一个文雅风流，有骨气的男儿”，但“命运也像海水一般起伏不定”，他跟着放荡的爵士福斯塔夫放浪形骸，“这种放纵的下流的贪欲，这种卑鄙荒唐、恶劣不堪的行动，这种无聊的娱乐、粗俗的伴侣”，使世人对他“的希望和期待已经毁灭”。其实亲王是“要利用我的放荡的行为，作为一种手段，在人们意料不及的时候一反我的旧辙”。当国家面临叛乱危难，需要他独当一面时，他向父王表白：“从此以后，我一定痛改前非”，我要在叛军的“身上赎回我所失去的一切，在一个光荣的日子结束的时候，我要勇敢地告诉您我是您的儿子”。

亨利王回忆起:“不满十年以前,理查和诺森伯兰还是一对很好的朋友,常常在一起饮宴,两年以后,他们就以兵戎相见”,“理查受到诺森伯兰责骂以后”,曾预言:“你是一道阶梯,我的族弟波林勃洛克凭着你升上我的王座;总有一天卑劣的罪恶将会化脓而溃烂”,“现在他的预言已经证实了”:曾经最早支持亨利王篡位的诺森伯兰伯爵,和他的儿子霍茨波,以及约克大主教、道格拉斯伯爵、马契伯爵摩提默和葛兰道厄,都联合起来反对亨利王。本来,摩提默被威尔士人葛兰道厄战败俘虏;霍茨波打败了苏格兰人道格拉斯,但霍茨波拒绝把俘虏交给亨利王,还要求王上出款赎回其妻舅摩提默。但因摩提默已与葛兰道厄的女儿结婚,亨利王拒绝了霍茨波的要求后,霍茨波以自谋安全,洗刷教唆行弑的万恶罪名为由,联合起兵反叛亨利王。而其真实目的是:“他这非分的王位,也已经霸占得太久了,应该腾出来让让人家才是”。

霍茨波举兵“未免过于危险”,“各友人,大多未可深恃;目前又非适于行动之时机,全盘谋略可以轻率二字尽之”。果然其父诺森伯兰以称病为由不能出兵,葛兰道厄也以未准备好为由不来参战,这样只有霍茨波与道格拉斯一起抵御国王的讨伐。在道格拉斯挑战,亨利王处于险境时,威尔士亲王赶来杀退道格拉斯挽救了亨利王,亨利王感慨地说:“你已经赎回了你失去的名誉,这次你救我脱险,足见你对我的生命还是有几分关切的”。威尔士亲王接着又刺死了霍茨波,从他“的头顶上剪下荣誉的花葩,替我自己编一个胜利的荣冠”。霍茨波手下的士兵一起逃走,道格拉斯受重伤被擒,亲王将道格拉斯释放:“像这样英武的精神也是值得我们钦佩的”。亨利王立即下令：“你，约翰我儿，跟威斯摩兰贤卿火速到约克去，讨伐诺森伯兰和那主教斯克鲁普”，“我自己和你，哈利我儿，就到威尔士去，向葛兰道厄和马契伯爵作战”，“让我们乘着战胜的威风，一鼓作气，继续取得我们全部的胜利”。约克主教在谈判中轻信约翰王子的誓言，愚蠢地遣散自己的军队，他和几个叛党被押上刑场：那“叛逆者最后归宿的眠床”。跟随王子作战的福斯塔夫也抓住一个叛徒科尔维尔。诺森伯兰和巴道夫的大军，被约克郡郡吏一举击败。葛兰道厄也已死。终于，“这一场在我们的门前流着热血的争执得到一个圆满的结果”。

亨利王本来准备叛乱平定后，为护持圣教远征耶路撒冷，但他得了中风，健康日益恶化，他“不能不为我的身后忧虑，当我想象到我永离人世，和列祖同眠以后，你们将要遇到一些什么混乱荒唐的日子，我的心就不禁悲伤而泣血”。他要他的次子克莱伦斯在他死后，可以在威尔士亲王“尊荣的地位和你的其余的兄弟们之间尽你调和沟通的责任”。他担心威尔士亲王“一旦大权在握，可以为所欲为，啊！那时候他将要怎样地张开翅膀，向迎面而来的危险和灭亡飞扑过去”。威尔士亲王坐在熟睡的王上身边，看着“这一顶王冠为什么放在他的枕上，扰乱他魂梦的安宁”？他看见王上仿佛死了的样子，就一面谴责王冠：“你是一身富丽的甲胄，在骄阳的遍射之下，灼痛了那披戴你的主人”，一面把王冠戴在自己头上，自言“这是我当然的权利”，“你把它传给我，我也要同样把它传给我的子孙”。王上醒来发现王冠被亲王拿去异常痛心：“你把一千柄利刃藏在你的思想之中，把它们在你那石块一般的心上磨得雪亮锋快，要来谋刺我的只剩半小时的生命"，"我的疮痍未复的可怜的王国"，"你将要重新变成一片荒野，豺狼将要归返它们的故居"。王上听了亲王贤明的辩解才宽心地诉说最后的遗命："一切篡窃攘夺的污点，都将随着我埋葬"，"在我是用非法手段获得的，在你却是合法继承的权利，可是你的地位虽然可以比我稳定一些，然而人心未服，余憾尚新，你的基础还没有十分巩固"，"你的政策应该是多多利用对外的战争，使那些心性轻浮的人们有了向外活动的机会，不致于在国内为非作乱，旧日的不快的回忆也可以因此而消失"。

威尔士亲王继位成为亨利五世后，誓愿"把每一滴眼泪变成一个幸福的时辰"。他尊崇曾把他送下监狱的大法官，要他继续执行"秉持公道、挫折强梁的职务"，"继续保持你的勇敢公正而无私的精神"，"成为我的青春的严父"。他把福斯塔夫和旧日同伴"一起放逐，直到他们一反过去的言行，自知检束为止"。他郑重表示："我要一反世人的期待，推翻一切的预料，把人们凭着我的外表所加于我的诽谤扫荡一空。今日以前，我的热血的浪潮是轻浮而躁进的"，"从此以后，它的动荡起伏，都要按着正大庄严的节奏"，"不让一个王裔贵族找到任何理由，咒诅哈利早离人世"。

人生启示

1. **蛰伏底层和战场建功是担当大任的必要准备。**威尔士亲王曾交交了一些胡作非为的下流朋友，混迹于酒馆、妓院、山野、陋巷，支持他们酗酒偷窃、殴辱巡丁、韧掠路人，以至违法乱纪，破坏治安，殴打法官，被捉入狱，成为荒唐胡闹的王子。他的用意是："现在虽然和你们在一起无聊鬼混，可是我正在效法着太阳，它容忍污浊的浮云遮蔽着它的庄严的宝相，然而当它一旦穿破丑恶的雾障，大放光明的时候，人们因为仰望已久，将要格外对它惊奇赞叹"，"所以当我抛弃这种放荡的行为，偿付我所从来不曾允许偿还的欠债的时候，我将要推翻人们错误的成见，证明我自身的价值远在平日的言行之上"，"我的改变因为被我往日的过失所衬托，将要格外耀人眼目，格外容易博取国人的好感"（上篇第一幕第二场）。在社会底层，他了解了社会，懂得了生活，识别了世人，积累了经验，锻炼了能力，培植了根基，为担当大任作了必要准备。正如亨利王"从他的胡闹之中，我却可以看见一些希望的光芒"（《理查二世》第五幕第三场）。也如华列克伯爵所说："亲王跟那些人在一起，不过是要观察观察他们的性格行为"，"到了适当的时候，一定会摈弃他手下的那些人们；他们的记忆将要成为一种活的标准和量尺，凭着它就可以评断世人的优劣，把以往的过失作为有益的借镜"（下篇第四幕第四场）。又如坎特伯雷大主教和伊里主教所言："一定是实践和实际的人生经验教给了他这么些高深的理论"，"亲王的敏慧的悟性，同样也只是掩藏在荒唐的表面底下罢了"（《亨利五世》第一幕第一场）。果然国家需要他独当一面时，他在平叛战争中，救父王于险境，又刺死和俘获叛军主将，为平叛胜利荣立战功，也为接受王位作了直接准备。

2. **激流过渡不被淘汰必须洗心革面搏击奋进。**约翰·福斯塔夫是堕入社会底层的旧日骑士和过渡人物，他已“不要什么荣誉，荣誉不过是一块铭旌”，“一阵空气”（上篇第五幕第一场）。他讥讽：“在这市侩得志的时代，美德是到处受人冷眼的”，“一切属于男子的天赋的才能，都在世人的嫉视之下成为不值一文。你们年老的人是不会替我们这辈年轻人着想的”（下篇第一幕第二场）。他信奉：“既然大鱼可以吞食小鱼，按照自然界的法则，我想不出为什么我不应该抽他几分油水”（下篇第三幕第二场）。因此他为了生计不择手段，具备了社会浪人的各种恶习，以至于把战争作为掩饰，上战场赌注生命，利用招兵敲诈勒索，遇到危险躺倒装死，剑刺死尸谎报战功，但他从不气馁反而敢于闯荡，从不玩虚反而注重实际，厚颜无耻却是效仿弱肉强食，有时想到忏悔过不久就心灰意懒，虽然幽默聪明，“善于利用一切”（下篇第一幕第二场），自比为“整个的世界”（上篇第二幕第四场），“胸膛里面”却“没有信义、忠诚和正直的地位”（上篇第三幕第三场），虽然他也抓住了一个叛党爵士，但“念兹在兹，不知其他；那便是一切的一切”（下篇第五幕第四场）。跟着他的威尔士亲王早已痛改前非，他却被成为亨利五世的亲王放逐，不过确是给他一个悔改的机会，亨利五世表示：“我可以供给你相当限度的生活费用，以免手头没钱驱使你们去为非作歹。要是我听见你果然悔过自新，我也可以按照你的能力和资格，把你特加拔擢”（下篇第五幕第五场）。在时代的激流中过渡，能否抓住这个机遇不被淘汰，还要拭目以待。

四、《亨利五世》

剧情故事

亨利五世即位后,“一下子就变得这样胸有城府,这样彻底洗心革面”,“听着他宣讲神圣的教义,你不由得不五体投地”,“听着他讨论国家大事呢,你会说,原来这门学问是他毕生的研究;听一听他畅谈兵法,那你就听到了可怕的战争变成了柔和的音乐。随便什么国家大事到了他手里,不可解的结也就解开了”。这“是实践和实际的人生经验教给他这么高深的理论”。

盘旋在亨利王脑中的一件大事,就是处理好:“英、法两国间重大的问题”。他首先征询坎特伯雷大主教、爱克塞特叔父等重臣的意见。他们认定,亨利王凭着是爱德华三世的曾外孙,名正言顺地有权要求法兰西的王冠,领有某些法兰西公国。亨利王还顾虑:“我们不能只顾举兵侵犯法兰西啊,总得酌留一部分兵力防备着苏格兰”。重臣们建议:“许许多多的事情只要环绕一个共同的目的,不妨分头进行”,“把你那‘快乐的英格兰’一分为四,这四分之一就归你带到法兰西去大显威风”,“而我们,以三倍的力量在国内防守”,决不丧失“咱们民族的勇敢与政治上机警的英名”。这样,亨利王“重重疑虑如今是全都消释了”，终于下定决心：“法兰西既然是属于我们的，那我们就要叫她向我们的威力屈服”，他强忍法皇太子送给他一箱网球的侮辱：“告诉皇太子吧，我会登上宝座，显出一派人君的威严气概，只要我振作起来——在法兰西的王位上”，“只怕要把整个法兰西当做网球场”，“打得他那尊大人头上的皇冠摇来晃去”。他要求：“愿大家都尽心效忠，让这一正义的战争见之于行动吧”。

此刻，全英国的青年，“沸腾在每个男儿胸中的，是那为国争光的志向”。亨利王在渡海前夕，果断处决了妄图谋害他的三个贵族卖国贼，全部清除了前途的障碍，高扬起战旗登陆了法国国土。亨利王亲率大军围攻哈弗娄城，鼓励士兵：“再接再厉，向缺口冲去吧，冲不进，就拿咱们英国人的尸体去堵住这座城墙”。他威胁该城总督：“一旦我又发动了攻城，不到把这毁灭殆半的哈弗娄城埋葬在灰烬底下，我决不罢休。那时，一切慈悲之门都将全部闭紧”。孤立无援的总督只得“把城市，连同自己的生命，都呈献在您宽厚的恩德面前”。他即要队伍进城：“严密防备着法军，对全城人民放宽大些”，晓谕全军：“英国军队行经法兰西的村子，不准强取豪夺，除非照价付钱，不准妄动秋毫；不准出言不逊，侮辱法国人民；要知道，在‘仁厚’和‘残暴’争夺王业的时候，总是那和颜悦色的‘仁厚’最先把它赢到手”。对违犯军纪的个别士兵处以了绞刑。然而冬天降临了，“在这样精明、占优势的敌人面前”，“我手下的人，有好一些害了病，力量大大削弱了，数目也减少了，而留下来的为数不多的人，又几乎并不比那许多法国人高出一筹”。亨利王坦荡地让法国使者转告他们皇上：“我的军队，只是一支薄弱、带病的队伍”；可是，“我们是非来不可的”，“要是我们能往前进军，就一定前进；要是我们的路给拦住了，我们就叫你那黑黑的土地染遍了你们红红的鲜血”。

在阿金库尔附近，英法双方的阵地，营帐接着营帐，亨利王“正在大难当头的军队中巡行，从一个哨防到一个哨防，从这个营帐到那个营帐”，“走遍全军，还用和悦的笑容，问大家早安，拿‘兄弟’、‘朋友’、‘乡亲’跟他们相称”，“他的眼光毫不吝惜地把温暖分送给每个人，像融解冰块似的融解了人们心头的恐慌”。他鼓励将士：“我们当真是十分危险呢，所以我们应当拿出十二分的勇气来”，“每个臣民都有为国效忠的本分，可是每个臣民的灵魂却是属于他自己掌管的”，“国王手下的兵士他们一个个怎样结局、收场，国王用不到负责”，“别希望从英格兰多来一个人”，因为“多一个人，就要从我那儿多分去一份最美妙的希望”。士兵们表示：“我并不要叫他为我负责，不过我还是决定为他拼命打一仗”，贵族们表态：“但愿就只陛下和我两个，再没有第三个帮助，打下这光荣的一仗”。约克公爵真心诚意跪下恳求派自己为冲锋部队指挥。亨利王骑马观察了法军阵势，面对五个对一个众寡悬殊的局面，果断任命约克带领部队奋勇前进，发起了进攻。结果混乱的法军一齐崩溃，亨利王“就把这一仗叫做‘阿金库尔之役’，日子是克里斯宾节”的十月二十五日。法军有一万名将士阵亡，英军只阵亡二十五人。亨利王面向上苍：“几曾看见过两军对峙，并没有出奇制胜，全凭明枪交战，实力相拼，竟会使对方败得那么惨，而己方损失又那么轻？接受了吧，上帝，这全是你的荣耀”！

阿金库尔战役后，亨利王率军回到英国，“他没有虚荣，没有那目空一切的骄傲；他放弃了那耀武扬威的凯旋，把光荣归给了上帝”。第二年，亨利王又率军来到法国，参加两国和平的盟会，并向法王女儿凯瑟琳公主求婚，结果“法兰西皇上已经同意了全部款项，首先是公主，从而是一切条件”，确认亨利王是法王的女婿和王位继承者。这样，“但愿由于当前的良缘、乡谊、基督教的和睦，从此扎根在两国人民的舒畅的胸怀中，战争从此不再扬着流血的剑戟，迈步在英格兰和美丽的法兰西之间”。

人生启示

成熟的领导者要从实践和实际经验中成长。亨利五世为成熟的领导者提供了借镜：

作为领袖，亨利五世从实践中成长，具有丰富的实际人生经验，由此学习和领会了政治，经济，军事，宗教等方面高深的理论，具备了解决各种国家大事的能力；

作为君王，他具有强烈的历史使命感和责任感：“你所要交付给我的，就是这一顶王冠”，“即使把全世界所有的力量集合在一支雄伟的巨臂之上，它也不能从我头上夺去这一件世袭的荣誉。你把它传给我，我也要同样把它传给我的子孙”(《亨利四世下篇》第四幕第五场)。“让我们选择几个老成谋国的枢辅，使我们这伟大的国家可以和并世朝政清明的列邦媲美，无论战时和平时，都可以应付裕如”(《亨利四世下篇》第五幕第二场)。“要国王负责！那不妨把我们的生命、灵魂，把我们的债务，我们操心的妻子，我们的孩子以及我们的罪恶，全都放在国王头上吧！他得一股脑儿担当下来”，“全没想到做人君的为了维护这太平世界，对着孤灯，操着怎样一片心”（第四幕第一场）。他终于成就了历史伟业：“在英格兰逝去的君王当中，有谁比得上他的高贵”？“英格兰有史以来，他是唯一的真命之主。他的德行足以服众”，“他的功业绝非言语所能罄述”（《亨利六世上篇》第一幕第一场）。

作为政治家，“我们并不准备把战争寻找，但要是战争临到我们头上，我们也并不准备躲避”（第三幕第六场），但是必须“他是师出有名的，他的战争是正义的”（第四幕第一场）。因此他征求重臣的意见，得知“我提出这继承权”，“是名正言顺，对得起自己的良心”，“陛下有理由、有兵力、还有那物力”，“还有哪一朝国王拥有过更富裕的贵族、更忠心的臣民”，“确是万事俱备”（第一幕第二场），才决定出兵法国争取应得的权利。固然“对外的战争，使那些心性轻浮的人们”，“不致于在国内为非作乱”（《亨利四世下篇》第四幕第五场），但是在考虑全局之下对法战争和一个战略方向同时，还须考虑国内和平安定与所有其他战略方向，因此把兵力分为出征法国和镇守国内两部分，组成出征和留守的忠诚、坚定、有智谋、有能力的两套班子，既确保出战胜利，又能有效防范苏格兰进犯，确保国内稳定和平。为了巩固政权，防备“追究我父王在谋王篡位时所犯下的罪孽！我已经把理查的骸骨重新埋葬过”，“我还准备多做些功德”，“我自己忏悔，向上天请求宽恕”（第四幕第一场）。

作为行政管理者，“千头万绪的事一旦动手，共同完成一个使命，什么都顺利进行，不会有一些儿差错”，“那政府就像音乐一样”，“各部混合起来，可就成为一片和谐，奏出了一串丰满而生动的旋律”，如同“上天把人体当做一个政体，赋予了性质各个不同的机能”，“系附着同一种目标或者是同一种对象，也必然带来了整体的服从”(第一幕第二场)。

作为统帅，他对于战争：“我们的思想已有了准备”(第四幕第三场)。他慎重出战，深知“那饕餮的‘战争’正张开血口等待着可怜的苍生”，“这一仗打下来，那寡妇的眼泪、孤儿的哭泣、阵亡者的鲜血、那断肠的姑娘为着牺牲的丈夫、父亲和订了婚的情郎而发出的一片哀声，全都要落到你的头上”(第二幕第四场)。而他决定出战后，立即把正义战争付之行动，征集兵力，选配各级指挥官，“在各方面都考虑周详”(第一幕第二场)。同时整肃内部，处决叛徒，彻底消除各种障碍，把握战机，适时出征。按照全局的战略和谋略，先向法王送去王室宗谱，要求他：“把侵占的王冠和王国，交还给那名正言顺的继承人”(第二幕第四场)亨利王，否则就用血来武讨。然后用围攻和劝降手段，攻占哈弗娄城，站稳脚跟。接着从冬天来临、病号增多、兵员减少、众寡悬殊的实际出发，选定阵地与敌对峙。他连夜巡行三军，与官兵精神上接触，鼓舞勇气和斗志，解除困顿和恐惧，又整顿军纪，处死违纪士兵，震动全军，斩杀造反的战俘，震撼敌营。从而“使我的战士们的心像钢铁那样坚强”(第四幕第一场)，一旦任命坚强的冲锋队指挥官，根据阵势发起进攻，就一鼓作气夺取了战役和战争决定性胜利。赢得阿金库尔之役后，他及时收兵回国，等到和谈有利时机再度率军登陆法国，迫使法王接受了全部条件，实现了战争目标。

作为君子，“皇上就跟我们一样，也是一个人罢了”，“虽说他的心思寄托在比我们高出一层的事物上，可是好比一头在云霄里飞翔的老鹰，他有时也不免降落下来”，“当他有理由感到害怕时，他就像我们一样，感到了害怕”，可是“谁也不能叫他感到一丝恐惧，否则的话，他一流露出来，可不要瓦解军队的士气”(第四幕第一场)。他与普通士兵称兄道弟，同样跟他们讲信用，“因为，今天他跟我一起流着血，他就是我的好兄弟；不论怎样低微卑贱，今天这个日子将会带给他绅士的身份”(第四幕第三场)。他渴求荣誉，但没有虚荣，把战功记在上帝身上：“当众宣告，谁要是把胜仗夸耀，或者是剥夺了那原只应该属于上帝的荣耀，就要受死刑的处分”(第四幕第八场)。

五、《亨利六世(上、中、下)》

剧情故事

在英格兰逝去的君王中，无人能比得上亨利五世的高贵和功业，可是他辞世时，亨利六世尚在襁褓之中。由于大臣们派系分歧，举棋不定，前线缺少兵丁和钱粮，福斯托夫爵士的队伍临阵脱逃，骁将塔尔博遭叛徒暗算被俘，英国在法兰西的许多领地相继沦陷。亨利王之叔父、护国公葛罗斯特公爵亨弗雷、亨利王之叔祖、侍从大臣爱克塞特公爵、亨利王之叔父、总管法国事务大臣培福公爵一边准备讨伐法国，一边要宣布幼主亨利六世登基。而亨利王之叔祖、温彻斯特主教则“打算把新王从埃尔萨姆宫哄出来，好让我坐上掌握国运的最高舵楼”。

在亨利五世在位时，剑桥伯爵被控为叛逆而处决，其子普兰塔琪纳特至今不服，佩戴上白色的含怒的玫瑰花，作为血海深仇的标记。华列克伯爵和律师及约克党凡农也摘下白玫瑰。而萨穆塞特伯爵为坚持真理摘下了红玫瑰花，萨福克伯爵也支持红玫瑰派。华列克预言：“今天在这议会花园里由争论而分裂成为红、白玫瑰的两派，不久将会使成千的人丢掉性命”。

亨利王理政之初就遇到葛罗斯特与温彻斯特争吵不休，甚至兵戎相见。亨利王知道："臣僚不和，好比是一条毒蛇，会把国家的心脏给啃掉的"，他恳求他们和衷共济，重归于好，他们不得不握手言和。亨利王还决定，让与亨利四世血统最近的约克家族嗣子普兰塔琪纳特恢复世职，封他为约克公爵。但是，"现在朝内大臣，各立党派，表面上虽然假装和好，心里却燃烧着敌对的毒焰，总有一天要爆发出烈火来的。有如生着痈疽的肢体，慢慢溃烂下去，直到骨头和筋肉都一齐脱落"。

塔尔博被俘释放后继续在法国作战，面见在巴黎加冕的亨利王时，被封为索鲁斯伯雷伯爵，派去讨伐反叛的勃艮弟公爵，但陷入法军重兵包围。约定增援的约克和萨穆塞特由于内讧而拒派援军，致使塔尔博父子在英国人的尔虞我诈中双双阵亡。而法军圣女贞德被俘虏，讨法战争最后未分胜负，亨利王同意了与法国议和。升为红衣大主教的温彻斯特，则"定要把我们的国家闹得天翻地覆"。

萨福克在法国前线，俘获了空有虚衔的那不勒斯国王之女玛格莱特，既贪图她的美貌，又将她送给亨利王为王后，以"控制王上和整个英国"。而且与法王查理订立和约，将安佐、缅因两郡送给玛格莱特之父。葛罗斯特坚决反对："这个和约是一个丧权辱国的和约，这桩婚姻是一个不祥的婚姻"，预言："我们不久将会失去法兰西的"。温彻斯特借机将葛罗斯特轰下台，而萨穆塞特认为，像葛罗斯特"那样盘踞高位，气势凌人，固然使人痛恨，可是我们对于这个不可一世的红衣主教，也得留神"。勃金汉公爵的用意是，和萨穆塞特一起当上护国公。萨立斯伯雷伯爵和他的儿子华列克，及约克公爵联合起来，"对骄横的萨福克和红衣主教、野心的萨穆塞特和勃金汉，加以约束；同时，对于葛罗斯特公爵的行动”，“只要是符合国家利益的，我们就给以支持”。而约克公爵现在“不妨站在萨立斯伯雷父子这一边来，在外表上对骄横的”葛罗斯特“公爵表现一下拥戴的态度。等到时机一到，我就提出王冠的要求，那才是我所追求的最高目标”，“我要使用武力，迫使”亨利王“交出王冠，这些年来，在他的书呆子般的统治之下，英格兰的威望是一天天低落了”。

葛罗斯特对他的侄儿、心地纯厚的亨利王毫无恶意，其夫人却“一定要在命运的舞台上扮演我自己的角色”，她鼓动葛罗斯特，盯住那顶金晃晃的王冠：“对准它爬过去，直到那王冠套在你的脑袋上才停止”。她召来几个巫师，却是红衣主教和萨福克雇来腐蚀她的。巫师要幽灵妄言：葛罗斯特“公爵还活着亨利就要下位”，但公爵比亨利活得更长。这一举动被约克和勃金汉告到王上，他们还告发葛罗斯特有叛国之罪，亨利王判处他游街充军，剥夺了葛罗斯特护国公的权杖，并同意将其逮捕候审，但“只能眼泪汪汪地看着他，没法解救，因为他的敌人是太强大了，我只能为他的命运悲啼，在我的哽咽声中，我要问：到底谁是叛逆？葛罗斯特他绝对不是的”。葛罗斯特辩解时告诫亨利王：“如果我死之后，我们的岛国能够享受太平，他们的倒行逆施能被揭露，那我就死而无怨了。只怕我的死亡还只是他们所要演出的戏剧的序幕，他们还有无穷的诡计，暂时还未露痕迹，不等到一一搬演出来，他们所计划的悲剧定是不会结束的”。未经审判，葛罗斯特就被萨福克和红衣主教密谋杀害。听到他的死讯，亨利王晕厥过去：“他的灵魂逝去，我在尘世上的安慰也跟着消逝了”。亨利王即判萨福克三天以内离开，否则处死。而他渡海时被海盗杀死。红衣主教突患重病垂危，亨利王来到他床前：“见到死的来临就恐怖到这样地步，足见他一生的罪孽是多么深重”。

此前，传来“陛下在法国境内的一切权益全都丧失”的消息，又传来爱尔兰造反。约克受命带兵去平定叛乱，这正合他的心意：“我所缺的是兵马，恰好你们就把兵马送给我”，“你们是把犀利的武器放到狂人手中了。等我在爱尔兰培养成一支强大的军队，然后我就要在英格兰掀起一场墨黑的暴风雨”，“直到那黄金的王冠落到我的头上”。萨立斯伯雷父子已经暗中向约克跪拜：“我们的君主英王理查万岁”，因为约克是爱德华三世三子的后裔，而亨利王只是四子的后裔，“如果按照房分的顺序继承大统，那就该轮到我做王上”。

约克先煽动莽汉杰克·凯德，假冒爱德华三世的后裔约翰·摩提默兴兵作乱，借以观察人民大众对于约克家族的拥戴究竟如何，结果攻进伦敦的凯德被亨利王和勃金汉、克列福勋爵瓦解，为绅士艾登所杀。接着约克从爱尔兰率军攻来，名义是除掉亨利王身边的逆贼萨穆塞特，实是要“从软弱的亨利的头上摘下那顶王冠”。由于亨利王称已把萨穆塞特送进伦敦塔，约克愿解散军队。但萨穆塞特仍在王后身旁，约克怒斥亨利王言而无信，要他让位，把“那金冠应该束在我的顶上”。萨立斯伯雷父子作证，约克“是英国王位的合法继承人”。于是双方交战，克列福、萨穆塞特等被杀，王后挟王上逃往伦敦。约克和支持者冲进伦敦国会会场，威胁亨利王：“尊重这位具有君王气概的约克公爵，否则我就将部队调进会场，用篡位者的血写下约克公爵稳坐御座的权利”。亨利王竟向约克和众卿表示：“我这国王只想当到我死为止”，“我死之后，一定传位给你”。王后痛斥他：“你把你自己、你的儿子和我，全都断送了”，“这只能是自掘坟墓，并且使你提前钻进坟墓”，“那我只得对你宣告离异”，“树起我的旗帜”。

约克归来后仍商定：“用公开的战争来夺取王位”，而王后带着北方将领已迫近约克城堡。在交战中，约克和他的儿子鲁特兰阵亡，约克首级被悬挂在约克城门之上。华列克、诺福克公爵、蒙太古侯爵及约克儿子乔治赶来，与约克儿子爱德华、理查会合，立即开赴伦敦。小克列福负伤死去，亨利王集团顷刻瓦解。华列克扶保爱德华作了国王，为爱德华四世。亨利王流亡被擒。

华列克代表爱德华王向法王之妹求婚，玛格莱特则代表亨利王到法王宫廷求援。此时爱德华王却已与葛雷夫人成婚。对这胡闹怒不可遏的华列克宣布：不再认爱德华为王，回到亨利王这边来，并从法国率领一支军队渡海向爱德华宣战。华列克夜袭爱德华营地将其抓获，摘下他的王冠欲送还亨利，而爱德华王在囚禁处被理查救出。

亨利王从伦敦塔囚禁中获得自由后，只挂了一个国王的虚名，将国事托付给华列克和克莱伦斯。爱德华王逃出后，从勃艮第搬到救兵，先回到约克城重新宣布为王，然后直取伦敦，抓住了亨利王。又向科文特里进发，克莱伦斯回到爱德华王一边，华列克和蒙太古兵败身亡。玛格莱特王后从法国借到军队，渡海作最后一击，主将却全都被俘，牛津伯爵被监禁，萨穆塞特公爵被斩首，亨利王之子威尔士亲王被刺死，玛格莱特被赎回法国，亨利王也被理查在伦敦塔中杀死。

爱德华王以为自己铲除了三个萨穆塞特公爵、克列福父子、诺森伯兰父子、华列克、蒙太古兄弟，卧榻之旁再没有别人鼾睡，可以高枕无忧了，并高兴地把自己的小儿子抱起，要让他稳坐江山。约克最小的儿子理查口里喊着"祝福"，心里想着的却是：要轮到自己取而代之以前，还有爱德华及他的儿子、兄长克莱伦斯，以及他们可能生出来的子子孙孙："他们都是我达到我朝思暮想的目标的障碍"，他"立志要将这些障碍扫除"，"不惜用一柄血斧劈开出路"，"直到我把灿烂的王冠戴到我这丑陋的躯体上端的头颅上去"。

人生启示

国王懦弱、臣僚纷争必将导致内乱祸国殃民。亨利六世是不能为国尽责的、懦弱无能没有骨气的、放任罪臣酿成内乱祸国殃民的国王。他自述："从来世上当国王的，有比我的权力更小的吗？我刚刚爬出摇篮，在九个月的幼龄就被放到国王的宝座上去。如果说有什么老百姓想当国王的话，我这国王却更巴不得去当老百姓"（中篇第四幕第九场），"我宁愿做个牧羊人"，"也不愿当那国王"（下篇第二幕第五场）。"众卿们，国家政务，你们瞧着该怎么办就怎么办，犹如本王在此一般"，"还有什么事情比内心矛盾更使人难过？哎，亨弗雷叔父！我看到你的脸就知道你是多么正直、笃实、忠诚，可是，善良的亨弗雷，竟有这样的一天，要我说你是虚伪，要我怀疑你的忠诚”，“我自己呢，就像一条老母牛，吽吽地叫到东，叫到西，眼看着无辜的小牛被牵走，除了哀鸣以外，丝毫也无能为力，我对于葛罗斯特叔父就是这样”(中篇第三幕第一场)。

王后指责他：“谁知他一心倾向宗教，整天捻着数珠，诵经祈祷。他心目中的英雄是先知和圣徒，他的武器是经典里的箴言和圣训。他的书斋是他的比武场，他心爱的是圣僧们的铜像”，“把教皇的三角冕安在他的头上，那样一个地位才是最适合他那一心向道的精神”(中篇第一幕第三场)，“逼你？你是一国之主，你能让别人逼你吗？我听你说这样的话，我都替你羞死了。唉，胆小鬼哟”，“可你这人却贪生怕死，不顾荣誉”(下篇第一幕第一场)。

他的忠臣阵亡前怨恨他：“亨利王呀！假如你像别的君王那样，像你的父王和祖父那样，坚决执行国王的权利，对约克家族不作让步，他们就绝不会像夏天的苍蝇一般蜂拥而出，我和千万个忠臣义士就决不至于殉难而死，留下孤儿寡妇为我们悲伤，你自己也就一定能够安享尊荣直到此刻”(下篇第二幕第六场)。

他的对手讥讽他：“他那种老和尚一样的性格是不配当王上的”(中篇第一幕第一场)，“胆小的亨利，他那种畏首畏尾的作风，早成了敌人的笑柄”(下篇第一幕第一场)。

在这样软弱无能的国王统治下：“亲贵们意见分歧，互相排挤，还纵容各自的亲信遇事生风，日后总要闹出大祸来的。目今幼主在位，人心已是煌煌不安，再加上大臣们争权结党，我看分崩离析的局面，是在所难免的了”（上篇第四幕第一场）。果然，不仅英国在法国的权益全部丧失，而且宫廷内斗，国家内乱，烽烟四起，引狼入室，人民颠沛流离，生灵涂炭，血流成河，怨声载道：“耻辱和卑污混进我们王上的宫廷”，“华列克以及纳维尔整个家族”起来造反了，还有约克家族“现在正燃起复仇的怒火”，“这里肯特郡的百姓们也起来反抗了”（中篇第四幕第一场）。“自从绅士们当权以来，英国这个国家已经不再是快乐的土地了”（中篇第四幕第二场）。

在战乱中，儿子杀掉了生身之父，父亲杀掉了亲生儿子：“唉，苦难的时代，竟会发生这样的事！我是被国王硬逼着从伦敦来到这里的。我父亲隶属华列克伯爵的部下，伯爵硬派他来替约克卖命。父亲把生命赋予给我，我却亲手送掉他的生命”，“这是个多么悲惨的时代呵！这场你死我活的斗争引起的恶果是多么凶恶、残酷、荒唐、暴戾、违反人性呵！唉，孩子，你父亲生你生得太早，杀你杀得太迟了”。亨利王看着这“一桩惨事接着一桩惨事”，只能悲泣：“多么残酷的时代！狮子们争夺窝穴，却叫无辜的驯羊在它们的爪牙下遭殃”，“在内战的战火中一切都将毁灭”，“这人的脸上有两朵玫瑰花，一红一白，这正是我们两家争吵的家族引起许多灾祸的标记”，“人民听到这些悲惨的事情，一定要把我痛恨入骨，永无罢休的日子”！（下篇第二幕第五场）亨弗雷·葛罗斯特早就将这一切归咎为：“圣明的主公，这时代实在是太危险了。正人君子都被野心家扼杀了，存心仁厚的人都被辣手的人赶跑了，假誓假证到处风行，公理公道在您的国土上立不住脚”(中篇第三幕第一场)。

六、《理查三世》

剧情故事

理查是约克公爵的四子。他的大哥爱德华即位为爱德华四世，二哥鲁特兰伯爵爱德蒙战死，三哥乔治被封为克莱伦斯公爵，他为葛罗斯特公爵。约克认为在夺取亨利王位的战场上："我的几个儿子当中，理查的功劳最大"。但他野心也最大，内心最邪恶，手段最残忍、狡诈："老天爷既然把我的身体造得这样丑陋，就请阎王爷索性把我的心思也变成邪恶"，"我是无兄无弟的，我和我的弟兄完全不同"，"我要把这伙人一个一个都解决掉，我一天不成为唯我独尊的人，我一天就认为是受了委屈"，"我有本领装出笑容，一面笑着，一面动手杀人"，"连那杀人不眨眼的阴谋家也要向我学习。我有这样的本领，难道一顶王冠还不能弄到手吗"？"即便它离我更远，我也要把它摘下来"。

理查设下圈套，搬弄是非，散布流言，让爱德华王相信，在爱德华继承人中，有个名字"G"字起头的要弑君篡位，而这人就是他三哥克莱伦斯，他三哥就被送进了伦敦塔监狱。而爱德华王却"病重、虚弱、忧闷寡欢，御医们很为他焦急"。理查为了私利，竟然向亨利六世之子的亡妻安夫人求婚，他杀死了亨利王父子，却当了她的夫君和父亲。

爱德华王负病接见各位贵爵，满以为“在这些怨愤满腹的公侯之间，干戈化成了玉帛，恨转为爱了”，“我的灵魂就更可安宁归天”。却不知他的杀害克莱伦斯的成命已经收回，理查却抢先利用这一指令，派凶杀死了克莱伦斯。理查嫁祸于人，爱德华王深深内疚：“可恨我这野兽般的一股怒气竟叫我把这么多恩情全给忘掉，灭绝了人性，而你们却无一人怀着善心来促动我思量”，他预感到：“我怕天道无私，你和我，或我们的亲朋，都不免要遭到灾厄了”。果然他离开了人世。市民们“内心里充满了恐惧”，“在时代转变的前夕总是这样，人们的天赋心灵使得他们担心未来的危机”。市民认为：“葛罗斯特公爵是个十分危险的人！王后的兄弟、儿子也骄矜傲慢；只有他们一旦受人统治而不统治人了，这患难之邦才能转危为安”。

理查和勃金汉公爵一起赶在前头，去接爱德华王的继承人亲王来到伦敦，中途把爱德华王后之弟利佛斯、王后前夫之子葛雷，和托马斯·伏根爵士送进监狱，然后将亲王和其弟骗进了伦敦塔。理查得知海司丁斯勋爵反对他登上王位，就在伦敦塔当众宣布砍下他的头。又指使把克莱伦斯的两个儿女囚禁。还造舆论说，爱德华不是约克公爵亲生，他的儿子也出身不明当然无资格继承王位。理查还布置勃金汉为他请命，而他假意谦让后表示任劳负重，成就了称王的大事，理查加冕为理查三世。此后，他为了稳固王业，即雇凶杀死爱德华王的两个王子，把安夫人废掉迎娶爱德华王之女。

此刻，爱德华王后之子道塞特逃去了里士满，因为亨利六世曾预言，里士满伯爵亨利将登上王位，成为英格兰的希望。向理查讨偿未成的勃金汉，也拉起队伍投奔里士满，后兵败被俘仍被理查杀害。爱克塞教主教、肯特郡基尔福德一族也兴兵反叛，许多有名的贵人也扫附了里士满。里士满的军队在弥尔福登陆，一路行军向伦敦进发，里士满号召："高歌前进吧，这一场激烈的血战将给我们带来永久的和平"。在决战的波士委战场，亨利六世、爱德华王和一切被理查杀害的人的幽灵，在深夜一一进入理查的梦境，谴责他的罪行，诅咒他绝望而死，祝愿里士满为了美好的英吉利战而获胜，昌达而生，功成名遂。早上四点，里士满下令："为上帝之名和这一切权益，举旗前进，凭自愿拔刀杀敌去吧"！理查武艺惊人，敌手难以招架，但他的马被打死了，他叫喊着："一匹马！一匹马！我的王位换一匹马"！在死亡的虎口中到处搜寻里士满，里士满与他对战，终于杀死理查，摘下了久被篡夺的王冠。里士满戴上王冠，继位为亨利七世后宣告："从此红、白玫瑰要合为一家。两王室久结冤仇，有忤神意，愿天公今日转怒为喜，嘉许良盟"，"仁慈的主宰，求您莫让叛逆再度猖狂，而使残酷的岁月又蹈覆辙，在我国土上血泪重流！愿您永远莫让叛国之徒分享民食！今日国内干戈息，和平再现，欢呼和平万岁，上帝赐万福"！

人生启示

要警觉心理畸变、内心邪恶者兴风作恶。理查·葛罗斯特，“对于遥远的王冠抱着热望，我也痛恨我面前的重重障碍，立志要将这些障碍扫除”，“假如说我理查没有希望成为一国之主”，世界上就“没有其它寻欢作乐的方法”；因为“我在我妈的娘胎里就和爱情绝了缘”，“那种畸形弄得我全身都不舒服”，“我身上每一部分都不匀称”，“我好像一只不受疼爱的熊崽子”；“我在世界上既然找不到欢乐，而我又想凌驾于容貌胜似我的人们之上，我就不能不把幸福寄托在我所梦想的王冠上面”；“我把这个世界看得如同地狱一般。可是我不知道怎样才能把王冠弄到手，因为在我和我的目标之间，还有好几个人构成我的障碍。我在争夺王位的时候饱尝了许多困苦”；“我一定要摆脱这些困苦，不惜用一柄血斧劈开出路”，“在任何不同的场合都能扮出一副虚假的嘴脸”，“一面笑着，一面动手杀人”(《亨利六世下篇》第三幕第二场)，成为“杀人如麻的暴君”，“在人血中成长，靠流血起家”(第五幕第三场)，作“地狱的使者，专为魔鬼们收买灵魂，解送冥府”(第四幕第四场)。他虽然戴上了理查三世的王冠，但随即和脑袋一起被摘掉。正如他母亲所斥责：“你残杀成性，终究必遭残杀；生前有臭名作伴，臭名还伴随你死亡”(第四幕第四场)。

七、《亨利八世》

剧情故事

亨利八世接到他的首相、红衣主教伍尔习的控告，说勃金汉公爵“一伙图谋不轨的叛逆，像一尊装满弹药的大炮，瞄准了我，向我射击”，而伍尔习“把他们镇压下去了，挽救了我的生命和生命的精华”。尽管亨利王曾认为“这位公爵很有学问，口才出众，天资比别人都高；他的教养，不必求助于他人就足以使他成为一代大师的师傅和表率”，但是亨利王现在认为“这些高贵的天赋一旦使用不当，思想腐化，必然变为罪恶”。因此经过伍尔习精心策划的审判，判决勃金汉犯了叛君之罪而被处决。行刑那天，勃金汉向送别他的人们宣告：“上天是我的见证，我是有良心的人”，“总有一天我流的血会引起”“那些控诉我的卑鄙之徒”的呻吟的，“我宽恕所有的人。尽管人们作了无数对不起我的事情”，“我仍然誓忠国王，为他祈祷”，“为他祝福”。而这位公爵对于平民们而言，“大家都爱戴、崇拜，把他叫做宽厚的勃金汉，全体尊贵的贵族的一面镜子”。与之相反，平民却对伍尔习“无不恨之入骨，凭良心说，人人都愿他葬身百尺深渊”。平民们还揣测：“红衣主教是这场灾祸的根由”，因为全国都注意到红衣主教与勃金汉之间，有私人的仇隙，红衣主教具有仅次于国王的地位，他的恶毒的天性是专爱报复的。绅士们预言："我看那些处死他的人，自己也将招致无穷灾祸"，并且"似乎隐隐约约感到将要发生不祥之事，而且一旦发生，比今天的这件事还要严重"。"人们嘁嘁喳喳地谈论国王要休"王后凯瑟琳，"这肯定是红衣主教干的"，"但是王后却因此受到苦楚"。

其实，亨利王长期为娶了他逝去哥哥的夫人凯瑟琳为后，而良心不安。法国大使曾为奥尔良公爵与亨利王的女儿玛丽议婚，玛丽是他与先兄寡嫂凯瑟琳结婚后所生，但法国大使认为玛丽不一定是合法的后裔，因为他与兄嫂的婚姻不一定是合法的婚姻。而事实上，亨利王的父亲是有名的最贤明的君主，王后的父亲是西班牙王腓迪南，据凯瑟琳回忆："他们当初讨论这件事，并且认为我们的婚姻合法的时候，他们是和各国延请来有学问的人共同商量过的"。尽管如此，玛丽婚事谈判的暂停，使国王的"良心深处受到很大的震动"，"觉得我失去了上天的恩宠，因为上天注定，王后和我生下的男嗣，不是在腹内夭折，就是出世后不久就死去"，"我就考虑到我既无子嗣，我所统治下的各国就发生了危机"。于是伍尔习趁机建议离婚，正合王上的心意。亨利王就叫伍尔习组织一个罗马委任的权威教廷，审判他的离婚案。但是王后拒绝出庭，要求向西班牙朋友征求意见，如果王上不肯，就任凭王上处理。而教廷没有作出判决，主教克兰默带来了国外几乎所有著名僧院都同意王上离婚的意见，国王就宣布与凯瑟琳离婚，娶了王后的宫女安·波琳，并加冕为王后，凯瑟琳改称之为王上之兄亚瑟亲王的寡妃。

伍尔习力促亨利王离婚的目的,是非要王上娶法国国王的妹妹、阿朗松公爵夫人。而伍尔习得知王上看上了安·波琳后,就写信请教皇不要批准离婚,这信落到王上手中。伍尔习又把他的一份财产清册,表明不是一个臣民应有的巨额财产的册子,夹在公文中送给了王上。在王上的质问下,伍尔习才惊醒:“果然,这文件把我毁了,这就是我为了我自身的目的搜罗的全部巨额财产的清册,我是想用它来取得教皇的权位”,“这是我写给教皇的信,所有的事情都写在上面了。这回可完了。我已经达到了飞黄腾达的顶点”,“我将要像傍晚的流星一样陨落”。国王立即命令他交出国玺,没收他的一切财物、地产、田产、动产,听候发落。接着把他逮捕押来受审,他在路上突发重病,在一所教堂里平静地死去。

后任首相还主持枢密会议,审判坎特伯雷大主教克兰默,控告他违抗国王和他的法律,到处散布邪恶危险的新思想,要把他押解到伦敦塔监狱,贬为庶人。国王却出面保护了克兰默,给他一个戒指保证他不受残暴之徒的支配。国王要各位大臣尊重他,好好对待他,同时要求:“各位大人,我把你们团结为一体,你们就应当永远团结;这样,我就愈来愈强大,你们也就会得到愈来愈多的荣誉”。

此时,新王后生了个女婴,取名伊利莎白,克兰默大主教祝福陛下:“这位皇室的公主”,“会给这片国土带来无穷的幸福”,她将成为“她同辈君主以及一切后世君主的懿范”,“这位公主的伟大器宇集一切帝王的贤哲于一身”,“也将把吉祥遗留给一位后嗣”。亨利王这才欣慰地说:“这回可保证了我的昌隆了”,

"等我升天以后,我一定要看看这孩子的所作所为,来赞美我的创造主"。

人生启示

1. **真理与国家、民众、王权与私欲是有为帝王处事的出发点。**这个出发点有时是相互一致的五位一体的统一体,有时是相互矛盾的平衡体,有时却是颠覆平衡濒临沉没的危船体。亨利八世巧妙地控制着它们的平衡,生前创下光荣业绩,身后留下有作为的帝王。

亨利八世为国家安全,与法国国王在安德伦谷会盟媾和。但伍尔习以此为由颁令横征暴敛,引起强烈不满。凯瑟琳王后报告王上:"他们说您的臣民表现了十分不满的情绪,征税的诏令接二连三颁发下去,使他们忠诚的心上呈现出裂痕","强迫人人交出全部财产六分之一,而且十万火急,立即征收,借口是筹划陛下去法国作战的经费",因而,"人们失去了臣民应有的驯服与服从,放纵意志的怒火。我愿陛下从速予以考虑,当前没有比此事更重要的了"。诺福克公爵进一步报告:"由于这些苛捐杂税,织布商全都无力维持手下的大量工人,不得不解雇纺纱女工、梳绒工人、压布工人、织布工人,这些人不懂其他生计,为饥寒所迫,又无其他谋生之道,只得不顾一切,铤而走险,聚众喧哗,个个都准备拼死"。王上这才了解问题的严重性:"这件事是违反我的意旨的","这种捐献听起来是会令人发抖的",

因此王上立即决定："凡是对这件事表示不服的各郡，赶紧派人把我的文告送去，对那些不承认上次诏书的人，一律予以无条件的宽恕"(第一幕第二场)。

亨利王对于勃金汉已被解职的管家有破绽的控词，作了引申的解释："把他的刀插进我的胸膛，这就是他的目的"。因而借伍尔习和贵族法庭之手除掉了他。其真实意图是：不能允许"努力争取民众的爱戴"(第一幕第二场)，平民都崇拜的有过高才干的大臣留在身边，威胁他的权位。

他重用擅权的伍尔习，遭到臣民强烈反对后，他又借机将其罢黜，清除王位旁又一个大患。而当新的主教与大臣之间再发生矛盾时，他出面保护被告，并力促主教、大臣们团结，为了他的王权稳固，也为了臣僚对他忠诚。

亨利王执意与兄嫂凯瑟琳离婚，确有忧心婚姻不合法和无子嗣的缘由，但更有看上了安·波琳的缘由。直到安·波琳王后产下一个女婴后，他才稍感安慰："这回可保证了我的昌隆了；在这个幸福的孩子出生以前，我可以说一无成就。你这番预言使我高兴"(第五幕第五场)。

2. **了解自己和发现自己比什么都重要。**伍尔习在亨利王的恩宠下，处于权力顶峰时，"简直是二皇上"，"简直不知道自己是怎么回事了"，"成了命运之神的长子了，随心所欲地转动着命运之轮"(第二幕第二场)。而一旦失宠，从权力的顶峰跌落下来，他却感受到"从来没有像现在这样真正幸福过"，因为"我现在了解我自己了，我感到在我内心里有一种平静，远非人间一切尊荣所能比拟，是一种宁静安详的感觉"。

他慨叹:"人世间的浮名虚荣,我恨你;我觉得我的心好像新近被人割碎了一样。依靠帝王的颜色而生存的人是多么可怜啊"!他教导亲信克伦威尔:"伍尔习曾一度踏遍了光荣的道路,勘探过荣誉的全部深渊和浅滩,从他的遇难的残骸里为你找到了一条上进之路,是一条稳妥安全的路","把野心抛掉,天使们就是因为犯了野心的罪而堕落的","岂能希望通过野心而得到胜利?爱你自己要爱在最后,珍爱那些恨你的人,诚实比起腐败会给你赢得更多的好处。在你的右手里永远举着温顺的和平枝,免得嫉妒之徒说闲话。做人要公正,不要怕;你所要达到的一切目的应该是你的国家、上帝和真理所要达到的目的。这以后,你如果还是失败了,那么","你的失败也不愧是一个殉教者的失败,会受到祝福的"(第三幕第二场)。

伍尔习平静死去后,废后凯瑟琳评价他:"这个人的野心是无止境的,总把自己和帝王们平列;他用不可告人的手段奴役整个国家"。而她的男司仪葛利菲斯却说:"人们的丑行就像刻在金石上一样,与世长存,而他们的德行,我们就写在水上","这位红衣主教虽然出身微贱,但是毫无疑问他天生就是要成为赫赫一世的人物的","凡是基督教的国家将要永远歌颂他的功绩","他的颠覆给他带来了满载的幸福,因为在被颠覆之后,也只有在被颠覆之后,他才发现了自己,发现了作小人物的幸福。他在畏惧上帝的心情之中与世长辞,这给他的暮年增添了很大的光荣,这种光荣不是任何人所能赐予他的"(第四幕第二场)。

第三章　悲　剧

一、《泰特斯·安德洛尼克斯》

剧情故事

罗马将军泰特斯·安德洛尼克斯，“曾经为罗马立下许多丰功伟绩，在今日的邦域之内，没有一个比他更高贵的男子、更英勇的战士”，他为罗马作了四十年军人，“东征西讨，不曾遭过败衄”，“埋葬了二十一个在战场上建立功名、为了他们的祖国而慷慨捐躯的英勇的儿子”。现在，他“从征讨野蛮的哥特人的辛苦的战役中回国”，“已经镇伏了一个强悍善战的民族”，“终于满载着光荣的战利品，旌旗招展，奏凯班师了”。他带回几个新近战死的儿子的棺柩，准备葬在祖先的坟地。还带回哥特女王塔摩拉，她的三个儿子，她的嬖奴摩尔人艾伦等战俘。他选定塔摩拉的长子作为祭礼，要把他的四肢砍下再烧死献祭。塔摩拉跪求泰特斯：“不要用鲜血玷污你的坟墓，你要效法天神吗？你就该效法他们的慈悲；慈悲是高尚人格的真实标记。尊贵的泰特斯，赦免我的长子吧”！然而泰特斯还是用“残酷的、伤天害理的行为”，肢解和烧死了塔摩拉的长子。

泰特斯“这次奉着元老院的召唤”回来，“罗马人民已经众口一词，公举素有忠诚之名的”他，作为统治罗马的君王的候选人,与罗马前皇长子萨特尼纳斯,和其弟巴西安纳斯并列,竞选罗马皇位。而泰特斯却表示:"不要给我统治世界的权标","罗马的光荣的身体上不该安放一颗老迈衰弱的头颅"。他向罗马人民和护民官建议,拥戴萨特尼纳斯为罗马皇帝,获得一致的拥护。萨特尼纳斯感谢他的推戴,还要娶他女儿拉维妮娅做皇后,他也答应,并把他的宝剑、战车和战俘献给新皇。但拉维妮娅先已与巴西安纳斯有婚约,巴西安纳斯把她抢回,泰特斯几个儿子也帮助把她送走。泰特斯却执剑要把她夺回,他的幼子缪歇斯阻挡他,竟被他刺死。新皇因贪图塔摩拉的美色,立即改变主意:"不,泰特斯,不,皇帝不需要她,她、你、你家里的人,我一个也用不着",我"再也不愿相信你,或是你的叛逆傲慢的儿子们,你们都是故意这样串通了来羞辱我的"。他选择塔摩拉为新娘,把她立为罗马皇后。

泰特斯痛心自责:"你生平什么时候曾经众叛亲离,受到这样的羞辱"?他毫不顾忌骨肉之情,不准把他刺死的幼子安葬在家族的墓地。后来在其弟和诸子的跪求下,才同意:"好,把他葬了,回头再来葬了我吧"。巴西安纳斯为泰特斯辩解:"他已经用他一切的行为,证明他对于你和罗马是一个父亲和一个朋友,萨特尼纳斯,不要错怪他吧"。萨特尼纳斯却不宽恕泰特斯:"被人公然侮辱,却卑怯地不知报复,就这样隐忍了吗"?塔摩拉对他和盘托出她卑劣的计谋:"把你的一切愤恨暂时遮掩一下;你现在即位未久,不要把人民和贵族赶到泰特斯一方面去,使他们觉得你是忘恩负义而把你罢黜,因为忘恩负义在罗马人看来是一桩极大的罪恶",而"我会有一天杀得他们一个不留，把他们的党羽和宗族剪除干净；那残忍的父亲和他的叛逆的儿子们，我要叫他们抵偿我的爱子的性命，使他们知道让一个王后当街长跪，哀求他们俯赐矜怜而无动于衷，会有些什么报应”。她和皇帝宽恕和赦免了泰特斯一家，使“今天将要成为一个释嫌修好的日子”。泰特斯感谢他们的恩典，并请他们明天去打猎，“用号角和猎犬的吠声向您道早安”。

第二天罗马的打猎，在塔摩拉，和她的情夫、嬖奴艾伦谋划下，变成了正在进行的对兽和人的两场狩猎。他们怂恿塔摩拉两个儿子，在密林中刺死巴西安纳斯，强奸了拉维妮娅，并割去她的舌头，砍掉双手，使她不能指出凶徒。他们又诱使泰特斯的两个儿子，掉进投入巴西安纳斯尸体的陷阱，让皇帝相信这两个儿子，是杀害巴西安纳斯的凶手而将其处死。艾伦又诱骗泰特斯，砍下自己一只手献给皇上，换回两个儿子，哪知泰特斯一只手换回的，却是两个儿子被砍掉的头颅。面对这不是人力所能忍受的惨剧，泰特斯投身地上：“我在泥土上写下我深心的苦痛和我的灵魂的悲哀之泪”，“我要对着你们每一个人用我的灵魂宣誓，我将要为你们复仇”。

泰特斯复仇的计策在一步步施行。泰特斯要仅存的一个被放逐的儿子路歇斯，到哥特人那里去，调集起一支军队。路歇斯率领这支罗马敌人的军队，向忘恩的罗马和萨特尼纳斯，报复这天大的冤仇，在路上俘获了艾伦，和他与塔摩拉私通所生的婴儿。拉维妮娅衔杖口中，以断臂拨杖成字，写下了残害她的塔摩拉两个儿子的名字。泰特斯向这两凶犯送去几件兵器，和贺拉斯的诗句：“弓伸天讨剑诛贼，抉尽神奸巨憝心”，以示警告。接着，泰特斯又向天神和皇宫射去呼冤的信箭，向全国传布罗马和皇室的不公。皇帝要在泰特斯的家里，面见路歇斯议和。塔摩拉装扮成复仇女神，带着她两个儿子，先去泰特斯家，要劝诱路歇斯脱离哥特人的队伍。泰特斯假意应承，将计就计，留下她两个儿子，把他们刺死，骨头磨成灰粉，头颅捣成肉泥，作成馅饼，让他们母亲饱餐。皇帝和塔摩拉来到泰特斯家赴宴议和，泰特斯先刺死难忍忍辱偷生痛苦的拉维妮娅，接着杀死已知吃食儿子骨肉的塔摩拉，皇帝即拔剑刺杀了泰特斯，路歇斯随即杀死萨特尼纳斯，判处艾伦："把他齐胸埋在泥土里，让他活活饿死"。

泰特斯一家终于报仇雪恨。罗马人一致推举路歇斯做他们的皇帝。路歇斯感谢善良的罗马人："愿我即位以后，能够治愈罗马的创伤，拭去她的悲痛的回忆"！

人生启示

这不是泰特斯的，而是罗马的悲剧！剧中路歇斯把艾伦说成是，"造成我们这一切惨事的祸根"，要求"不要让女色谗言，动摇了邦基国本"(第五幕第三场)。真正的祸根果然是他们吗？不是，他们是罪人但还不是祸根。那么，究竟谁是造成这一悲剧的祸根？是谁动摇了罗马的邦基国本？不是别人，而是罗马自己。任何别人都不能动摇罗马的邦基，只有罗马自己才能动摇罗马的国本。任何人毁灭不了罗马，只有罗马自己毁灭罗马。

谁也不能造成罗马的悲剧,只有罗马自己造成罗马的悲剧。

罗马赋予泰特斯对罗马忠诚,对罗马的敌人作战英勇,但是没有教会泰特斯慈悲、怜悯与宽容。泰特斯用罗马最残酷的手段残害一个战俘献祭,而毫不理会他的母亲的祈求,用罗马的残忍为罗马对他的残忍种下祸根。他为了所谓尊严和忠诚,竟毫无人性地刺死自己幼子,还不让安葬在家族坟地。

忘恩负义是罗马的大罪,而被泰特斯拥戴的罗马皇帝,因为泰特斯家已求宽恕的过失,立即忘却泰特斯的恩情,抹杀泰特斯几十年保护罗马的功勋,反目为仇,杀死其两个儿子,骗砍去泰特斯的砍下多少罗马敌人头颅的那只英雄的手。还把泰特斯仅存的一子、保卫罗马的战士抛弃,永远地放逐。

而泰特斯当街跪地长哭:"为了我在罗马伟大的战役中所流的血,为了我枕戈待旦的一切霜露的深宵,为了现在你们所看见的、这些填满在我脸上衰老的皱纹里的苦泪,求求你们向我这两个定了罪的儿子大发慈悲吧",罗马竟然没有一人在他近旁理会安慰他,他简直是"在向一块石头诉述您的悲哀"(第三幕第一场)。

固然,塔摩拉和艾伦是罪大恶极的人,他们的信条是:"要是我能够随心所欲,我要做一万件比我曾经做过的更恶的恶事;要是在我一生之中,我曾经作过一件善事,我要从心底里深深懊悔"(第五幕第三场)。但罗马选择他们作了罗马的皇后和皇帝的亲信,他们已与罗马结合一体,已经是罗马人了,他们在用罗马的残忍报复罗马对他们的残忍。泰特斯也是用罗马的残忍报复罗马对他的残忍。而这种罗马的残忍,"冤冤相报,有命抵命”(第五幕第三场)的残忍,如不制止,将残忍地毁灭罗马自己。

因此,人们不得不说:“在罗马是没有公道的”(第四幕第四场),公道、正义和人性、慈悲、怜悯和宽容,这样一些罗马的邦基国本已经为罗马所丢弃。罗马的英雄也为忘恩的罗马所背弃,而不得不向罗马的敌人求援,用罗马的敌人拯救罗马。正是:“罗马的人民和子孙,巨大的变乱使你们分裂离散,像一群惊惶的禽鸟,在暴风中四散飞逸;啊!让我教你们怎样把这一束散乱的禾秆重新集合起来,把这些零落的肢体团结为完整的全身;否则罗马将要自招灭亡的灾祸,那曾经为强大的列国所敬礼的名城,将要像一个日暮途穷的破落汉一样,卑怯地结束他自己的生命了”(第五幕第三场)。

二、《罗密欧与朱丽叶》

剧情故事

蒙太古家族和凯普莱特家族，是维洛那城两个门第相当的巨族，又是互相敌视、累世宿怨的两大望族。他们从家长到从仆，无论在哪里相见，都要吵架、争斗，甚至拔剑互斗，酿成血案，成为“目无法纪的臣民，扰乱治安的罪人”，市民们愤恨地要“把他们打下来！打倒凯普莱特！打倒蒙太古”！维洛那亲王警诫他们：“要是你们以后再在市街上闹事，就要把你们的生命作为扰乱治安的代价”。然而为他们的世仇付出生命代价的，却是他们唯一的子女和其他亲人、亲朋。

罗密欧是蒙太古的公子，是个“老老实实的绅士，很有礼貌，很和气，很漂亮，而且也很规矩”。就是凯普莱特也认为：“在维洛那城里，他也算得一个品行很好的青年”。他却陷入了失恋的忧郁之中，“沉重的轻浮，严肃的狂妄，整齐的混乱，铅铸的羽毛，光明的烟雾，寒冷的火焰，憔悴的健康，永远觉醒的睡眠，否定的存在”，成为他感觉到的不喜爱的一种爱情。他的朋友劝他：“放纵你的眼睛，让它们多看几个世间的美人”。他们得知仇家凯普莱特当晚举办舞宴，一群名士贤媛将会云集。于是他们戴着假面，罗密欧举着火炬，到凯普莱特家的舞厅。罗密欧一眼看中了朱丽叶："火炬远不及她的明亮，她皎然悬在暮天的颊上，像黑奴耳边璀璨的珠环；她是天上明珠降落人间"，"我要等舞宴后追随左右，握一握她那纤纤的素手。我从前的恋爱是假非真，今晚才遇见绝世的佳人"。他握住朱丽叶的手，祷求她允许亲吻，朱丽叶应允："你的祷告已蒙神明允诺"，罗密欧感谢"神明，请容我把殊恩受领"而吻了朱丽叶。他知道朱丽叶是凯普莱特的唯一女儿后，惊叹："哎哟！我的生死现在操在我的仇人手里了"；而她听说："他的名字叫罗密欧，是蒙太古家里的人，咱们仇家的独子"，内心更是不安："恨灰中燃起爱火融融，要是不该相识，何必相逢！昨天的仇敌，今日的情人，这场恋爱怕要种下祸根"。

罗密欧的心已留在凯普莱特家里，舞会后他又转回跳入凯普莱特家墙内，"去找寻你的灵魂"。他在朱丽叶窗下仰望着她，好像"瞻望着一个生着翅膀的天使，驾着白云缓缓地驰过了天空一样"。他听朱丽叶自语："罗密欧要是换了别的名字，他的可爱的完美也绝不会有丝毫改变，罗密欧，抛弃了你的名字吧；我愿意把我整个的心灵，赔偿你这一个身外的空名"。他回答："你只要叫我作爱，我就重新受洗，重新命名；从今以后，永远不再叫罗密欧"。她庄重地表白："我的慷慨像海一样浩渺，我的爱情也像海一样深沉；我给你的越多，我自己也越是富有，因为这两者都是没有穷尽的"，请你"告诉我你愿意在什么地方，什么时候举行婚礼；我就会把我的整个命运交托给你，把你当做我的主人，跟随你到天涯海角"。第二天下午，他们就到劳伦斯神父的教堂，神圣的教会把他们结合为夫妻。朱丽叶再度表白：“充实的思想不在于言语的富丽；只有乞儿才能够计数他的家私。真诚的爱情充溢在我的心里，我无法估计自己享有的财富”。

然而，凯普莱特夫人的内侄、朱丽叶的表兄提伯尔特，因罗密欧闯进他家舞会，咒骂他是恶贼，罗密欧却要和他讲和，他竟拔剑挑战，罗密欧的朋友、亲王的亲戚茂丘西奥仗义应战，提尔伯特乘罗密欧劝解之机刺死了茂丘西奥。提伯尔特还要挑衅，被愤怒的罗密欧刺死。亲王即宣判把罗密欧放逐出境。朱丽叶刚与罗密欧成婚，自己的丈夫就杀死自己的表哥，自己的丈夫又被放逐，朱丽叶“的心要碎了！——可怜的破产者，你已经丧失了一切，还是赶快破裂了吧”！她的奶妈劝慰她：“你的罗密欧今天晚上一定会来看你”，她要奶妈“把这指环拿去给我的忠心的骑士，叫他来作一次最后的诀别”。躲在劳伦斯神父教堂的罗密欧，觉得“从维洛那放逐，就是从这世界上放逐，就是死”，竟要拔剑自刎。神父劝导他：“不要懊恼，这是一个广大的世界”，“你还要杀死你自己吗？你没想到你对自己采取了这种万劫不赦的暴行就是杀死与你相依为命的你的妻子吗”，“你可以暂时在曼多亚住下，等我们寻着机会，把你们的婚姻宣布出来，和解了你们两家的亲族，向亲王请求特赦”。于是按照预定计划，罗密欧攀着软绳来到朱丽叶的寝室，与她相会。天亮之前，他们的分别果然成为诀别：“我有一颗预感不祥的灵魂；你现在站在下面，我仿佛望见你像一具坟墓底下的尸骸”，“在我的眼中你也是这样”。

朱丽叶的父母，答应了亲王的亲戚帕里斯伯爵向朱丽叶的求婚，强逼她过两天就得出嫁。朱丽叶不得已喝下神父给的一种液汁，人像死过去一样，被送到家族的坟墓里。罗密欧的仆人带来朱丽叶的死讯，劳伦斯神父给他的信却没送到，他不知道朱丽叶四十二小时之后就会复活。罗密欧即买了毒药，高举着火炬，骑马来到朱丽叶的坟墓，掘开墓门。凭吊朱丽叶的帕里斯拔剑阻止他，被他刺死。他最后一次拥抱朱丽叶："啊，我的妻子！死虽然已经吸去了你呼吸中的芳蜜，却还没有力量摧残你的美貌"，"我要在这儿永久安息下来，从我这厌倦人世的凡躯上挣脱厄运的束缚"。他喝下毒药，在与朱丽叶的"一吻中死去"。朱丽叶醒来问刚赶到的神父："我的夫君呢"？神父告诉她："你的丈夫已经在你的怀中死去；帕里斯也死了。来，我可以替你找一处地方出家做尼姑"。但朱丽叶不去，她亲吻着罗密欧的嘴唇，想用留下的毒液致死，但听到人声传来，就用罗密欧的匕首刺死了自己。

亲王见到这样哀怨辛酸的惨剧，斥责"凯普莱特！蒙太古！瞧你们的仇恨已经受到了多大的惩罚，上天借手于爱情，夺去了你们心爱的人；我为了忽视你们的争执，也已经丧失了一双亲戚，大家都受到惩罚了"。这两家主人才相互伸出和解的手："我要用纯金替她铸一座像"，"任何塑像都不会比忠贞的朱丽叶那一座更为卓越"，"罗密欧也要有一座同样富丽的金像卧在他情人的身旁"。

人生启示

家族的愚昧杀死了他们，而他们用爱情杀死可愚昧。他们被杀死了，但他们又是杀不死的。他们为爱情殉葬，自由、真诚、纯洁的爱情却使他们永生。他们被社会愚昧埋葬，他们却用自由、光明、正义与慈善埋葬了愚昧、专制、黑暗与邪恶。他们用崇高的牺牲，惩罚了卑劣的罪孽。他们用勇敢的献身，解脱了精神的枷锁，他们用令人心碎的献祭，消解了社会愚昧的仇怨。他们的铜像，是光明与爱情的灯塔，自由与正义的纪念碑，也是愚昧与黑暗的墓石，专制与邪恶的耻辱柱。正是“这两个在我们的仇恨下惨遭牺牲的可怜的人儿”，“因为朱丽叶睡在这里”，“这是一个灯塔”，“她的美貌使这一个墓窟变成一座充满光明的欢宴的华堂”(第五幕第三场)。“他们的悲惨凄凉的殒灭，和解了他们交恶的尊亲”(第一幕开场诗)。

三、《裘力斯·凯撒》

剧情故事

罗马的统治者凯撒，踏着战败前统治者庞贝的血迹凯旋，受到罗马市民的欢迎。护民官马鲁勒斯、弗莱维斯认为："我们应当趁早剪拔凯撒的羽毛，让他无力高飞；要是他羽毛既长，一飞冲天，我们大家都要在他的足下俯伏听命了"。但他们"因为扯去了凯撒像上的彩带，已经被剥夺了发言的权利"。而凯撒的亲信安东尼，拿着一顶普通的冠充作王冠，三次献给凯撒，三次都被他拒绝，每拒绝一次民众就欢呼一次，可是在第三次欢呼中，凯撒让人解开他的衬衣，"露出他的咽喉来请他们宰割"，接着晕了过去倒在地上。其实他虽然拒绝王冠，有人"觉得他心里却巴不得把它拿了过来"，"觉得他的手指头却恋恋不舍地不愿意离开它"。凯撒心目中的天使、最好的朋友勃鲁托斯，从民众的欢呼声中听出另一种声音："我怕人民会选举凯撒做他们的王"，这"我不赞成"，"虽然我很敬爱他"。实际上，元老院已经决定，"元老们明天预备立凯撒为王"。这令人为罗马忧虑："可耻的时代！罗马啊，你的高贵的血统已经中断了"，"要是罗马给一个人独占了去，那么它真的变成无人之境了"。

曾经与凯撒同甘共苦，“把力竭的凯撒扶出了台伯河的怒浪”的凯歇斯，正在策划“将要到来的一种非常的巨变”，要把凯撒摇落下来，“推翻暴力的压制”。他知道：“凯撒对我很不好，可是他很喜欢勃鲁托斯”。因此，他竭力“劝高贵的勃鲁托斯加入我们的一党”，因为“他是众望所归的人；在我们似乎是罪恶的事情，有了他便可以像幻术一样变成正大光明的义举”。他劝诱勃鲁托斯，他还“模仿几个人的不同笔迹，写几封匿名信丢进他的窗里”。勃鲁托斯听了凯歇斯的劝诱，内心有了一个宏愿：让凯撒“戴上王冠？——不！那等于我们把一个毒刺给了他，使他可以随意加害于人”，“当他一旦登上了最高的一级之后，他便不再回顾那梯子，他的眼光仰望着云霄，瞧不起他从前所恃为凭藉的低下的阶段”，“为了怕他有这一天，必须早一点防备”，“我们应当把他当做一颗蛇蛋，与其让他孵出以后害人，不如趁他还在壳里的时候就把他杀死”，“只有叫他死这一个办法；我自己对他并没有私怨，只是为了大众的利益”。他看到匿名信后才坚定了决心。在元老院为凯撒加冕的前夜，一个“整夜天地怪异的黎明前黑暗”之时，凯歇斯一伙来到勃鲁托斯家中，他们议定：“我们一致奋起反对凯撒的精神”，“让我们勇敢地，却不是残暴地，把他杀死”，“在世人的眼中，我们将被认为恶势力的清扫者，而不是杀人的凶手”。

黎明到来的时候，凯撒准备去圣殿，他夫人因在怪异之夜做了凯撒被杀的噩梦，一再劝他不要出去，他就让狄歇斯转告元老们，说凯撒今天不高兴来，而听了狄歇斯的鼓动后，他又决定出去，在勃鲁托斯一伙的簇拥下，走上了圣殿。勃鲁托斯一伙突然跪下向凯撒请愿，要求他撤销对坡勃律斯·辛伯放逐的判决，凯撒坚定地拒绝了："凯撒是不会错误的"，"只有一个人能够确保他的不可侵犯的地位，任何力量都不能使他动摇。我就是他"。于是狄歇斯率这伙人刺杀凯撒，勃鲁托斯刺进致命的一刀，凯撒倒下而死。他们高呼着："和平，自由，解放"，来到大市场。勃鲁托斯向市民解释为什么要反对凯撒："并不是我不爱凯撒，可是我更爱罗马。你们宁愿让凯撒活在世上，大家做奴隶而死呢，还是让凯撒死去，大家做自由人而生？因凯撒爱我，所以我为他流泪；因为他是幸运的，所以我为他欣慰；因为他是勇敢的，所以我尊敬他；因为他有野心，所以我杀死他。我用眼泪报答他的友谊，用喜悦庆祝他的幸运，用尊敬崇扬他的勇敢，用死亡惩戒他的野心"。他又说："为了罗马的好处，我杀死了我最好的朋友，要是我的祖国需要我的死，那么无论什么时候，我都可以用那同一把刀子杀死我自己"。他的演讲赢得了市民的欢呼。

刺杀凯撒前，安东尼就被引开。凯撒死后他逃回家里，谋划了完整的对策。他要"跟这些屠夫们曲意周旋。愿灾祸降于溅泼这样宝贵的血的凶手"，预言："一个咒诅将要降临在人们的肢体上，残暴惨酷的内乱将要使意大利到处陷于混乱；流血和破坏将要成为一时的风尚"。他联络了奥克泰维斯·凯撒，让他赶来罗马。又派仆人向勃鲁托斯表白："要是勃鲁托斯愿意保证安东尼的安全，允许他来见一见勃鲁托斯的面，让他明白凯撒何以致死的原因"，那么安东尼"将要竭尽他的忠诚，不辞一切的危险，追随着高贵的勃鲁托斯"。安东尼得到勃鲁托斯的保证后,他先求一死,获得勃曾鲁托斯赦免,他即与勃鲁托斯一伙握手合作,又提出护送凯撒的尸体到市场,说几句追悼的话,意图是:"试探人民对于这些暴徒所造成的惨剧有什么反应"。获准后,安东尼向市场上的群众,列举事实说明凯撒并没有野心,又宣布凯撒遗嘱:凯撒死后要给每一个罗马市民七十五个德拉克马,还要把台伯河边的私人步道、园亭、花圃全部赠送给市民,安东尼问群众:"这样一个凯撒!几时才会有第二个同样的人"?由此"人民都被"安东尼煽动得十分激昂,他们要在神圣的地方把凯撒尸体火化,然后"就用那些火把去焚烧叛徒们的屋子"。安东尼看到:"一场乱事已经发生,随它怎样发展下去吧","命运之神现在很高兴,她会满足我们一切的愿望"。而此时,"勃鲁托斯和凯歇斯像疯子一样逃出了罗马的城门","正在那儿招募兵马"。安东尼即和奥克泰维斯、莱必多斯组成三人执政,"立刻准备抵御;让我们集合彼此的力量,拉拢我们最好的朋友,运用我们所有的资财","商讨怎样揭发秘密的阴谋,抗拒公开的攻击"。

而在勃鲁托斯阵营内部,凯歇斯因为勃鲁托斯惩处贪污贿赂,又自恃自己是个军人经验比勃鲁托斯多,而对他强烈不满,两人激烈争吵几乎决裂。在商议抗御安东尼和奥克泰维斯向腓利比的进攻时,又意见对立。而勃鲁托斯决定的战法,放弃了坚守山岭高地的优势,又暴露了自己并非有旺盛的士气。勃鲁托斯这方面军队,开始对奥克泰维斯略占优势,却忙着搜掠财物。而凯歇斯的军队被安东尼全部包围,凯歇斯"不相信我们能够得到胜利",就让他的仆人,用刺杀凯撒的剑刺死了自己。但在第二次的战斗中，勃鲁托斯的军队也被打败，他知道自己的末日已经到了，他认为自己“将要享有比奥克泰维斯和玛克·安东尼在这次卑鄙的胜利中所得到的更大的光荣”，他自语着“凯撒，你现在可以瞑目了；我杀死你的时候，还不及现在一半的坚决”，对准自己的剑锋英勇地扑上去而死。“胜利者只能在他身上举起一把火来，因为只有勃鲁托斯能够战胜他自己，谁也不能因为他的死而得到荣誉”，安东尼赞扬他：“在他们那一群中间，他是一个最高贵的罗马人；除了他一个人以外，所有的叛徒们都是因为妒忌凯撒而下毒手的；只有他才是激于正义的思想，为了大众的利益，而去参加他们的阵线。他一生善良，交织在他身上的各种美德，可以使造物肃然起立，向全世界宣告：‘这是一个汉子’”！奥克泰维斯宣布：“让我们按照他的美德，给他应得的礼遇，替他殡葬如仪”，“他必须充分享受一个军人的荣誉”。

人生启示

1. **正义的举动也不要轻信鼓动拒绝忠告。**勃鲁托斯本来只是对凯撒的权力扩大可能造成的后患，感到烦恼，有“某种不可告人的隐忧”，在反对凯撒称王这个问题上，“宁愿做一个乡野的贱民，不愿在这种将要加到我们身上来的难堪的重压之下自命为罗马的儿子”。但凯歇斯劝诱他：凯撒“像一个巨人跨越这狭隘的世界；我们这些渺小的凡人一个个在他粗大的两腿下行走，四处张望着，替自己寻找不光荣的坟墓”，“那错处并不在我们的命运，而在我们自己”，“你我都曾听见我们的父老说过，从前罗马有一个勃鲁托斯，不愿让他的国家被一个君主所统治，正像他不愿让它被永劫的恶魔统治一样”（第一幕第二场）。听了这席话使他“一直都没有睡过”，“好像置身于一场可怕的噩梦之中”。他看到凯歇斯制造的匿名信后，才下定决心：“他们请求我仗义执言，挥戈除暴吗？罗马啊！我允许你，勃鲁托斯一定会全力把你拯救”，而且他“整个的身心像一个小小的国家，临到了叛变突发的前夕”，“他的精神和身体上的各部分正在彼此磋商”。但是他只是考虑他的目的是为大众的利益，他从事的是“堂堂正正的义举”，出于正义的思想和不可压抑的精神，丝毫没有任何个人恩怨，却对刺杀凯撒后的后果、对策，缺乏全面考虑和周密计划；对人心的向背和争取民众的拥护，缺乏正确考虑和有效方略。勃鲁托斯认定：“我们只要凭着我们自己堂堂正正的理由，便可以激励我们改造当前的局面”（第二幕第一场），却未考虑到要改造当前的局面，决不仅是一个刺杀凯撒的义举所能完成。

凯歇斯几次建议：“玛克·安东尼这样被凯撒宠爱，我们不应该让他在凯撒死后继续留在世上”（第二幕第一场），“我对他总觉得很不放心。我所疑虑的事情，往往会成为事实”，“不要让安东尼发表他的追悼演说。你不知道人民听了他的话，将要受到多大的感动吗”？（第三幕第一场）这些都被勃鲁托斯拒绝，酿成灾难性的后果。勃鲁托斯以为“凯撒的头要是落了地，他这条凯撒的胳臂是无能为力的”，“让我们做献祭的人，不要做屠夫”，“让我们把他当作一盘祭神的牺牲而宰割，不要把他当作一具饲犬的腐尸而脔切”（第二幕第一场）。殊不知仅有正义的目的，并不能保证在惨酷的斗争中取胜；既抱着庄严伟大的理想慷慨义举，又对刺杀自己的好友而内心不安；既坚信自己崇高又疑虑自己残忍；既为拯救罗马而刺杀凯撒，又为失去凯撒而怜惜；这种内心矛盾和举措失当，种下失败的祸根。在战场上凯歇斯主张：“最好让敌人来找寻我们”，“我们却可以以逸待劳，蓄养我们的精锐”。而勃鲁托斯另有主意，决定：“立刻向腓利比进兵”，因为“在腓利比到这儿之间一带地方的人民，都是因为被迫而归顺我们的”，“把这些人民留在后方”，就可以避免他们加入敌人的队伍。而这种战法使自己失去优势，最终悲壮地失败。这不仅是凯撒的悲剧，也是勃鲁托斯的悲剧！

2. **强者也要防备必将发生的危机。**勃鲁托斯一伙认为凯撒会不会如约去到圣殿，这还是一个问题，因为凯撒“近来变得很迷信，完全改变了从前对怪异梦兆这一类事情的见解”，而今晚就是个天地都不得安宁的怪异之夜。可是他们摸准了凯撒的弱点，可以“哄他到圣殿里去”，因为“当我告诉他他憎恶谄媚之徒的时候，他就会欣然首肯；不知道他已经中了我深入痒处的谄媚了”（第二幕第一场）。

果然早上凯撒虽准备出去，认为“恐吓我的东西只敢在我背后装腔作势；它们一看见凯撒的脸，就会销声匿迹”，“懦夫在未死以前，就已经死过好多次；勇士一生只死一次”，“人们的贪生怕死是一件最奇怪的事，因为死本来是一个人免不了的结局，它要来的时候谁也不能叫它不来”，“凯撒是比危险更危险的，我们是两头同日产生的雄狮，我却比它更大更凶”。但还是在夫人用异象梦兆劝说下改变主意，决定留在家里。而狄歇斯抓住他致命的弱点鼓动他：“元老院已经决定今天替伟大的凯撒加冕；要是您叫人去对他们说您今天不去，他们也许会变了卦”（第二幕第二场）。因此凯撒又决定去圣殿，他不听预言者的话，也不看诡辩学者阿特米多勒斯的告密信，走上元老院就座，给了勃鲁托斯一伙下手刺杀的最好机会。

其实凯撒对这场危机有些预感，他觉察到：“那个凯歇斯有一张消瘦憔悴的脸，他用心思太多，这种人是危险的”（第一幕第二场）。他也写信叫奥克泰维斯·凯撒到罗马来。但他“的智慧被自信汩没了”（第二幕第二场），毕竟对可能造成危机的原因没有深究，对必将到来的危机缺乏防备，不离左右的安东尼不在身边也没警觉，终致惨遭刺杀。

四、《哈姆莱特》

剧情故事

丹麦王子哈姆莱特，从求学的威登堡大学回到丹麦艾尔西诺，参加突然死去的父王的丧仪。其叔父克劳狄斯篡窃了王位，在他兄长前王死去不到两个月，又娶了兄嫂、哈姆莱特生母乔特鲁德为王后。这一些突如其来的变故，在哈姆莱特看来，“人世间的一切”，“是多么可厌、陈腐、乏味而无聊！哼！哼！那是一个荒芜不治的花园，长满了恶毒的莠草”，“想不到居然会有这种事情！刚死了两个月！不，两个月还不满！这样好的一个国王，比起当前这个来，简直是天神和丑怪；这样爱我的母亲”，“她那流着虚伪之泪的眼睛还没有消去红肿，她就嫁了人了。啊，罪恶的匆促，这样迫不及待地钻进了乱伦的衾被！那不是好事，也不会有好结果；可是碎了吧，我的心，因为我必须噤住我的嘴”！他依然穿着墨黑的丧服，笼罩着阴郁。国王劝阻他：“固执不变的哀伤，却是一种逆天悖理的愚行”，要求他：“抛弃了这种无益的悲伤，把我当做你的父亲；因为我要让全世界知道，你是王位的直接继承者”，要他不要回威登堡继续求学，留“在朝廷领袖群臣，做我们最亲近的国亲和王子”。母亲也祈求他不要离开，他才表示："我将要勉力服从您的意志，母亲"。

哈姆莱特正直的好朋友霍拉旭和军官马西勒斯告诉他：他们在城堡露台午夜守望的时候，"曾经连续两夜看见一个自顶至踵全身甲胄、像您父亲一样的人形，在他们的面前出现"，第三夜"那鬼魂又出现了"，"是那样酷肖它的生前"。当晚哈姆莱特就随着霍拉旭他们来到露台，刚打过十二点，那鬼魂又来了。他迎上去对鬼魂说："尊严的丹麦先王，啊，回答我！不要让我在无知的蒙昧里抱恨终天；告诉我为什么你的长眠的骸骨不安窀穸，为什么安葬着你的遗体的坟墓张开它的沉重的大理石的两颚，把你重新吐放出来"。鬼魂召他过去告诉他："我是你父亲的灵魂"，"你必须替他报复那逆伦惨恶的杀身的仇恨"，当我午后"在花园里睡觉的时候，你的叔父乘我不备，悄悄溜了进来，拿着一个盛着毒草汁的小瓶，把一种使人麻痹的药水注入我的耳腔之内"，"这样，我在睡梦之中，被一个兄弟同时夺去了我的生命、我的王冠和我的王后"，"要是你有天性之情，不要默尔而息，不要让丹麦的御寝变成了藏奸养逆的卧榻；可是无论你怎样进行复仇，不要胡乱猜疑，更不可对你母亲有什么不利的图谋"，"再会，再会！哈姆莱特，记着我"。听了父亲鬼魂的告白，哈姆莱特既验证了他的预感，记下了叔父"骨子里却是杀人的奸贼"的仇恨，决心复仇；但又担心那个鬼魂是个恶魔，所说的话还要证实。如果鬼魂的话得到证实，哈姆莱特的责任不只是复仇，因为"这是一个颠倒混乱的时代"，"我却要负起重整乾坤的责任"！因此，他告诉霍拉旭他们："我今后也许有时候要故意装出一副疯疯癫癫的样子"，请你们发誓："永远不要把你们今晚所见的事情告诉别人”，“无论在什么时候都要守口如瓶”。

此后哈姆莱特就开始发疯了。他跑到老臣波洛涅斯女儿奥菲利娅的房间，衣着不整而且“神气是那样凄惨，好像他刚从地狱里逃出来”。因为他曾经屡次向奥菲利娅表示爱情，他们俩近来也常常在一起，而她却遵从她父亲的命令，突然“拒绝他的来信，并且不允许他来见我”。波洛涅斯认为：“这就是使他疯狂的原因。我很后悔考虑得不够周到，看错了人。我以为他不过把你玩弄玩弄”。并且把这些告诉了王上。国王因哈姆莱特的疯疯癫癫，已叫从小跟他一起长大的罗森洛兰兹和吉尔登斯吞，陪伴陪伴他，“同时乘机窥探他究竟有什么秘密的心事”。国王也不尽相信波洛涅斯的话，要“进一步试验试验”。波洛涅斯安排奥菲利娅与他见面，她把他送的纪念品还给他，而他对她说：“我的确曾经爱过你”，而“因为美德不能熏陶我们罪恶的本性；我没有爱过你”，“进尼姑庵去吧，为什么你要生一群罪人出来呢”？“我们都是些十足的坏人，一个也不要相信我们。进尼姑庵去吧”，“我们以后不要结什么婚了；已经结过婚的，除了一个人以外，都可以让他们活下去；没有结婚的不准再结婚，进尼姑庵去吧”。奥菲利娅极为痛惜哈姆莱特：“一颗多么高贵的心是这样殒落了”！“这样无可挽回地殒落了”，“啊！我好苦，谁料过去的繁华，变作今朝的泥土”！偷听他们谈话的国王却认为：“他的精神错乱不像是为了恋爱；他说的话虽然有些颠倒，也不像是疯狂。他有些什么心事盘踞在他的灵魂里，我怕它也许会产生危险的结果”，因此为了防止万一，国王已经决定：“他必须立刻到英国去”，借英王之手将他除掉。

罗森格兰兹和吉尔登斯吞,也探询不出哈姆莱特神经迷惘的缘由,不过一个戏班子到宫里来演出,引起了哈姆莱特的兴趣,他叫他们请国王王后今晚同去看演出,国王高兴地要他们:"把他的心思移转到这种娱乐上面"。其实哈姆莱特借戏班子的演出,施行着一个重大的计策:"我要叫这班伶人在我的叔父面前表演一场跟我的父亲的惨死情节相仿的戏剧,我就在一旁窥察他的神色;我要探视到他的灵魂的深处,要是他稍露惊骇不安之态,我就知道我该怎么办","我要先得到一些比'幽灵提供的'更切实的证据;凭着这一场戏,我可以发掘国王内心的隐秘"。哈姆莱特就让戏班子演出悲剧《贡扎古之死》,而且加上他写的十几行剧词,要求他们:"把动作和言语互相配合起来","你不能越过自然的常道;因为任何过分的表演都是和戏剧的原意相反的,自有戏剧以来,它的目的始终是反映自然,显示善恶的本来面目,给它的时代看一看它自己演变发展的模型"。他还要求霍拉旭:当那幕情节跟我告诉过你的我的父亲的死状相仿佛的戏"正在串演的时候,我要请你集中你的全副精神,注视我的叔父","我也要把我的眼睛看定在他的脸上;过后我们再把各人观察的结果综合起来,给他下一个判断"。果然,当戏中的凶手为了觊觎权位,以毒药注入睡着的国王贡扎古耳中时,看戏的"王上站起来了","给一响空枪吓怕了"。王上高喊着:"给我点起火把来",离开了剧场,非常不舒服地发脾气:我不喜欢哈姆莱特,"纵容他这样疯闹下去,对于我是一个很大的威胁","打发他跟你们一块儿到英国去","我们必须及早制止这一种公然的威胁"。王后则要哈姆莱特去见她。哈姆莱特和霍拉旭已经得到准确的判断:“那鬼魂真的没有骗我”。哈姆莱特即决定动手复仇:“现在是一夜之中最阴森的时候,鬼魂都在此刻从坟墓里出来,地狱也要向人世吐放疠气;现在我可以痛饮热腾腾的热血,干那白昼所不敢证实的残忍的行为”。然而他还要到他母亲那儿去一趟:“让我做一个凶徒;可是不要做一个逆子。我要用利剑一样的说话刺痛她的心,可是决不伤害她身体上一根毛发”。

国王的“像死亡一样黑暗的心胸”,“越是挣扎,越是不能脱身的胶住了的灵魂”,剧烈煎熬着他:“我的罪恶的戾气已经上达于天;我的灵魂上负着一个元始以来的咒诅,杀害兄弟的暴行!我不能祈祷”,“非分攫取的利益还在手里,就可以幸邀宽恕吗”?“那么怎么办呢?还有什么法子好想呢?试一试忏悔的力量吧”。哈姆莱特去母亲那里路遇跪下祈祷的国王,他拔出剑:“决定现在就干,让他上天堂去,我也算报了仇了”。但他又一想:“不,我还要考虑一下;一个恶人杀死我的父亲;我,他的独生子,却把这个恶人送上天堂。啊,这简直是以恩报怨了”,“现在他正在洗涤他的灵魂,要是我在这时候结果了他的性命,那么天国的路是为他开放着的,这样还算是复仇吗?不!收起来,我的剑,等候一个更惨酷的机会吧”,“叫他颠踬在我的脚下,让他幽深黑暗不见天日的灵魂永堕地狱”。

哈姆莱特来到王后寝宫,母亲训斥他:“你已经大大得罪了你的父亲了”,他回敬她:“您已经大大得罪了我的父亲啦”,“坐下来,不要动;我要把一面镜子放在你的面前,让你看一看你自己的灵魂”。母亲以为他要杀她,大喊:“救命!救命呀”!躲在帏幕后面的波洛涅斯也大叫:"喂!救命"!哈姆莱特立即拔剑,刺穿帏幕后面的鼠贼,以为"那不是一个国王吗","残酷的行为!好妈妈,简直就跟杀了一个国王再去嫁给他的兄弟一样坏"。他揭开帏幕看见倒地而死的却是波洛涅斯:"你这倒运的、粗心的、爱管闲事的傻瓜,再会"!他劝告母亲:"这是两个兄弟的肖像。你看这一个的相貌多么高雅优美","向世间证明这是一个男子的典型。这是你从前的丈夫。现在你再看这一个,这是你现在的丈夫,像一株霉烂的禾穗,损害了他的健硕的兄弟","什么理智愿意从这么高的地方降落到这么低的所在呢"?"羞啊!你不觉得惭愧吗"?王后求他的儿子:"不要说下去了!你使我的眼睛看进了我自己灵魂的深处,看见我灵魂里那些洗拭不去的黑色的污点"。他请母亲:"向上天承认你的罪恶吧,忏悔过去,警戒未来",而且保守"我实在是装疯,不是真疯"的秘密。

他随后就和罗森格兰兹、吉尔登斯吞一起启程去英国,他警觉到:"对这两个家伙我要像对待两条咬人的毒蛇一样随时提防","用诡计对付诡计,不是顶有趣的吗"?

奥菲利娅因为父亲被杀,哈姆莱特远行,失去了理智。她的哥哥雷欧提斯,得知父亲死讯,从法国赶回丹麦,带领着一队叛军,高喊着:"我们推举雷欧提斯做国王",冲进王宫,要为父死妹疯而报仇。哈姆莱特也意外地只身回到丹麦。国王告诉雷欧提斯,杀死他父亲的是哈姆莱特,他还图谋国王的生命,他们就设下了一个毒计:怂恿哈姆莱特与雷欧提斯比赛剑术,让雷欧提斯拿上涂抹毒药的利剑,而只让哈姆莱特拿着比赛用的钝剑，还为哈姆莱特预备一杯毒酒，“万一他逃过了你的毒剑，只要他让酒沾唇，我们的目的也就同样达到了”，”无论什么灵丹仙草，都不能挽救”。

这时，奥菲利娅又掉在水里淹死了，“她爬上一根横垂的树枝，想要把她的花冠挂在上面；就在这时候，一根心怀恶意的树枝折断了，她就连人带花一起落下呜咽的溪水里”。在他妹妹的葬礼上，雷欧提斯悲愤地跳入奥菲利娅墓中，“让我再拥抱她一次”。刚赶回的哈姆莱特也悲痛欲绝地跳入墓中，却被雷欧提斯揪住，哈姆莱特的火性被激起，提出为了“我爱奥菲利娅”与雷欧提斯决斗，却被拉开，因为国王要实行他的毒计。

哈姆莱特告诉霍拉旭，在去英国的船上，他偷看了国王要英王处死他的国书，就另写一封要英王处死送信二人的国书，盖上父王的私印充当国玺。第二天在海上遇袭，他跳上海盗船被救了回来：“你想，我是不是应该——他杀死了我的父王，奸污了我的母亲，篡夺了我的嗣位的权利，用这种诡计谋害我的生命，凭良心说我是不是应该亲手向他复仇雪恨”？

哈姆莱特后悔在雷欧提斯面前失去了自制，但还是接受与他赛剑的邀请，请求他大度包涵。前两回合哈姆莱特占了上风，王后为他饮下毒酒祝他胜利，而第三回合他先被雷欧提斯毒剑刺伤，他又夺过毒剑刺伤雷欧提斯。王后说着：“那杯酒，我中毒了”，倒地死去。哈姆莱特立即叫把门锁上：“阴谋！查出来是哪一个人干的”。雷欧提斯死前说出秘密：“那杀人的凶器就在你的手里，它的锋利的刃上还涂着毒药。这奸恶的诡计已经回转来害了我自己”，“你的母亲也中了毒”，“国王，国王，都是他一个人的罪恶”，“这毒药是他亲手调下的”。哈姆莱特即刻怒吼着：“好，毒药，发挥你的作用吧”，他用那毒剑刺伤了国王，接着他让“这败坏伦常、嗜杀贪淫、万恶不赦的丹麦奸王”，喝干了这杯毒药而死。

哈姆莱特与雷欧提斯互相宽恕后，雷欧提斯死去。哈姆莱特请求霍拉旭：“我死了，你还活在世上，请你把我的行事的始末根由昭告世人，解除他们的疑惑”，“我一死之后，要是世人不明白这一切事情的真相，我的名誉将要永远蒙着怎样的损伤！你倘然爱我，请你暂时牺牲一下天堂上的幸福，留在这一个冷酷的人间，替我传述我的故事吧”。哈姆莱特死前预言：挪威王子福丁布拉斯将被拥戴为王，“他已经得到我这临死之人的同意，你可以把这儿所发生的一切事实告诉他。此外仅余沉默而已”。霍拉旭悼念哈姆莱特：“一颗高贵的心现在碎裂了！晚安，亲爱的王子，愿成群的天使们用歌唱抚慰你安息”！从波兰回国路经艾尔西诺的福丁布拉斯，和从英国来的钦使，在宫中见到这一惨景，听了霍拉旭向世人报告这些事情发生的经过。福丁布拉斯庄严宣告：“让四个将士把哈姆莱特像一个军人似的抬到台上，因为要是他能够践登王位，一定会成为一个贤明的君主的；为了表示对他的悲悼，我们要用军乐和战地的仪式，向他致敬”。

人生启示

不断发掘自我、战胜自己才能负起重任、成就功业。丹麦王子哈姆莱特，具备自由思想、深邃思维、远大志向、崇高品德、高尚情感、出众才艺；他肩负重任又势单力薄，疾恶如仇又慎思多虑，勇于牺牲也敢于出手，不断自省至终成大业；是具有复杂性格、多重身份和多面角色的可歌、可泣、可亲、可敬的时代英雄。他的恋人奥菲利娅赞美他具有"一颗多么高贵的心"，"高贵无上的理智"，"无比的青春美貌"，确是"朝臣的眼睛、学者的喉舌、军人的利剑、国家所瞩望的一朵娇花、时流的明镜、人伦的雅范、举世瞩目的中心"(第三幕第一场)。他的母亲乔特鲁德始终深爱着他，保护着他，"差不多一天不看见他就不能生活"，为他保守秘密，直至为他喝毒酒死去。国王克劳狄斯虽然视他为必须除去的最大威胁，也顾虑："一般民众对他都有很大的好感，他们盲目的崇拜像一道使树木变成石块的魔泉一样，会把他戴的镣铐也当作光荣"(第四幕第七场)。他"所交接的人们中间最正直的一个人"霍拉旭(第三幕第二场)，评价他具有"一颗高贵的心"。挪威王子福丁布拉斯认为，"要是他能够践登王位，一定会成为一个贤明的君主"(第五幕第二场)。

哈姆莱特面对父王暴死，叔父篡位，速娶其母的变故，内心充满悲哀与疑惑。父王的鬼魂告诉他其叔父杀兄篡位夺嫂的罪行后，他立志报仇雪恨，但又不是仅仅杀死叔父就能简单完成的。他必须取得叔父罪行的真凭实据，以验证鬼魂的告白，并且要把其罪恶告示世人，使复仇得到理解和拥护，而且不会被可能化作幽灵的魔鬼，“看准了我的柔弱和忧郁，才来向我作祟，要把我引诱到沉沦的路上”(第二幕第二场)。他肩负的责任不仅是复仇，因为在他看来，世界是“一所很大的牢狱，里面有许多监房、囚室、地牢；丹麦是其中最坏的一间”，“即使把我关在一个果壳里，我也会把自己当做一个拥有着无限空间的君王的”(第二幕第二场)，而“这是一个颠倒混乱的时代，唉，倒霉的我却要负起重整乾坤的责任”！(第一幕第五场)而要重整乾坤是一个需要付出一生心血，团结众人才能逐步完成的伟业。杀死罪恶的国王不只是杀死他的肉体，还要使他罪恶的灵魂永堕地狱。复仇更要保护母亲，使她忏悔她的灵魂，但决不能伤害她的身体。这样的重担压在哈姆莱特身上，他必须痛下决心，不断自励，克服弱点，坚定意志，开掘智慧，反复筹划，逐步施行，勇于牺牲才能成就大业。

哈姆莱特以装疯而不是真疯开始他的复仇，在疯狂状态下，便于保护自己，掩盖真实意图，探察国王罪恶的证据，探明相关人员的嘴脸，掩饰必要的或唐突的举动，给自己更大周旋余地。同时又可以不断激励自己，开动脑筋，设计谋划，付诸实施，以完成重任。

他对奉国王之命窥探他的私密的两个昔日同伴说，我近来，“一点兴致都提不起来，什么游乐的事都懒得过问”，“仿佛负载万物的大地，这一座美好的框架，只是一个不毛的荒岬”，“人类是一件多么了不得的杰作！多么高贵的理性！多么伟大的力量！多么优美的仪表！多么文雅的举动"！"宇宙的精华！万物的灵长"！可是，"人类不能使我发生兴趣；不，女人也不能使我发生兴趣"(第二幕第二场)。既表白了心声，又诱导他们把戏班子找来，以施行计策。他听了伶人念的一大段台词，更激励自己奋起行动："这一个伶人不过在一本虚构的故事、一场激昂的幻梦之中"，"使有罪的人发狂，使无罪的人惊骇"，"可是我，一个糊涂颟顸的家伙，垂头丧气，一天到晚像在做梦似的，忘记了杀父的大仇"，"活动起来吧，我的脑筋！我听人家说，犯罪的人在看戏的时候，因为台上表演的巧妙，有时会激动天良，当场供认他们的罪恶"(第二幕第二场)。他就让戏班子演一出与叔父杀父情节相仿的戏，以探察叔父的神态。施行这计策前夕，他认真思考："生存还是毁灭，这是一个值得考虑的问题；默然忍受命运的暴虐的毒箭，或是挺身反抗人世的无涯的苦难，通过斗争把它们扫清，这两种行为，哪一种更高贵"？"这样，重重的顾虑使我们全变成了懦夫，决心的赤热的光彩，被审慎的思维盖上了一层灰色，伟大的事业在这一种考虑之下，也会逆流而退，失去了行动的意义"(第三幕第一场)。他从而更坚定了意志：决不苟且偷生而毁灭伟大的事业，也不让审慎的思维拖延果敢行动，要用英勇的斗争和悲壮的牺牲，扫除人世间的苦难。他成功证实了叔父的罪行，果断实施着下一步的复仇。

他用疯狂的举动和疯话对待奥菲利亚，使人以为他因失恋而发疯，又以这种方式向她透露他的内心而向她诀别："我很骄傲，有仇必报，富于野心，我的罪恶是那么多，连我的思想也容纳不下，我的想象也不能给它们形象，甚至于我都没有充裕的时间把它们实行出来”，“我们都是些十足的坏人，一个也不要相信我们。进尼姑庵去吧”。国王并不认为他为恋爱而发疯，但是“大人物的疯狂是不能听其自然的”(第三幕第一场)，国王就强行把他赶到英国，欲借英王之手将他杀害。他在路上所见到、听到的一切，又使他强烈自责：“一个人要是把生活的幸福和目的，只看作吃吃睡睡，他还算是个什么东西？简直不过是一头畜生”！“现在我明明有理由、有决心、有力量、有方法，可以动手干我所要干的事情”，“可是始终不肯在行动上表现出来”，“相形之下，我将何地自容呢？啊！从这一刻起，让我屏除一切的疑虑妄念，把流血的思想充满在我的脑际”！(第四幕第四场)他预感到“他们将要做我的先驱，引导我钻进什么圈套里去”，因而采取行动，拿到国王借刀杀人的证据，只身逃回以完成大业，而把那两个国王的走卒送上不归之路。

他路遇国王跪祷时，已经拔剑又收回，因为他不只是要杀死国王的肉体而复仇，更要等候一个更惨酷的机会，让国王的幽深黑暗的灵魂永堕地狱，从精神上也要复仇。他刺死躲在王后寝宫帏幕后的老臣，还以为他是一个国王，实际上是一次刺杀国王义举的演习。他在母亲面前倾泻自己的愤怒：“一个杀人犯、一个恶徒、一个不及前夫二百分之一的庸奴、一个冒充国王的丑角、一个盗国窃位的扒手，从架子上偷下那顶珍贵的王冠，塞在自己的腰包里”！他父亲鬼魂又一次出现：“磨砺你的快要蹉跎下去的决心”。从而再次坚定了他冷酷的决心：“为了顾全母子的恩慈，我不得不忍情暴戾；不幸已经开始，更大的灾祸还在接踵而至”(第三幕第四场)。

他逃回艾尔西诺,在坟地已经预想:“谁知道我们将来会变成一些什么下贱的东西”,“谁知道亚历山大的高贵的尸体,不就是塞在酒桶口上的泥土”?(第五幕第一场)他把国王的罪行告诉了霍拉旭:“我不去剪除这一个戕害天性的蟊贼,让他继续为非作恶,岂不是该受天谴吗”?他“已经抓住眼前这一刻工夫;一个人的生命可以在说一个‘一’字的一刹那之间了结”。然而国王设下的赛剑的圈套,破坏了他的计划,他只得将计就计杀死了国王,也使国王的灵魂永堕地狱,并且在向霍拉旭交代了昭告世人和王位继承的意见后,像一个军人似的英勇死去。霍拉旭如实向世人报告了他行事的始末根由,但把他对王位继承的意见保持了沉默,“免得引起更多的不幸、阴谋和错误”(第五幕第二场)。

五、《特洛伊罗斯与克瑞西达》

剧情故事

希腊人俘虏了特利亚王子们的年老的姑母，特洛亚王子帕里斯在王室的支持下，抢回了希腊墨涅拉俄斯的王妃、绝世无双的美人海伦作为交换。希腊武士们，“从雅典海湾浩浩荡荡向弗里吉亚出发；他们立誓荡平特洛亚”，抢回已失身的海伦，引起了希腊人和特洛亚人长达七年的战争，却还没有攻克特洛亚。希腊人又发出通牒：“把海伦交还我们，那么一切其他的损失”，都可以置之不问。

特洛亚国王普里阿摩斯征求诸王子的意见。特洛亚最优秀的将才赫克托王子主张：“放海伦回去吧”，“要是我们丧亡了这许多同胞，去保卫一件既不属于我们、对于我们又没有多大价值的东西，那么我们凭着什么理由，拒绝把她交还给人家呢”？最小的王子特洛伊罗斯和帕里斯却认为：“你把我们伟大尊严的父王的荣誉，去和微贱的生命放在一个天平里称量吗”？“我们已经把我们各人的荣誉寄托在这一次战争里了”，“她是一个光荣的题目，可以策励我们建立英勇卓绝的伟业，使我们战胜当前的敌人，树立万世不朽的声名”。赫克托最后又改变主张："我仍旧赞同你们的意见，把海伦留下来，因为这是对于我们全体和各人的荣誉大有关系的"。并且他已经向希腊人挑战，要和他们的一个骑士决战。

希腊主帅阿伽门农的营帐前也在进行一场辩论："各位王子，你们都知道我们这次远征，把特洛亚城围困了七年，却还不能把它攻克下来"，这是一个长时期的考验，故意试探我们有没有恒心。俄底修斯王子认为："这都是因为我们漠视了军令的森严所致。看这一带大军驻屯的阵地，散布着多少虚有其表的营寨，谁都怀着各不相下的私心"，"这一种混乱的状态，只有在纪律被人扼杀以后才会发生"，"公认为我军中坚的阿喀琉斯，因为听惯了人家的赞誉，养成了骄矜自负的心理"，许多人看着这个榜样，也沾上了这种恶习。上了年纪的涅斯托认为，叫阿喀琉斯去应赫克托的挑战，是最适当的办法。而俄底修斯主张："我们还是采取抽签的办法，预先安排好让愚蠢的埃阿斯抽中，叫他去和赫克托交战"，"不管胜负如何，我们的主要目的，是要借埃阿斯的手压下阿喀琉斯的气焰"。阿伽门农以主帅身份卑躬屈节地去拜访阿喀琉斯，他竟不出来面见，这样就决定让埃阿斯去应战，并且故意冷落阿喀琉斯，"要一个骄傲的人看清他自己的嘴脸，只有用别人的骄傲给他做镜子"，"他可以从别人的眼睛里看到自己的没落"。警觉到"我的声誉已经遭到极大的危险，我的威名已经受到严重的损害"的阿喀琉斯，请埃阿斯在战后邀请赫克托过来与他相见，他在筹划着一个大的计谋。

在战火连绵不断的日子里，特洛伊洛斯爱上了特洛亚祭司卡尔卡斯的女儿克瑞西达。克瑞西达的舅父潘达洛斯把他们引到一起，特洛伊洛斯向她表白忠心："一切出于恶意猜嫉的诽谤，都不足以诬蔑他的忠心"；"而希望援引一个更有力的例证的时候，他们便可以加上一句说，'像特洛伊罗斯一样忠心'"，她也表示："要是我变了心，或者有一丝不忠不贞的地方"，"让他们举出一个最轻浮最虚伪的榜样来，说，'像克瑞西达一样负心'"。于是他们一起在眠床上度过了一夜。可是患难接踵而至。特洛亚要求希腊把被俘的安忒诺，这个处理着特洛亚一切事务的很重要的将领，放回特洛亚，甚至可以拿一个王子来交换。阿伽门农就同意叛逃希腊的卡尔卡斯的请求，提出让特洛亚用克瑞西达换回安忒诺，王上答应了这个要求。特洛伊罗斯和克瑞西达都无法抗拒这个运命，他们分别时，互诺忠心不变，他送她衣袖为信物，她还赠以手套，约定他每晚贿赂希腊守兵去探望她。

埃阿斯和赫克托的决战，由于埃阿斯是赫克托父亲妹妹的儿子，不是以流血而是以拥抱结束。赫克托高兴应邀来到希腊营地，受到阿伽门农和各将领的欢迎。阿喀琉斯却把赫克托看了个饱，仔细端详他的面貌，把他身上每一个地方都牢牢记住了，祈求天神回答："让我认清在什么方位结果赫克托的生命"。而赫克托回答："你还是自己留心点儿吧"，"我要在你身上每一处地方杀死你"。同来的特洛伊罗斯，去到克瑞西达父亲营帐，看到的却是克瑞西达把他送她的信物衣袖，送给了另一个男人狄俄墨得斯做相会的保证。

第二天，赫克托不听妻子的哀求、其妹卡珊德拉的劝阻、国王的规劝、披上甲胄杀上了战场。他遭遇到阿喀琉斯时，却没有立即刺杀他，而是叫他："住手，你还是休息一会儿"。但赫克托自己脱下战盔将盾牌悬挂背后正在休息时，阿喀琉斯却乘人不备，要将士们用乱剑将他刺死。然后齐声高呼："阿喀琉斯已经把勇武的赫克托杀死了"，并且把他的尸体缚在马尾上拖过战场。阿伽门农认为："要是他的死是天神有心照顾我们，那么伟大的特洛亚已经是我们的，惨酷的战争也要从此结束了"。特洛伊罗斯横冲直撞，勇不可当，但还是没能杀死夺去恋人的狄俄墨得斯，却听到了赫克托的死讯。而他仍然坚持"向着一切天神和世人所加于我们的迫切的危险挑战"，要把希腊人的营帐踏为平地："我们不要懊恼，让复仇的希望掩盖我们内心的悲痛"。

人生启示

正义、理智、勇气、纪律、戒骄和力量、智谋对夺取胜利不可缺少。赫克托清醒地知道：为海伦而战，"师出无名，必遭天谴"，"特洛亚要化为一片平地"；"海伦既然是斯巴达的王妃，按照自然的和国家的道德法律，就应该把她还给斯巴达。错误已经铸成，倘再执迷不悟地坚持下去，那就大错而特错了"。但他为了虚有的荣誉，放弃了自己正确的见解，还愚蠢地"向这些行动滞钝、党派分歧的希腊贵人们提出挑战，惊醒他们昏睡的灵魂"（第二幕第二场）。他在决战中，又因对手有一半特洛亚血统而放弃胜利，还不知是计欣然受邀赴宴，既被更加激发了骄气，又被详尽研究而设计夺取他的性命。他在不利天时下失去理智执意出战,“自恃正义”,“我的荣誉主宰着我的命运”,“高贵的人重视荣誉远过于生命”(第五幕第三场)。他遇到有利时机却讲人情放走阿喀琉斯,在敌手并未消灭之时竟自我解除武装休战,结果被阿喀琉斯乘他不备夺去了生命,毁灭了一生功名,也给特洛亚造成毁灭性损失。

希腊人却找到了自己的弱点:“纪律是达到一切雄图的阶梯,要是纪律发生动摇,啊!那时候事业的前途也就变成黯淡了”,“那时候权力便是一切,而凭借着权力,便可以逞着自己的意志,放纵无厌的贪欲;欲望,这一头贪心不足的饿狼,得到了意志和权力的两重辅佐,势必至于把全世界供它的馋吻,然后把自己也吃下去”,“就是因为漠视了纪律,有意前进的才反而向后退却。主帅被他属下的将领所轻视,那将领又被他的属下所轻视,这样上行下效,谁都瞧不起他的长官,结果就引起了猜嫉争竞的心理,损害了整个军队的元气”;因为骄傲,“至于怎样调遣适当的军力,怎样测度敌人的强弱,这一类运筹帷幄的智谋,在他们眼中都不值一笑”。由于这样,“特洛亚所以至今兀立不动,不是靠着它自己的力量,乃是靠着我们的这一种弱点;换句话说,它的生命是全赖我们的弱点替它支持下来的”。于是他们对症下药,整顿纪律,“以骄治骄”。认为“制伏两条咬人的恶犬,最好的办法是请他们彼此相争,骄傲便是挑拨它们搏斗的一根肉骨”(第一幕第三场)。他们的主将阿喀琉斯“如此自命不凡,连他的思想与行动也互相仇视,自相残杀,使他不能自主”,他们就“宁愿重用一个活跃的侏儒,不要一个贪睡的巨人”

而激励他，又告诫他：“证明一个人无论禀有着什么奇才异能，倘然不把那种才能传达到别人的身上，他就等于一无所有”，“只有继续不断地前进，才可以使荣名永垂不替”(第三幕第三场)。他果然被重新激发斗志，详尽研究了赫克托，设计夺取了赫克托的生命，建立了新的功绩。

六、《奥瑟罗》

剧情故事

奥瑟罗是供职于威尼斯政府很有才能的一员战将，为国家、为贵族立过很大的功劳，为整个元老院“同声赞叹、称为全才全德的”“英勇的摩尔人”，具有“喜怒之情不能把它震撼的高贵的天性”，“命运的箭矢不能把它擦伤穿破的坚定的德操”。他是高贵的祖先的后裔，有着英雄史诗般的传奇经历，他“少年时代所遭逢的不幸的打击”，他一生中非常奇异而悲惨的故事：“最可怕的灾祸，海上陆上惊人的奇遇，间不容发的脱险，在傲慢的敌人手中被俘为奴，和遇赎脱身的经过，以及旅途中的种种见闻；那些广大的岩窟、荒凉的沙漠、突兀的岩嶂、巍峨的峰岭”，深深吸引了纯洁美貌的苔丝狄蒙娜的爱慕。他们背着她的父亲，一位“潜势力比公爵还要大上一倍”的元老，秘密成婚。奥瑟罗也因为“真心恋爱温柔的苔丝狄蒙娜”，而放弃“无拘无束的自由生活，来俯就家室的羁缚”。

此时，一支土耳其舰队在向威尼斯属下的塞浦路斯进发，元老们立即派遣奥瑟罗向土耳其人作战，“要不是派他前去”“他们休想找到第二个人有像他那样的才能，可以担当这一重任”，于是奥瑟罗遵从公爵的命令前往塞浦路斯负责镇守。“多少我们国里有钱有势的俊秀子弟她都看不上眼的”苔丝狄蒙娜，也跟着丈夫来到塞浦路斯。

奥瑟罗手下的旗官伊阿古，深得奥瑟罗的信任，认为“他的为人是忠实而可靠的”。但是伊阿古对于奥瑟罗，“恨他像恨地狱里的刑罚一样”，“好多次我想要把我的剑从他的肋骨下面穿进去”，因为“这城里的三个当道要人亲自向他打招呼，举荐我做他的副将”，都被他回绝，而任命了“从来不曾在战场上领过一队兵”的凯西奥为副将。而伊阿古却立过不少军功。不过伊阿古仍然跟随奥瑟罗，“对他陪着小心，既不是为了忠心，也不是为了义务，只是为了自己的利益，才装出这一副假脸”。而且伊阿古要实行一举两得的阴谋：“在奥瑟罗的耳边捏造一些鬼话”，说凯西奥“跟他的妻子看上去太亲热了”，而奥瑟罗“是很容易引起疑心的”，这样就可以“破坏这一个走江湖的蛮子和这一个狡猾的威尼斯女人之间的脆弱的盟誓”，向他复仇，又可以夺到凯西奥的位置。奥瑟罗“是一个坦白爽直的人，他看见人家在表面上装出一副忠厚诚实的样子，就以为一定是个好人”，他对伊阿古很有好感，这就使他被伊阿古“像一头驴子一般牵着鼻子跑”，使伊阿古的奸计格外容易得到成功。

由于土耳其舰队在风暴中全军覆没，塞浦路斯暂时没有战事，但奥瑟罗仍要求留心警备。伊阿古却怂恿凯西奥喝醉了酒去城堡巡夜，又叫追求苔丝狄蒙娜的绅士罗德利哥也喝醉了酒，去向凯西奥挑衅，凯西奥提着剑追打罗德利哥，还把劝阻的塞浦路斯前总督蒙太诺刺成重伤，怒不可遏的奥瑟罗立即撤销了凯西奥的职务。伊阿古趁机劝诱凯西奥:“我们主帅的夫人现在是我们真正的主帅”,“你只要在她面前坦白忏悔,恳求恳求她,她一定会帮助你官复原职”。凯西奥不知是计,就恳求苔丝狄蒙娜说情,而凯西奥曾是奥瑟罗与她恋爱时传递消息的使者,而他正向她求助时眼见奥瑟罗过来,就很不自在地离开了,奥瑟罗看到这一幕也很不自在。伊阿古又抓住机会向奥瑟罗灌输迷汤:“我还不能给您确实的证据。注意尊夫人的行动;留心观察她对凯西奥的态度;用冷静的眼光看着他们,不要一味多心,也不要过于大意”。伊阿古这番话使“这摩尔人已经中了我的毒药的毒,他的心理上已经发生变化了”。

果然奥瑟罗宁静的心情被彻底打破,他自以为“她瞒着我跟人家私通,我不是一无知觉吗”?他要伊阿古“给我一个充分的理由,证明她已经失节”。奥瑟罗第一次给苔丝狄蒙娜的礼物是一方母亲传给他的手帕,“当她保存着这方手帕的时候,它可以使她得到我的父亲的欢心”,“万一失去了,或是送给别人,那就难免遭到一场无比的灾祸”。苔丝狄蒙娜却不慎把这手帕掉在城堡前,伊阿古的妻子爱米利娅拾到它被伊阿古要去,投到凯西奥房内又让他拿这手帕给他情妇时叫奥瑟罗看到。还让奥瑟罗听到凯西奥讲他与情妇的关系,误以为讲他与苔丝狄蒙娜的关系。还捏造凯西奥讲与苔丝狄蒙娜私通的梦话告诉奥瑟罗。

这样,奥瑟罗现在以为“明白这件事情全然是真的了”,他向苍天跪拜:“我倘不能报复这奇耻大辱,誓不偷生人世”。他即任命伊阿古为他的副将,要伊阿古在三天之内除掉凯西奥,也要让苔丝狄蒙娜死去。伊阿古又进言邪道:“不要用毒药,在她床上扼死她，就在那被她玷污了的床上”。奥瑟罗不相信爱米利娅为苔丝狄蒙娜辩解的誓言:“我敢用我的灵魂打赌她是贞洁的”的誓言,奥瑟罗也不相信苔丝狄蒙娜贞洁无罪的自我辩解,也不答应将她放逐而不杀她的哀求,甚至不给她作一次最后的祷告的半点钟的时间,就残忍地扼杀并刺死了他的妻子:“圣洁而忠贞的”天使。苔丝狄蒙娜留下最后的忠言仍然是:“啊,死得好冤枉呀”!“我是无罪而死的”,“谁也没有干;是我自己。再会吧,替我向我的仁慈的夫君致意。啊,再会吧”!

在众人面前,爱米利娅揭穿了真相:“你所说起的那方手帕,是我偶然拾到,把它给了我的丈夫的;虽然那只是一件小小的东西，他却几次三番恳求我替他偷出来”。这才醒悟的奥瑟罗掌剑扑向伊阿古:“天上没有石块,可以像雷霆一样打下来吗?好一个奸贼”!未被伊阿古刺死的凯西奥进一步证实:那手帕是“我在我的房间里找到它”,伊阿古“已经亲口承认是他有意把它丢在那里的”。罗德利哥也供认,他自己“的一切都受到伊阿古的指使，结果却是伊阿古伤了他的生命”。威尼斯公爵的使者即宣布:奥瑟罗“的军队和兵权必须全部交出,让凯西奥主持塞浦路斯的军政重务”,对于伊阿古“将要用一切巧妙的酷刑加在他的身上”,还要把奥瑟罗严密监禁,“等候威尼斯政府判决你的罪状”。

奥瑟罗则请求:“老老实实照我本来的样子叙述”,“说我是一个在恋爱上不智而过于深情的人;一个不容易发生嫉妒的人,可是一旦被人煽动以后,就会糊涂到极点”。他随即以剑自刎,倒扑在苔丝狄蒙娜身上死去:“我在杀死你以前,曾经用一吻和你诀别;现在我自己的生命也在一吻里终结”。

人生启示

1. **英雄为荣誉杀死天使也是不可饶恕的罪恶。**奥瑟罗为杀死苔丝狄梦娜辩解:“不妨说我是一个正直的凶手,因为我所干的事,都是出于荣誉的观念,不是出于猜嫌的私恨”,而且再次强调:“我对于国家曾经立过相当的功劳”。当然他也悔恨:“我们在天庭对薄的时候,你这一副脸色就可以把我的灵魂赶下天堂,让魔鬼把它抓去。你的全身冰冷,我的恋人!正像你的贞洁一样凛若寒霜。啊,该死的、该死的奴才!魔鬼啊,把我从这天仙一样美人的面前鞭逐出去吧”!(第五幕第二场)但是他并没有找准自己的病根。

其实,他不仅是出于荣誉的观念,也是出于猜嫌的私恨,更是出于愚昧的错误的观念和心理上的污点。他有自由恋爱的思想,却没有夫妻平等、尊重女性的观念。他开始被煽惑时,曾经想到,“要是我能够证明她是一头没有驯伏的的野鹰,虽然我用自己的心弦强把她系住,我也要放她远去,追求她自己的命运”。但他的思想深处却认为,妻子是丈夫所有的享用的物品:“我们可以在名义上把这些可爱的人儿称为我们所有”,“我宁愿做一只蛤蟆,呼吸牢屋中的浊气,也不愿占住了自己心爱之物的一角,让别人把它享用”(第三幕第三场)。他自恃:“我是高贵的祖先的后裔，我有充分的资格，享受我目前所得到的值得骄傲的幸运”(第一幕第二场)。他顾忌自己的荣誉，却在无端破坏着恋人的同样必须珍视的名誉。在这种愚昧思想的腐蚀下，加上他性格上的缺陷和认识上的偏颇，使他对于伊阿古布下的破绽百出、并不高明的陷阱罗网，既不多方了解对证，又不听他人劝告，更没有对妻子起码的信任，也完全丧失了对自己的自信，而轻信诬告，自投罗网，自堕陷阱，接受了危险的思想而不能自拔，造成了心理的扭曲而不能自矫，成为盲目愚笨残忍的凶徒，还以为是在维护公道和荣誉。正如爱米利娅所言：“要是您疑心她有非礼的行为，赶快除掉这种思想吧，因为那是您心理上的一个污点”(第四幕第二场)，“你冤枉她，你是个魔鬼”，“你说她轻浮，你自己才像火一样粗暴。啊，她是圣洁而忠贞的”！你这“笨伯！傻瓜！泥土一样蠢的家伙！你已经做了一件大大不该的事”，“你这愚笨的摩尔人啊”，“你已经杀死一个世间最温柔纯洁的人”。奥瑟罗也不得不承认：“奸恶既然战胜了正直，哪里还会有荣誉存在呢？让一切都归于幻灭吧”！(第五幕第二场)

2. **当心伊阿古也要警惕不要变成伊阿古。**伊阿古之所以可恨，不仅在于他设计施行的阴谋，使“地狱和黑暗正酝酿成这空前的罪恶，它必须向全世界显露它的面目”(第一幕第三场)，最后造成极惨痛的悲剧；还由于他的思想具有极大的欺骗性和腐蚀性。他的内心是：“我之所以跟随他，不过是利用他达到我自己的目的”，“表面上尽管装出一副鞠躬如也的样子，骨子里却是为他们自己打算，看上去好像替主人做事，实际却靠着主人发展自己的势力，等捞足了油水，就可以知道他所尊敬的其实是他本人”，“我承认我自己就属于这一类”，“虽说我跟随他，其实还是跟随我自己”，“世人所知道的我，并不是实在的我”（第一幕第一场）。而且，“危险的思想本来就是一剂毒药，虽然在开始的时候尝不到什么苦涩的味道，可是渐渐地在血液里活动起来，就会像硫矿一样轰然爆发”（第三幕第三场）。我们要警惕啊！

七、《李尔王》

剧情故事

不列颠国王李尔，确定了一个分土托国的方案："我已经把我的国土划成三部"，准备分配给三个女儿和女婿及未来的女婿。李尔王认为，因为我"自己年纪老了，决心摆脱一切世务的牵萦，把责任交给年轻力壮之人，让自己松一松肩，好安安心心地等死"，也"为了预防他日的争执"。但是，他确定："在我还没有把我的政权、领土和国事的重任全部放弃以前"，要三个女儿告诉我："你们中间哪一个人最爱我？我要看看谁最有孝心、最有贤德，我就给她最大的恩惠"。大女儿高纳里尔首先表示："我爱您胜过自己的眼睛、整个的空间和广大的自由；超过一切可以估价的贵重稀有的事物；不亚于赋有淑德、健康、美德和荣誉的生命"。二女儿里根接着说："我跟姐姐具有同样的品质"，"只有爱您才是我无上的幸福"。于是他们及夫婿都得到应分得的国土。而小女儿考狄利娅，"深信我的爱心比我的口才更富有"，回答到："父亲，我没有话说"，"我是个笨拙的人，不会把我的心涌上我的嘴里；我爱您只是按照我的名分，一分不多，一分不少"，"我年纪虽小，我的心却是忠实的"。勃然大怒的李尔王竟立即对小女儿决定："那么让你的忠实作你的嫁妆吧"，"我发誓从现在起，永远和你割断一切父女之情和血缘亲属的关系"。李尔王说："她是我最爱的一个，我本来想要在她的殷勤看护之下，终养我的天年"，"我从此割断对她的天伦的慈爱了"。并且决定把小女儿应分的国土和威权也分给两个大女儿："我把我的威力、特权和一切君主的尊荣一起给了你们。我自己只保留一百名骑士，在你们两人的地方按月轮流居住，由你们负责供养。除了国王的名义和尊号以外，所有行政的大权、国库的收入和大小事务的处理，完全交在你们手里"。为了证实他的话，还赐给一顶宝冠，由两位女婿共同保有。

忠臣肯特伯爵向李尔王直言极谏："保留你的权力，仔细考虑一下你的举措，收回这种鲁莽灭裂的成命。你的小女儿并不是最不孝顺的；有人不会口若悬河，说得天花乱坠，可并不就是无情无义"。李尔王竟把肯特放逐出境，还叫向小女儿求婚的勃艮第公爵和法兰西国王，放弃求婚。而法兰西国王却认为，"最美丽的考狄利娅！你因为贫穷，所以是最富有的；你因为被遗弃，所以是最可宝贵的；你因为遭人轻视，所以最蒙我的怜爱"。他立即宣布：考狄利娅"现在是我的分享荣华的王后，法兰西全国的女主人"，娶她而回。

李尔王先到大女儿家居住，高纳里尔却要求他："请您依了我的要求，酌量减少您的扈从的人数"，"要是您不答应，那么我没有法子，只好勉强执行了"。李尔这才开始痛悔："考狄利娅不过犯了一点小小的错误，怎么在我的眼睛里却变得这样丑恶"！

他即离开大女儿前往二女儿处。里根已接到姐姐的信,先是拒见父亲,再要他把已减去五十个骑士再减去一半。李尔跪下面对里根和赶来的高纳里尔:“让我跪在地上,请求您赏给我几件衣服穿,赏给我一张床睡,赏给我一些东西吃吧”。两个女儿都视而不见,命令关上城堡的大门,谁也不许让李尔进来。

此时暴风雨来了,李尔只得在荒野黑夜之中,光着头顶着铺天盖地的风暴,疯疯癫癫地狂奔哭号:“你,思想一样迅速的硫黄的电火,劈碎橡树的巨雷的先驱,烧焦了我的白发的头颅吧!你,震撼一切的霹雳啊,把这生殖繁密的、饱满的地球击平了吧!打碎造物的模型,不要让一颗忘恩负义的人类的种子遗留在世上”!

老臣葛罗斯特伯爵觉得对李尔的遭遇不能坐视不救,就偷着出去把李尔带到城堡旁一处“有火炉、有食物的地方”。葛罗斯特有个儿子爱德伽,还有个小儿私生子爱德蒙。曾受歧视的爱德蒙,要夺取哥哥的继承权,设计让父亲相信哥哥要谋害他的性命,促使葛罗斯特追杀自己的大儿子。爱德伽不得不逃出,用隐姓埋名装疯卖傻以求自保,等待复仇。葛罗斯特又得知了谋害李尔王的阴谋,急忙把他送出险境。爱德蒙为献功邀赏、夺取遗产,向二女儿女婿告发其父救助李尔,和收到法国军队已经登陆英国的消息的信。二女婿康华尔就要挖去葛罗斯特的双眼,当将挖去第二只眼时,被激起义愤的一仆人刺伤,但他还是挖掉葛罗斯特另一只眼后才死去。他们就以大女婿奥本尼公爵的名义召集军队,准备抵御法国军队的入侵。

登陆的法军,由法兰西国王和王后考狄利娅率领,目的是解救遭难的李尔王。脱险的李尔终于逃进法军营地，在小女儿考狄利娅精心救治下，逐渐恢复了理智。他见到考狄利娅，悔恨不已："你必须原谅我。请你不咎既往，宽赦我的过失"。瞎眼的葛罗斯特，也被爱德伽带到两军营地之间，但终因得知爱德伽的真相的喜悦和悲伤中死去。而奥本尼认为："现在的问题，并不是我们的王上和他手下的一群人在法国的煽动之下，用堂堂正正的理由向我们兴师问罪，而是法国举兵侵犯我们的领土，这是我们所不能容忍的"。他们按照议定的战略向法军发起进攻。法军因法王有国事回国而战败，李尔王和考狄利亚被俘下狱，率领英军的将领爱德蒙下了密令，要在狱中把他们两人处死。奥本尼因事先得到爱德伽的密信，就宣布爱德蒙犯有叛逆重罪，同时逮捕与爱德蒙私订婚约又拟除去奥本尼的高纳里尔。爱德伽听到预定号声出来与爱德蒙决斗，刺死了爱德蒙。而高纳里尔为争夺爱德蒙，毒死了其妹里根后，自杀而亡。死前的爱德蒙终于透露了他已下密令处死李尔王和考狄利娅。

他们两人下狱时，考狄利娅知道："存心良善的反而得到恶报，这样的前例是很多的。我只是为了你，被迫害的国王，才感到悲伤"。李尔王却企望："我们两人将要像笼中之鸟一般唱歌"。但是解救的人来得太晚了，考狄利娅被悲惨地缢死。李尔王杀死了凶手，抚抱着考狄利娅的尸身哀号："我要用我的眼泪和哭声震撼穹苍"，"你是永不回来的了，永不，永不，永不，永不"！李尔王也在极度哀痛中安然死去。乔装一直跟随着他的忠臣肯特悼念他："他居然忍受了这么久的时候，才是一件奇事；他的生命不是他自己的"。奥本尼传令全国举哀，要肯特、爱德伽帮他主持大政，“培养这已经骷伤的国本”。

人生启示

错误的根源还是自己和自己治下的时代。李尔王分土托国的方案，首先是一个分裂国家，自毁国家权力的愚蠢的鲁莽灭裂的错误。如同肯特所言：“在奥本尼和康华尔两人之间，虽然表面上彼此掩饰得毫无痕迹，可是暗中却已经发生了冲突”，“凡是这两个公爵的明争暗斗，他们两人对于善良的老王的冷酷的待遇”，“其它更秘密的一切动静，全都传到了法国的耳中；现在已经有一支军队从法国开到我们这一个分裂的国土上来，乘着我们疏忽无备，在我们几处最好的港口秘密登陆，不久就就要揭开他们鲜明的旗帜”（第三幕第一场）。只是由于康华尔行凶被刺死，奥本尼对形势作出正确判断，并改变了对老王的态度，暂时放下内部纠纷同心协力，而法王又回国，才战胜了法军。

李尔王根据三个女儿表面上的言语分配国土，更是荒谬绝伦。考狄利娅“只是因为缺少娓娓动人的口才，不会讲一些违心的言语”，“缺少像人家那样一双献媚求恩的眼睛，一条我所认为可耻的善于逢迎的舌头”，才失去他的宠爱。可是唯其如此，却使考狄利娅“格外尊重我自己的人格”（第一幕第一场）。李尔王爱听恭维话的陋习，使他更易于被掩盖真相的假话所欺骗。他在狂风暴雨中才认识到：“躲起来吧，你杀人的凶手，你用伪誓欺人的骗子，你道貌岸然的逆伦禽兽！魂飞魄散吧，你用正直的外表遮掩杀人阴谋的大奸巨恶！撕下你们包藏祸心的伪装，显露你们罪恶的原形，向这些可怕的天使哀号乞命吧"！但他还是认为："我是个并没有犯多大的罪，却受了很大的冤屈的人。"(第三幕第二场)只是到见到小女儿时才承认："我是个年老糊涂的人"(第四幕第七场)。

李尔王分完权力后虽保留了一百名骑士，但两个大女儿要他削减侍卫时，他却不知反抗束手待毙，落得个孤家寡人。不过唯有如此，他才能体察到世态炎凉，感受到世界的丑恶。他在风雨荒野茅屋之前发出感慨："衣不蔽体的不幸的人们，无论你们在什么地方，都得忍受着这样无情的暴风雨的袭击，你们的头上没有片瓦遮身，你们的腹中饥肠雷动，你们的衣服千疮百孔，怎么抵挡得了这样的气候呢？啊！我一向太没有想到这种事情了。安享荣华的人们啊，睁开你们的眼睛来，到外面来体味一下穷人所忍受的苦，分一些你们享用不了的福泽给他们，让上天知道你们不是全无心肝的人吧"！(第三幕第四场)他在疯狂之中却指出："一个人就是没有眼睛，也可以看见世界的丑恶"，"让他们两人换了地位，谁还认得出哪个是法官？哪个是偷儿"？"一条得势的狗也可以使人家唯命是从"，这"就可以看到威权的伟大的影子"，"褴褛的衣衫遮不住小小的过失；披上锦袍裘服，便可以隐匿一切。罪恶镀了金，公道的坚强的枪刺戳在上面也会折断；把它用破烂的布条裹起来，一根侏儒的稻草就可戳破它"(第四幕第六场)。如同葛罗斯特所说："疯子带着瞎子走路，本来是这时代的一般病态"(第四幕第一场)。"亲爱的人互相疏远，朋友变为陌路，兄弟化成仇雠；城市里有暴动，国家发生内乱，宫廷之内潜藏着逆谋；父不父，子不子，纲常伦纪完全破灭”，有“逆亲犯上的儿子”，也“有像我们王上一样不慈不爱的父亲。我们最好的日子已经过去；现在只有一些阴谋、欺诈、叛逆、纷乱，追随在我们背后，把我们赶下坟墓里去”(第一幕第二场)。正是这个“乱得无法收拾一下”的“英国这个国家”(第三幕第二场)的这个时代，是造成李尔王遭难的更深层次的根源。

八、《麦克白》

剧情故事

麦克白是苏格兰军中一员大将，也是苏格兰国王邓肯“最值得钦佩的表弟”。他与另一大将班柯一起率军镇压了叛徒麦克唐华德，又击败了挪威国君和叛徒考特的进攻。邓肯认为，：他“的功劳太超乎寻常了”，就高兴地把考特的爵位移赠麦克白，麦克白还未知悉。麦克白和班柯班师凯旋的路上，遇到三个女巫，她们向麦克白致敬，“并且预言他未来的尊荣和远大的希望”：“万福，麦克白！祝福你，葛莱密斯爵士”！“考特爵士”！“未来的君王”！麦克白命令“这些闪烁其词的预言者，明白一点告诉我”：我父死后，“我知道我已经晋封为葛莱密斯爵士；可是怎么会做起考特爵士来呢”？“至于说我是未来的君王，那正像说我是考特爵士一样难于置信”。三女巫还应班柯要求祝福他：“你虽然不是君王，你的子孙将要君临一国”，然后不再说什么，“消失在空气之中”。接着来到迎接他们的两位贵族，称颂麦克白“保卫祖国的大功”，传达王上的旨意：“叫我替你加上考特爵士的称号”。这引起麦克白浮想联翩：“葛莱密斯，考特爵士；最大的尊荣还在后面”，“两句话已经证实，这好比是美妙的开场白，接下去就是帝王登场的正戏了”，“这种神奇的启示不会是凶兆，可是也不像是吉兆。假如它是凶兆，为什么用一开头就应验的预言保证未来的成功呢”？“假如它是吉兆，为什么那句话会在我脑中引起可怖的印象，使我毛发悚然，使我的心全然失去常态”？麦克白觉得：“想象中的恐怖远过于实际上的恐怖；我的思想中不过偶然浮起了杀人的妄念，就已经使我全身震撼，心灵在胡思乱想中丧失了作用，把虚无的幻影认为真实的了”。但他不愿放弃这种幻象：“要是命运将使我成为君王，那么也许命运会替我加上王冠，用不着我自己费力”，而且他极力镇定：“事情要来尽管来吧，到头来最难堪的日子也会对付得过去的”。班柯忠告他：“魔鬼为了陷害我们起见，往往故意向我们说真话，在小事情上取得我们的信任，然后在重要的关头我们便会堕入他的圈套”。麦克白当然没有听信这一劝告，但记住了班柯是唯一知道他内心秘密的外人，女巫又预言他的子孙将成为君王。

邓肯在宫中欣喜地向麦克白表示：“我已经开始把你栽培，我要努力使你繁茂”，同时表示：“尊贵的班柯，你的功劳也不在他之下”。并且宣布：“立我的长子马尔康为储君，册封为肯勃兰亲王，他将来要继承我的王位”。然后邓肯率各位贵人到麦克白的城堡去，再一次领受他盛情的款待。麦克白一面筹划：“肯勃兰亲王！这是一块横在我的前途的阶石，我必须跳过这块阶石，否则就要颠仆在它的上面”，“可是我仍要下手，不管干下的事会吓得眼睛不敢看”；一面抢先回城堡准备接待王上。麦克白夫人已接到丈夫关于女巫预言的信，但是她却认为麦克白

"的天性忧虑;它充满了太多的人情的乳臭,使你不敢采取最近的捷径;你希望做一个伟大的人物,你不是没有野心,可是你缺少和那种野心连属的奸恶;你的欲望很大,但又希望只用正当的手段;一方面不愿玩弄机诈,一方面又要作非分的攫夺","你也不是不肯干,而是怕干"。于是她决心:"让我用舌尖的勇气,把那阻止你得到那顶王冠的一切障碍驱扫一空吧"。正好邓肯今夜来这城堡,预备明天才回去。她就决定当晚杀死邓肯,"凭此一举,我们今后就可以日日夜夜永远掌握君临万民的无上权威"。

麦克白却还在犹豫:"要是干了以后就完了,那么还是快一点干","可是在这种事情上,我们往往逃不过现世的裁判","这就是一丝不爽的报应";他认为邓肯"到这儿来本有两重的信任","而且,这个邓肯秉性仁慈,处理国政,从来没有过失,要是把他杀死了,他的生前的美德",将"向世人昭告我的弑君重罪","怜悯""将要把这可憎的行为揭露在每一个人的眼中"。麦克白自认为:"没有一种力量可以鞭策我实现自己的意图,可是我的跃跃欲试的野心,却不顾一切地驱着我去冒颠踬的危险"。但他还是要求夫人:"我们还是不要进行这一件事情吧"。夫人却再次激怒他:"不惜让你在自己的眼中成为一个懦夫,让'我不敢'永远跟随在'我想要'的后面吗"?"我曾经哺乳过婴孩","可是我会在它看着我的脸微笑的时候,从它的柔软的嫩嘴里摘下我的乳头,把它的脑袋砸碎"。麦克白这才定下决心:"我要用全身的力量,去干这件惊人的举动"。

夜半时分,麦克白潜入王上的寝室,用侍卫的刀刺死了邓肯，两个被夫人灌得烂醉沉睡的侍卫毫无察觉，他还把带血的两把刀子放在他们枕下，把王上的血涂在他们手上脸上。

一大早贵族麦克德夫就来叫王上起来，却发现："大逆不道的凶手打开了王上的圣殿，把它的生命偷了去了"！贵族列诺克斯判断："瞧上去是睡在他房间里的那两个家伙干的事"，麦克白又趁乱杀死了这两个侍卫，他表白："只要是一个尚有几分忠心的人，谁不要怒火中烧，替他的主子报仇雪恨"？班柯决心："我一定要从尚未揭发的假面具下面，探出叛逆的阴谋，和它作殊死的奋斗"。王储马尔康趁机逃向英格兰，王子道纳本逃去爱尔兰，因为"人们的笑脸里都暗藏着利刃；越是跟我们血统相近的人，越是想喝我们的血"；但他们的逃走却"使他们也蒙上了嫌疑。"这样，麦克白就被推举为国王即位了。

班柯认为麦克白："你现在已经如愿以偿了"，"一切符合女巫们的预言；你得到这种富贵的手段恐怕不大正当；可是据说你的王位不能传及子孙，我自己却要成为许多君王的始祖"。麦克白却在策划新的阴谋："我对于班柯怀着深切的恐惧"，"只有他的存在使我惴惴不安"，"我把我的永生的灵魂送给了人类的公敌，只是为了使他们可以登上王座，使班柯的种子登上王座！不，我不能忍受这样的事"。于是他派刺客杀死了班柯，而班柯的儿子弗里恩斯逃脱了刺杀。班柯的阴魂随即出现，吓得他面无人色。但他"为了我自己的好处，只好把一切置之不顾，我已经两足深陷于血泊之中，要是不再涉血前进，那么回头的路也是同样使人厌倦的。我想起了一些非常的计谋，必须不等斟酌就迅速实行"。

麦克白为了知道自己今后最悲惨的命运，再次去见三个女巫。幽灵要麦克白“留心麦克德夫”，“他是不受命令的”；要他“残忍、勇敢、坚决，你可以把人类的力量付之一笑，因为没有一个妇人所生下的人可以伤害麦克白”；告诉他：“麦克白永远不会被人打败，除非有一天勃南的树林会冲着他向邓西嫩高山移动”。可是麦克白还不放心。女巫隐去以后，他即得知麦克德夫已逃奔英格兰，就派人杀死了麦克德夫的妻子、儿女和仆人、家中一切能找到的人。这使得苏格兰这“可怜的祖国！它简直不敢认识它自己。它不能再称为我们的母亲，只是我们的坟墓”。许多有名望的人都已经起义，“现在是应该出动全力挽祖国沦夷的时候了”。

麦克德夫逃到英格兰，同马尔康和英王借给的西华德将军，率领一万英军士兵向苏格兰进发，麦克白手下的军队纷纷投向马尔康。马尔康进军到勃南森林附近时，要求“每一个兵士都砍下一根树枝来，把它举起在各人的面前”，“让敌人无从知道我们的实力”。而当军队前进时，就像勃南的树林向邓西嫩移动。麦克白即敲起警钟迎战。麦克白与麦克德夫交战时，还在说：“我的生命是有魔法保护的，没有一个妇人所生的人可以把它伤害”，而麦克德夫恰巧“是没有足月就从他母亲的腹中剖出来的”，于是他的首级被麦克德夫割取。此前他的夫人已因神经错乱而死。这样，无道的虐政从此推翻，马尔康成为苏格兰国王，开始了除旧布新的一切必要的工作。

人生启示

实行奸恶野心的罪人必将在内心煎熬和正义利刃下灭亡。邓肯曾把麦克白看成“无比的国戚”，“一切的报酬都不能抵偿你的伟大的勋绩”。但也如邓肯所说：“世上还没有一种方法，可以从一个人的脸上探察他的居心”，他并没有看透他绝对信任的麦克白的野心，而为麦克白所杀。麦克白自萌发弑君篡位的野心起，就一直在内心的煎熬挣扎中，在隐藏的奸恶欲望驱使下，一步步实行着他的野心。他祈求：“星星啊，收起你们的火焰！不要让光亮照见我的黑暗幽深的欲望。眼睛啊，别望这双手吧；可是我仍要下手，不管干下的事会吓得眼睛不敢看”(第一幕第四场)，他在弑君前曾顾虑：“我们树立下血的榜样，教会别人杀人，结果反而自己被人所杀；把毒药投入酒杯里的人，结果自己饮酖而死，这就是一丝不爽的报应”，但他的野心还是促使他发誓下毒手，并且“用最美妙的外表把人们的耳目欺骗；奸诈的心必须罩上虚伪的笑脸”(第一幕第七场)。他去弑君的路上，看见“不祥的幻象，你只是一件可视不可触的东西吗？或者你不过是一把想象中的刀子，从狂热的脑筋里发出的虚妄的意匠”？“你的刃上和柄上还流着一滴一滴刚才所没有的血。没有这样的事物；杀人的恶念使我看见这种异象”。他弑君后：“我不敢回想刚才所干的事，更没有胆量再去看它一眼”，“一点点的声音都会吓得我心惊肉跳？这是什么手！嘿！它们要挖出我的眼睛。大洋里所有的水，能够洗净我手上的血迹吗？不，恐怕我这一手的血，倒要把一碧无垠的海水染成一片殷红呢”(第二幕第二场)。

麦克白知道："我们的地位现在还没有巩固"，"要保持我们的威严，用我们的外表遮掩着我们的内心"，因为"以不义开始的事情，必须用罪恶使它巩固"。但每做一件恶事，都使他内心的煎熬更加激烈。他派凶手刺杀班柯后，一个人孤零零的，与最悲哀的幻想做伴："我们为了自身的平安，把别人送下坟墓里去享受永久的平安，可是我们的心灵却把我们磨折得没有一刻平静的安息，使我们觉得还是跟已死的人在一起，倒要幸福得多了"（第三幕第二场)。他面对班柯的鬼魂吓得如癫狂一样："你不能说这是我干的事，别这样对我摇着你的染着血的头发"(第三幕第四场)。麦克白又从女巫那得到保命的安慰后，还不放心地追问："班柯的后裔会不会在这一个国土上称王"？于是，八个做国王装束戴王冠的人就依次出现，最后一人拿着镜子，后面跟着班柯的鬼魂。麦克白看到这"可怕的景象"而呆若木鸡："啊，现在我知道这不是虚妄的幻象，因为血污的班柯在向我微笑，用手指点着他们，表示他们就是他的子孙"。女巫告诉他这一切都是真的而隐去后，他"愿这不祥的时辰在日历上永远被人咒诅"！(第四幕第一场)

此后的麦克白："简直已经忘记了恐惧的滋味。从前一声晚间的哀叫，可以把我吓出一身冷汗，听着一段可怕的故事，我的头发会像有了生命似的竖起来。现在我已经饱尝无数的恐怖；我的习惯于杀戮的思想，再也没有什么悲惨的事情可以使它惊悚了”。他听到夫人死了，冷淡地为她也为自己送葬：“她反正要死的，迟早总会有听到这个消息的一天”，“我们所有的昨天，不过替傻子们照亮了到死亡的土壤中去的路。熄灭了吧，熄灭了吧，短促的烛光！人生不过是一个行走的影子，一个在舞台上指手画脚的拙劣的伶人，登场片刻，就在无声无息中悄然退下；它是一个愚人所讲的故事，充满着喧哗和骚动，却找不到一点意义”（第五幕第五场）。直到他死前才明白：女巫“用模棱两可的话愚弄我们”，“结果却完全和我们原来的期望相反”，但是他“还要擎起我的雄壮的盾牌，尽我最后的力量”（第五幕第七场），在最后的挣扎中自取灭亡。

九、《安东尼与克莉佩奥特拉》

剧情故事

玛克·安东尼，是与奥克泰维斯·凯撒、伊米力斯·莱必多斯并列的罗马三执政之一，被称为“这世界上三大柱石之一”，是“这三个统治天下、鼎峙称雄的人物”之一，是“当今宰制天下”的三位元老之一。在剿灭刺杀裘力斯·凯撒的凶手、征服东方等一系列战争中，他指挥大军的时候，“他的英勇的眼睛像全身盔甲的战神一样发出棱棱的威光”，“他的大将的雄心曾经在激烈的鏖战里涨断了胸前的扣带”。而安东尼“现在却如醉如痴地尽是盯在一张黄褐色的脸上”，“失掉一切常态，甘愿做一具风扇，搧凉一个吉卜赛女人的欲焰”。因为安东尼在埃及，深深陷入了与女王克莉佩奥特拉相恋的情网之中，而不能自拔。他自认为：“生命的光荣存在于一双心心相印的情侣的及时互爱和拥抱之中；这儿是我的永远的归宿”，“没有克莉佩奥特拉鼓起他的活力，安东尼就是一个毫无生气的人”，“有时候他不是安东尼，他的一言一动，都够不上安东尼所应该具有的伟大的品格”。

然而，正当安东尼在埃及终日“嬉游纵乐，彻夜不休”时，罗马的时局发生了很大的变化:“内乱的刀剑闪耀在我们意大利全境;塞克斯特斯·庞贝厄斯已经向罗马的海口进发;国内两支势均力敌的军队,还在那儿彼此摩擦”,尤其是“被摈斥的庞贝仗着他父亲的威名,已经在不知不觉中取得那些现政局下失意分子的拥戴,他们人数众多,是罗马的心腹之患”。而且安东尼的妻子富尔维娅死了。因此他向女王请求;“为了应付时局的需要,我不能不暂时离开这里,可是我的整个的心还是继续和你厮守在一起的”。其实,凯撒对安东尼耽于享乐而不归来早已心存不满:“在这国家多难的时候,他还是沉迷不返”,“我们不能不对他严词谴责”,“因为他的轻举妄动,已经加重了我们肩头的负担”。而庞贝认为:“我一定可以成功:人民这样爱戴我,海上的霸权已经操在我的手里”,“玛克·安东尼正在埃及闲坐宴饮,懒得出外作战;凯撒搜刮民财,弄得众怒沸腾;莱必多斯只知道两面讨好”,虽然安东尼“的将才,的确要比那两个人胜过一倍”,但是“他们彼此间的积恨,已经到了剑拔弩张的境地了”。

在这种情况下,安东尼为了不在“沉迷中丧失自己”,“挣断这副坚强的埃及镣铐”回到了罗马,但他的心仍然留在了埃及女王的身边。在罗马讨论当前的大事之前,安东尼与凯撒“用最友好的态度”讨论了彼此“最不愉快的各点”。凯撒认为:“因为我们的行动这样互相背驰,要维持长久的友谊是不可能的”,但他同意把自己的妹妹奥克泰维娅,嫁给安东尼,“让她联系我们的王国和我们的心,永远不要彼此离二”。安东尼接受了这件美事,他握着凯撒的手表示:“从现在起,让兄弟的友爱支配着我们远大的计划”。但是预言者告诉安东尼:“你的本命星是高贵勇敢、一往无敌的,可是一挨近凯撒的身边,它就黯然失色,好像被他掩去了光芒一般”,“你无论跟他玩什么游戏,一定胜不过他,因为他有那种天赋的幸运,即使明明你比他本领高强,他也会把你击败”。安东尼觉得预言者也会偶然猜中,决定:“我还是到埃及去;虽然为了息事宁人而缔结了这门婚事,可是我的快乐是在东方”。

安东尼“不想对庞贝作战,因为他最近对我礼意非常优渥,我必须先答谢他的盛情”,“然后我再责问他兴师犯境的理由”。他们三执政经过商量,在交战前与庞贝举行了谈判。庞贝申述了他兴师的目的:“我要痛惩无情的罗马,报复它对我尊贵的父亲负心的罪辜”,但他接受了他们提出的条件,把西西里和撒丁尼亚两岛让给他。这样,“双方同意以后,就可以完盾全刃,各自回去”。他们彼此同意之后,庞贝在驻地附近海面他的大船上,宴请了这三位执政。而且他把荣誉看得比利益更重要,没有接受部将将船开到海心砍下三执政头颅的建议,失去了这一取胜的大好机会,也为自己前途黯淡的命运埋下祸根。

安东尼离开庞贝那里到了雅典,得知凯撒利用莱必多斯向庞贝重新开战以后,就翻过脸来不承认莱必多斯有同等的地位,并以他通敌为由将他拘捕,等待他的只有死;而且安东尼的名字凯撒提也不提。这样:“世界啊,你现在只剩下两个人了”,“他们也要摩拳擦掌,互相争夺的”。于是,安东尼一面要妻子奥克泰维娅,到其兄凯撒那去,“在我们两人之间斡旋斡旋”;一面“仍旧在这儿积极准备,万一不幸而彼此以兵戎相见”,能够让凯撒的英名就此“毁于一旦”。安东尼指责凯撒推翻了三雄鼎峙的局面，霸占了他的全部收入，要求分得他所应得的征服得到的利益。而凯撒指责安东尼在埃及蔑视罗马，“宣布以克莉奥佩特拉为埃及帝国的女皇，全权统辖下叙利亚、塞浦路斯和吕底亚各处领土”，而“现在正在召集各国的君长，准备进行一场大战”，“在他的亚美尼亚和其它被征服的国家之中，我也向他要求同样的权利”。而双方都绝对不让步，一场战争就不可避免了。

在阿克兴海岬附近的营地，安东尼决定在海上与凯撒决战，赶来参战的克莉奥佩特拉也主张在海上决战：“我有六十艘船舶，凯撒的船不比我们多”。安东尼的将领，都建议拒绝凯撒在海上决战的要求，因为“您要是在海上决战，就是放弃了陆地上绝对可操胜算的机会，分散了您那些善战的步兵的兵力，埋没了您那赫赫有名的陆战的才略，牺牲了最稳当的上策，去冒毫无把握的危险”。他的兵士也求他“不要在海上作战”，“让那些埃及人和腓尼基人去跳水吧；我们是久惯于立足地上，凭着膂力博取胜利的”。但他都听不进去，仍然决定：“就从阿克兴岬口出发，迎头痛击凯撒的舰队。要是我们失败了，还可以再从陆地上争取胜利”。他把他在陆上的十九个军团和一万二千匹战马，交给副将节制，自己带着他的“海中女神”克莉佩奥特拉到海上指挥去了。将士只能遗憾地指出他的错误。而凯撒“的军队的调动掩护得非常巧妙”，“用兵这样神速”，并且精明地确定：“不要在陆地上攻击敌人，保全实力；在我们海上的战事没有完毕以前，避免一切挑衅的行为。遵照这一通密令上所规定的计策实行，不可妄动；我们的成败在此一举”。果然两军在鏖战之不分胜负，或者还是安东尼略占上风的时候，突发意外，克莉佩奥特拉的旗舰，带领着埃及六十艘船只转舵逃走了。而“她刚刚拨转船头，那被她迷醉气短的安东尼也就无心恋战”，“飞着追上去”，也“公然逃走了”，使得全军涣散而失败。

逃回埃及的安东尼懊悔不已：“我在这世上盲目夜行，已经永远迷失了我的路”，“我已经毁了自己的名誉，犯了一个最可耻的错误”。他要侍从们分掉他的金银财宝，各自逃生，不要再跟凯撒作对。他背负着耻辱，“凭吊那已经化为一堆灰烬的我的雄图霸业”：“我曾经玩弄半个世界在我的手掌之上，操纵着无数人生杀予夺的大权，现在却必须俯首乞怜，用吞吞吐吐的口气向这小子献上屈辱的降表”。他派出使节向凯撒请求，准许他安身埃及或雅典；而女王承认凯撒的权力，要求“准许她的后裔保存托勒密王朝的宝座”。而凯撒“对于安东尼，他的任何要求我一概置之不理”；女王要是把安东尼逐出埃及或结果他的性命，她“有什么请求，我都可以答应”。但凯撒的傲慢自大激怒了安东尼，他鞭打了玩弄女王手的凯撒的使者，决心还要和凯撒决一个最后的雌雄。不过他“已经失去了理智，所以才会恢复了勇气。有勇无谋，结果一定失败”。

在埃及亚历山大里亚城下，安东尼打退了凯撒，但在海战之中，他又一次被“这无耻的埃及人葬送了”，他的舰队已经投降了敌人。怒不可遏的安东尼斥责女王：“她把我出卖给那罗马小子，我中了他们的毒计；她必须因此而受死”。女王只得逃进陵墓，并叫人告诉他，女王已经自杀，最后一句话是：“安东尼”。安东尼听到她死了，极度地悲痛：“啊，碎裂了吧，我的胸膛！心啊，使出你的所有的力量来，把你这脆弱的胸膛爆破了吧”！“我要追上你，克莉佩奥特拉，流着泪请求你宽恕”，“因为再活下去只有痛苦。火焰既然已经熄灭，还是静静地躺下来”。他要他的部将爱洛斯如约杀死他，爱洛斯宁可自杀而未去杀他，他自己就伏剑而去，倒地却没有立即死去，他要过来的女王侍从杀死他，侍从却告诉他，女王并没有死，也没有与凯撒有勾结，只是为了平息他的愤怒才说她死了。安东尼知道已太迟了，叫卫士把他抬到克莉佩奥特拉的身旁。安东尼最后说：“你应该安慰你自己，因为我曾经是全世界最伟大、最高贵的君王，因为我现在堂堂而死，并没有懦怯地向我的同国之人抛下我的战盔；我是一个罗马人，英勇地死在一个罗马人的手里”，而后在女王的怀抱里死去。女王泣涕如雨：“大地消失它的冠冕了！我的主！啊！战士的花圈枯萎了，军人的大纛推倒了；剩下在这世上的，现在只有一群无知的儿女；杰出的英雄已经不在人间，月光照耀之下，再也没有值得注目的人物了”。凯撒用真诚的血泪哀悼他：“安东尼的死不是一个人的没落，半个世界也跟着他的名字同归于尽了”，“今天倘不是我看见你的没落，就得让你看见我的死；在这整个世界上，我们是无法并立的”。

安东尼死后，女王“决不让全胜而归的凯撒把我作为向人夸耀的战利品”，要“干那件结束一切行动的行动，从此不受灾祸变故的侵犯”。她唯一的要求是准许把她的埃及送给她的儿子。但是凯撒表面宽宏大度，实际上要把她活活带回罗马，威胁她如果效法安东尼，就要处死她的孩子。女王识破了凯撒的欺骗，得知三天内就要把她和孩子遣送罗马。她就定下了决心，去和安东尼相会。她穿上王服，戴上王冠，从篮中取出两条毒蛇放在胸前臂上，让它们的毒齿咬断了她的生命的葛藤："现在，死神，你可以夸耀了，一个绝世的佳人已经为你所占有"，"一个世代冠冕的王家之女堂堂而死"。凯撒看着死去的女王肃然起敬："她最后终究显出了无比的勇敢"，"为了她自身的尊严，决定了她自己应该走的路"，"抬起她的眠床来"，"她将要和她的安东尼同穴而葬；世上再也不会有第二座坟墓怀抱着这样一双著名的情侣"，"他们这一段悲惨的历史"，"赢得了世间无限的同情。我们的军队将要用隆重庄严的仪式参加他们的葬礼"，"我们对于这一次饰终盛典，必须保持非常整肃的秩序"。

人生启示

1. **高贵的爱情也不能毁坏伟大的事业。**安东尼遇见克莉佩奥特拉以前，这位埃及女王曾经与已故的凯撒、克尼厄斯·庞贝，都有过调情的经历，但"她在昔特纳斯河上第一次遇见安东尼的时候，就把他的心捉住了"(第二幕第二场)，并且全始全终，直到她自尽而死时，是"要再到昔特纳斯河去和玛克·安东尼相会"："我仿佛听见安东尼的呼唤，我看见他站起来，夸奖我的壮烈的行动"；"我的夫，我来了。但愿我的勇气为我证明我可以做你的妻子而无愧"！(第五幕第二场)他们的爱情是赢得了同情的高贵之爱。

但是，安东尼自从堕入女王的情网以后，"他的整个行动，已经不受他自己的驾驭了；我们的领袖是被人家牵着走的，我们都只是一些供妇女驱策的男子”（第三幕第七场）。在关键的阿克兴海战之前，因为女王带了六十条船来，他放弃了陆战优势而决定在海上决战，被罗马人讥讽为：“这一次的军事，都是一个名叫福的纳斯的太监和您的几个侍女们作的主张”（第三幕第七场）。在海战中女王因胆怯而扬帆逃避时，安东尼却紧跟而逃：因为，“埃及的女王，你完全知道我的心是用绳子缚在你的舵上的，你一去就会把我拖着走；你知道你是我的灵魂的无上主宰”，“你已经多么彻头彻尾地征服了我，我的剑是绝对服从我的爱情的指挥的”（第三幕第九场）。将领们指责：“大半个世界都在愚昧中失去了；我们已经用轻轻的一吻，断送了无数的州郡”（第三幕第八场）。这“全是安东尼的错，他不该让他的情欲支配了他的理智”，“当世界的两半互争雄长的紧急关头，他是全局所系的中心人物，怎么可以让儿女之私牵制了他的大将的责任。在全军惶惑之中追随您逃走的旗帜，这不但是他的无可挽回的损失，也是一个无法洗刷的耻辱”（第三幕第十一场）。直到安东尼命运的终点：“一切的辛勤徒然毁坏了自己所成就的事业；纵然有盖世的威力，免不了英雄末路的悲哀。”（第四幕第十二场）安东尼才清醒地认识到：“不是凯撒的勇敢推倒了安东尼，是安东尼战胜了他自己”，“只有安东尼能够征服安东尼，可是苦啊”！（第四幕第十三场）

2. 我们有缺点才使我们成为人。每个人都有缺点，从这个意义上说，有缺点成为人之所以为人的标志之一。当然这是针对那种以为自己没有缺点，也不允许别人有缺点的绝对主义的思想方法而言，是对人类历史和实际的科学认识。因此，我们不要回避和否认自己的缺点，更要改正缺点特别是影响事业的严重缺点，同时对别人的缺点采取宽容和帮助改正的态度，而不应苛求于人。凯撒听到安东尼的死讯，感慨地说："安东尼的死不是一个人的没落，半个世界也跟着他的名字同归于尽"。而凯撒的将佐认为："他的毁誉在他身上是难分高下的"，"从未有过这样罕见的人才操纵过人类的命运；可是神啊，你们一定要给我们一些缺点，才使我们成为人类。凯撒受到感动了"，"当这样一面广大的镜子放在他面前的时候，他不能不看见他自己"(第五幕第一场)。

十、《科利奥兰纳斯》

剧情故事

卡厄斯·马歇斯，是罗马一个显赫家族的“能征惯战的健儿”，“战场上顶勇敢的男子”，“了不得的英雄”，“在全世界简直找不出一个可以和他抗衡的人物”。他为保卫罗马，“建立了很大功劳”，“在前后十七次战役之中，战无不胜，攻无不克”，全身一共有二十七处战伤的伤痕。最近一次在攻打科利奥里城伏尔斯人的鏖战中，他单身闯进该城，又带领一队生力军攻占该城，还再上战场支援统帅考密涅斯占领了城郊，而且拒绝分配给他的战利品。为了褒扬他在科利奥里所建树的奇功，他被封为“卡厄斯·马歇斯·科利奥兰纳斯”，“永远光荣地戴上这一个名字”。罗马元老院为了“酬报这一位为国宣劳的英雄”，推举他为罗马执政。而且按照罗马例行手续取得了民众的同意。

但是，他太骄傲了，“他的自负更可以凌越一切”，对于平民也没有好感。而作为平民的代表和“牧人”的护民官西西涅斯、勃鲁托斯认为：“当他握权的时候”，“我们的权力也要动摇。为了促使他的没落，我们必须让人民知道他一向对于他们怀着怎样的敌意”，“只要给他一点刺激，他的傲慢不逊的脾气，一定会向人民发泄出来”，“等于点在干柴上的一把烈火，那火焰可以使他的声名从此化为灰烬”，于是他们煽动民众：“集合起来”，“一致撤回你们愚昧的选举，竭力向他们提出他的骄傲和他从前对你们的憎恨”。科利奥兰纳斯敏锐地看到：“这是一场有意的行动，全然是阴谋的结果，它的目的是要拘束贵族的意志”。他慷慨陈词：“是非的公论也要从此不明，政府将要失去它所应有的健全，因为它被恶势力所统治，一切善政都要无法推行”。果然，护民官宣称：“他说的全然是叛徒的话”，竟然不经过法律审判，“奉人民的旨意，宣布马歇斯应该立刻受死刑的处分”。科利奥兰纳斯的好友米尼涅斯，竭力为他辩解：“他杀死我们的敌人，为他的祖国流过血”，“他剩下的血，要是现在再被国人取去”，“要永远在后世留下一个可耻的烙印了”；要求科利奥兰纳斯：“接受用和平的手段，合法的方式进行的审判”。他的母亲伏伦妮娅也劝告他：“在危急的时候，一个人是应当通权达变的”。但他害怕：“我会失去对我自己的尊敬”，因而无法对被煽惑的民众态度“温和”。于是，他还是被护民官“当做人民和祖国的敌人而放逐了”。

科利奥兰纳斯愤慨地说：“对于你们，对于这一个城市，我只有蔑视；我这样离开你们，这世界上什么地方没有我的安身之处”。他在告别罗马时向母亲表示：“虽然我像一条孤独的龙一样离此而去”，但我“除非误中奸谋，一定会有吐气扬眉的一天”。然而科利奥兰纳斯却投向了罗马的死敌伏尔斯人。伏尔斯人的主将奥菲狄乌斯，曾被科利奥兰纳斯在战场上打败过五次；在奥菲狄乌斯内心里：“我对他的敌视已经使我不能再顾全我的荣誉；因为我既不能堂堂正正地以剑对剑，用对等的力量取胜他，凭着愤怒和阴谋，也要设法叫他落在我的手里”。这样，科利奥兰纳斯为了报复放逐他的那些罗马人，误中奥菲狄乌斯的奸计，带领奥菲狄乌斯拨给他的一半军队，打到了罗马城下，“到处纵火焚烧，掳夺一空”，要“把罗马人无论老幼，一起杀尽”。没有得力将领护卫的罗马，只好求助科利奥兰纳斯的母亲为罗马求情。

科利奥兰纳斯的母亲和妻子、儿子向他跪求：“要是你征服了罗马，你所收到的利益，不过是一个永远伴着唾骂的恶名”。科利奥兰纳斯不得不与罗马签订和约而退兵，他向母亲诀别；“您替罗马赢得了一场幸运的胜利”，可是“被您战败的您的儿子，却已经遭遇着严重的危险了”。回到伏尔斯人的科利奥里城的科利奥兰纳斯，被斥骂为叛徒，还要清算他攻克科利奥里城的罪行，奥菲狄乌斯就率众把手无寸铁的科利奥兰纳斯，刺死在他因功得此名的科利奥里城的广场之中。未能阻止住这一暴行的伏尔斯官员，称颂科利奥兰纳斯“是一个英雄”，要求：“你们大家为他悲泣，用最隆重的敬礼表示哀悼吧”。虽然科利奥兰纳斯有了一个“光荣的葬礼”，被三个重要的军人抬着尸体送行，但是，他毕竟被他用生命保卫的罗马和罗马的敌人以及他自己所杀害。

人生启示

政制失灵和心理失衡是造成悲剧的根由。罗马统治政制的失调失控和失灵，与英雄科利奥兰纳斯性格心理的失衡失常乃至失节，这两个方面内在硬伤相结合，造成了罗马的悲剧和科利奥兰纳斯的英雄的悲剧。

面临内忧外患的罗马，一方面，为了平息饥民的暴乱，接受他们的请愿申诉，开仓济贫，同时选出五个护民官，保护平民的权益；另一方面，为了抵抗伏尔斯人的进攻，派出以考密涅斯为统帅、马歇斯为主将的大军，攻克了他们的科利奥里城，大获全胜。但是所选出的护民官，却是"全罗马最骄傲狂妄、无功受禄的官儿"(第二幕第一场)，他们"尽管口头上拼命讨好平民，心里却一点不喜欢"(第二幕第二场)平民，他们只是利用和煽动平民，巩固和扩大自己的权力，反对和打倒阻碍他们的人，乃至无视法律，滥用职权，以所谓人民名义，不经审判和任何程序，随意处置任何一个罗马人的生死，而罗马和元老院竟不去或不能制止他们的僭权，甚至附和他们的错误。

罗马元老院选择战功卓著的英雄担任执政，并且按照惯例获得了民众同意，却不及时任命，让护民官以市场代替议会，鼓动叛乱而推翻，却不能阻止。元老院选择执政注重战功，却没有全面考虑是否适宜作执政，以至于所选执政的缺陷，又被恶意歪曲夸大和欺骗蒙蔽所利用，造成执政无可挽回的悲剧。而这一切，罗马统治政制，都无法自我调整和控制，以至造成罗马毁灭性的危机和悲剧。

如同科利奥兰纳斯所说："元老贵族与平民两方面的权利，一部分因为确有原因而轻视着另一部分，那一部分却毫无理由地侮辱着这一部分；身份、名位和智慧不能决定可否，却必须取决于无知的大众的一句是非，这样的结果必致于忽略了实际的需要，让轻率的狂妄操纵着一切；正当的目的受到阻碍，一切事情都是无目的的胡作非为”；“当两种权力彼此对立的时候，混乱就会乘机而起，我一想到这种危机，心里就感到极大的痛苦”。也如考密涅斯所说：“人民一定被人利用，受人指使了。这一种纷争不应该在罗马发生”，（第三幕第一场）“你们使罗马发生空前的战栗，它从来没有像今天这样濒于绝望的境地”（第四幕第六场）。米尼涅斯进一步指出他的后果：“要是因此而引起内争，那么伟大的罗马要在罗马人自己手里毁掉了”（第三幕第一场）。

罗马元老院也想纠正罗马的错误，如一个罗马人所说：“罗马曾经发生惊人的叛变，人民跟元老贵族们作对”，“那些贵族们对于放逐科利奥兰纳斯这件事感到非常痛心，一有机会，就准备剥夺人民的一切权力，把那些护民官永远罢免”，但是，“未灭的余烬正在那儿吐出熊熊的火焰，猛烈爆发的时期已经不远了”（第四幕第三场）。事实上，罗马元老院既没有采取行动纠正错误，又没有能力采取妥当的措施拯救罗马，当罗马面临罗马自己造成的更大危机时，只得依靠个别忠于罗马的贵族将领、科利奥兰纳斯的友人和他的亲人，向他求情暂时避免了一次战火灾难，而罗马危机的根源丝毫没有触动。因为腐败的罗马统治政制，已经无力自我解救了。

科利奥兰纳斯是个有重大缺陷的、但谁都不能忽视的、无可匹敌和替代的英雄。对于他的缺点有多种说法。他的伏尔斯的死敌奥菲狄乌斯指出：“我想他对于罗马，就像白鹭对于鱼类一样，天性中自有一种使人俯首就范的力量。本来他是他们的一个忠勇的仆人,可是他不能使他的荣誉维持不坠。也许因为他一帆风顺的命运,使他沾上骄傲的习气,损坏了他的完善的人格;也许因为他见事不明,不善于利用他自己的机会;也许因为他本性难移,只适宜于顶盔披甲,不适宜于雍容揖让,刚毅严肃本来是治军的正道,他却用来对待和平时期的民众;这几重原因虽然并不完全犯着,可是每一种都犯几分。只要犯了其中之一,就可以使他为人民所畏惧,因而被他们憎恨以至于放逐。正像一个怀璧亡身的人一样,他的功劳一经出口,就会被它自己所噎死"(第四幕第七场)。

他的罗马的敌人两位护民官认为:他"在战阵上是一员能将;可是太傲慢、太目空一切、太野心勃勃、太自负了","他只想由他一个人称王霸道,用不着别人帮助"(第四幕第六场),"他一向惯于征服别人,爱闹别扭,一受了拂逆,就不能控制自己的性子,那时候他心里想到什么便要说出口来"(第三幕第三场)。

他的好友米尼涅斯规劝他:"您太粗暴了,有点太粗暴了"(第三幕第二场),为他辩解:他"一直在战阵中长大,不曾在温文尔雅的语言方面受过训练;他说起话来,总是把美谷和糠麸不加分别地同时倾吐","他的天性太高贵了,不适宜于这一个世界","他的心就在他的口头,想到什么一定要说出来,他一动了怒,就会忘记世上有一个死字"(第三幕第一场)。

贵族认为:"他是个好汉子,可是他太骄傲了,对于平民也没有好感"(第二幕第二场)。

而他的母亲向他一针见血地指出:"你的勇敢是从我身上得来的,你的骄傲却是你自己的","你太固执了;在危急的时候,

一个人是应当通权达变的”，“在和平的时候，万一也像战时一样需要权谋，为什么它就不能和荣誉并行不悖呢”？（第三幕第二场）

科利奥兰纳斯的主要缺点，似乎集中于骄傲、自负，焦点是对人民的态度。骄傲、自负确是足以使他致命的重大缺点，至于对人民的态度，他却是从根本上爱护人民，保护人民的，他以卓著的战功保卫了罗马，就是护卫了罗马人民的根本利益，所以罗马以人民的名义放逐他，是罗马最大的忘恩负义，是罗马人民对自己的保卫者犯下的可耻的罪恶。他只是对罗马平民与贵族的对抗，给罗马政制造成的危机深感忧虑，为了维护罗马的政权，也指出了对部分平民无理要求的迁就会引起更大的危机，尤其擅作威福的护民官只是利用平民达到自己的私利，但由于他偏袒贵族，也并未能指出解决危机的正确方法，反而由于自己的骄傲自负心理失衡，和罗马政制的失控失灵相结合，使自己身陷不可解脱的危机。如一个贵族官吏所言：对于平民：“他既不会有心讨好他们，也不会故意冒犯他们；可是他对他们寻衅的心理，却比他们对仇恨的心理更强，凡是可以表明他是他们的敌人的事实，他总是不加讳饰地表现出来。像这样有意装出敌视人民的态度，比起他所唾弃的那种取媚人民以求得他们的欢心的手段来，同样是不足为法的”（第二幕第二场）。

科利奥兰纳斯像一条孤独的龙放逐而去之时，曾说“非常的境遇方才可以显出非常的气节”，“你们所听到的，一定还是跟我原来的为人一样”（第四幕第一场）。但是扭曲的心理使他迅速地投向伏尔斯人，走到了反面：“我痛恨我自己生长的地方，我的爱心已经移向了这个仇敌的城市”，“为他的国家尽力”(第四幕第四场)。他的目的是，因为“残酷猜嫉的人民，得到了我们那些懦怯的贵族的默许，已经一致遗弃了我，抹煞了我一切的功绩，让那些奴才们把我轰出了罗马”，因此，我“出于气愤，渴想报复那些放逐我的人”才到这儿来，你们“正可以利用我的不幸，达到你自己的目的，因为我将要用地狱中一切饿鬼的怨毒，来向我的腐败的祖国作战”。他竟然要与罗马的敌人联合，用毁灭罗马的战争来报复一己的仇怨，来解决罗马的危机，一味相信：“还是战争好”，“它胜过和平就像白昼胜过黑夜一样。战争是活泼的、清醒的、热闹的、兴奋的，和平是麻木不仁的、平淡无味的、寂无声息的、昏睡的、没有感觉的”(第四幕第五场)。

造成他这种心理的原因也如奥菲狄乌斯所分析：“我们的美德是随着时间而变更价值的；权力的本身虽可称道，可是当它高踞宝座的时候，已经伏下它的葬身基础了。一个火焰驱走另一个火焰，一枚钉打掉另一枚钉；权利因权利而转移，强力被强力所征服”。但是如果“你握有整个罗马的时候，你是一个最贫穷的人；那时候你就在我的手掌之中”(第四幕第七场)。而如果放弃进攻罗马：“慈悲和荣誉两种观念在你的心里互相抵触了；我可以利用这一个机会，恢复我以前的地位”(第五幕第三场)。无论什么情况，投敌的科利奥兰纳斯都必将灭亡，既不能报仇雪恨，又不能保住晚节，也不能拯救罗马。虽然被罗马和罗马的敌人、也被自己杀害的科利奥兰纳斯，有了一个光荣的葬礼，但只有三个而不是四个重要军人抬尸送行，缺了一角。

十一、《雅典的泰门》

剧情故事

雅典贵族泰门，是一个乐善好施、喜欢谄媚者的富翁，“他的巨大的财产，再加上他的善良和蔼的天性，征服了各种不同的人，使他们乐于向他输诚致敬”，“都跟在他后面亦步亦趋”，“连他的马镫也被奉为神圣”，因为“他们从他那里呼吸到自由的空气”，“只要泰门点点头，就可以使他们满载而归”，“他的慷慨仁慈，真是世间少有的”，“他的生活的目的，好像就是继续不断地行善，永不厌倦”；“他的恩惠是随时随地向人倾注的”，“谁替他做了一件事，他总是给他价值七倍的酬劳；谁送给他什么东西，他的答礼总是超过一般酬酢的极限”，“要是我要金子，我只要从一个乞丐那里偷一条狗送给泰门，这条狗就会替我变出金子来”，“他门口的管门人，见了谁都笑脸相迎；每一个路过的人，他都邀请他们进去”。

他这样做的真实想法是：“我的财产欢迎你们分享，甚于我欢迎我自己的财产”，“即使把我的一切送给你们，也不能报答你们的盛情；我想要是我有许多国土可以分给我的朋友们，我一定永远不会感到厌倦”，因为，“我的好朋友们，天神早已注定我将要得到你们许多帮助；否则你们怎么会做我的朋友呢”？“天生下我们来，就是要我们乐善好施；什么东西比我们朋友的财产更适宜于被称为我们自己的呢？啊！能够有这么许多人像自己的兄弟一样，彼此支配着各人的财产，这是一件多么可贵的乐事”！但是不在意间也有不祥之兆：“呵，快乐还未诞生就已经消化了！我的眼睛里忍不住要流出眼泪来了”。

对于泰门这种做法，诗人和画师已经指出：“眼光浅近的人往往会把黑白混淆起来”，一旦他失了势，“那些攀龙附凤之徒，本来跟在他后面匍匐膝行的，这时候便会冷眼看见他跌落，没有一个人做他患难中的同伴”。

作为他欢宴宾客旁观者的、性情乖僻的哲学家艾帕曼特斯更是犀利地指出：“多少人在吃泰门，他却看不见他们”，“这样一杯一杯干下去，要把你的骨髓和你的家产都吸干了”，“现在坐在他的近旁，跟他一同切着面包、喝着同心酒的那个人，也就是第一个动手杀他的人”，“你老是布施人家，泰门，我怕你快要写起卖身文契来，把你自己也送给人家了”，“人生的荣华不过是一场胡闹”，“现在在我面前跳舞的人，有一天将要把我放在他们的脚下践踏”，“人们对于一个没落的太阳是会闭门不纳的”，“天堂的门已经锁上，你从此只好徘徊门外”。

他的管家弗莱维斯袒露了他财务收支的实情：“这样下去怎么得了呢”？“把贵重的礼物拿去送人，可是他的钱箱里却早已空得不剩一文。他又从来不想知道他究竟有多少钱，也不让我有机会告诉他实在的情形，使他知道他的力量已经不能实现他的愿望。他所答应人家的，远超过他自己的资力，因此他口头说的每一句话，都是他出了利息向人借贷来的；他的土地都已经抵押出去了”，“与其用酒食供养这些比仇敌还凶恶的朋友，那么还是没有朋友的人幸福得多了”。

他的债主、雅典元老们却清醒地算计着他：“最近又是五千；他还欠了凡罗和艾西铎九千；单是我的债务，前后一共是二万五千。他还在任意挥霍！这样子是维持不下去的，一定维持不下去的”，“他这份家私看起来恐怕有些不稳”，“赶快到泰门大爷家里去；请他务必把我的钱还我”，“他的借款早已过期，他因为爽约，我对他失去信任了”，“我怕泰门大爷现在虽然像一只神采蹁跹的凤凰，要是把他借来的羽毛一根根拔去以后，就要变成一只秃羽的海鸥了”。

果然，一阵阵摧毁泰门的风暴接踵而至。讨债的人接二连三，但没有人讨得回去，因为他“的家产至多也不过抵偿您的欠债的半数”，“土地有的已经变卖了，有的已经抵押给人家了；剩下来的还不够偿还目前已经到期的债款；没有到期的债款也快要到期了”，“整个世界也不过是一句话；即使它是完全属于您的，只要您一开口，也可以把它很快地送给别人”。而泰门还以为：“我会缺少朋友吗？放心吧，凭着我对大家这点交情，要是我开口向人告借，谁都会把他们自己和他们的财产给我自由支配的”，“而且我现在的贫乏”，“可以借此试探我的朋友”。

于是他派人接连不断向他的朋友借钱，但也是一个钱也没有借回。泰门曾为国计民生尽过力，但元老院的元老们“众口一词地回答我说，现在他们的景况很困难，手头没有钱，力不从心”；而且不敢十分赞同他的信誉。原来谄媚的贵族却说：“现在不是可以借钱给别人的时候，尤其单单凭一点交情，什么保证都没有，那怎么行呀”？“我不能满足这样一位高贵的绅士的要求，真是我生平第一件恨事”，“可是现在的时世，一个人也只好把怜悯之心搁起，因为万事总须熟权利害，不能但问良心”，“我是第一个受到他的礼物的人；现在他却最后一个才想到我”，“谁轻视了我，休想用我的钱”。这样，“世事的变迁，人情的变幻”，友谊的“轻浮善变”，“人心的险恶”，使“他的朋友都已死去”。他“就只好关起大门躲债”。

泰门终于被激怒了：“用你们的债票把我打倒，把我腰斩了吧”，“剖开我的心来”，“把我的血一滴一滴地数出来”，“扯碎我的四肢，把我的身体拿了去吧”！然而泰门还是再把他的朋友们一起请来，“还要宴请一次这些恶人”。他向神明祈求：“神啊！那些雅典的元老们，以及黎民众庶，请你们鉴察他们的罪恶，让他们遭受毁灭的命运吧。至于我这些在座的朋友，他们本来对于我漠不相关”；“我所用来款待他们的也只有空虚的无物”。他让每位宾客揭开面前的空菜盆：“蒸气和温水是你们最好的饮食。这是泰门的最后一次宴会了；他因为被你们谄媚蒙住了心窍，所以要把它洗干净，把你们这些恶臭的奸诈仍洒还给你们”。他用每个宾客面前盆子里满贮的温水泼向众客脸上：“从此以后，泰门将要痛恨一切人类了”！

泰门离开了雅典城：“除了我这赤裸裸的一身以外，我什么也不带走，你这可憎的城市”！“泰门要到树林里去，和最凶恶的野兽做伴侣，比起无情的人类来，它们是要善良得多了”，“把那城墙内外的雅典人一起毁灭了吧”！“让泰门把他的仇恨扩展到全体人类,不分贵贱高低”。

泰门在海滨附近的树林和岩穴中生活,掘地挖土刨出一些树根充饥,却同时挖出了一些“黄黄的、发光的、宝贵的金子”,他明白了这东西是人尽可夫的娼妇,它可以在乱七八糟的列国之间挑起纷争,使一切都颠倒黑白,因此他就想放它出去施展神通、制造混乱。

他给了雅典将军艾西巴第斯一些金子:“愿天神降祸于所有的雅典人,让他们一个个在你剑下丧命;等你征服了雅典以后,愿天神再降祸于你”!

他给妓女金子:“你们去害了别人,再让这东西来害你们”。

他对艾帕曼特斯说:“你可以告诉他们我这儿有金子”,“金子在这儿才是最好最真的,因为它安安静静地躺在这儿,不被人利用去为非作歹”。

他对窃贼说:“不要因为我给了你们金子就不去做贼,让金子送了你们的性命”。

他宣布:“这世界上还有一个正直的人”,“只有一个,而且他是个管家”,他把他的财富送给了管家,要管家到远离人踪的地方筑屋而居。

他赶走了为金子而来的画师和诗人:“你有炼金的本领,去把这些泥块炼成黄金吧”。

他拒绝了元老请他回去做雅典大将,逐退被雅典放逐的艾西巴第斯的进攻的请求。

而后自己写了墓志铭,“葬身在大海的边沿”:“残魂不可招,空胜臭皮囊;莫问其中谁,疫吞满路狼;生憎举世人,残葬海之滑;悠悠行路者,速去勿相溷”。艾西巴第斯向泰门致哀:“高贵的泰门死了;他的记忆将永留人间”,“苍茫的大海永远在你低贱的坟墓上哀泣”。而这位将军“要一手执着橄榄枝,一手握着宝剑”,进军雅典城,“使战争孕育和平,和平酝酿战争,这样才可以安不忘危,巩固国家的基础”。

人生启示

慷慨行善是德性但金钱的规律作用不能忽视。金钱作为货币,具有积极和消极的双重作用,具有自己运动的客观规律。违背它的固有规律,否定它的积极作用,放纵它的消极作用,都会出现严重后果。泰门的悲剧,从根本上说,就是违反了货币的运动规律,没有注意发挥其积极作用,又严重忽视了其消极作用,加上个性中乐善好施的优点,与喜好谄媚,热衷虚荣,爱走极端的缺陷相交织,使他走上了“高贵的”悲剧的道路。

泰门慷慨行善,确实帮助了一些需要帮助的人,也为国计民生作出了贡献。他的行善哲学是:“我不是一个在朋友有困难时把他丢弃不顾的人。我知道他是一位值得帮助的绅士”,“单单把软弱无力的人扶了起来是不够的,必须有人随时搀扶他,照顾他”(第一幕第一场)。但是他施与钱物的有些人,并不是需要帮助的人,只是“花费了无数的钱财,买到人家一声赞美”,而“钱财一旦去手,赞美的声音也寂灭了。酒食上得来的朋友,等到酒尽樽空,转眼成为路人”(第二幕第二场)。而且他幻想着,他的行善的钱财能够换取“彼此支配着各人的财产”(第一幕第二场)的快乐。

更不可思议的是:“他一点也不在乎,一点都不知道停止他的挥霍!不想想这样浪费下去,怎么能维持得了,钱财产业从他手里飞了出去,他也不管;将来怎么过日子,他也从不放在心上;只是这样傻头傻脑地乐善好施”。他的管家好多次把账目给他看,他总是推到一旁;管家不止一次地指出他的财产已经大不如前,欠债已经愈积愈多,他却把管家严词申斥。直到他知道自己家产实情时,还责怪管家:“为什么你不早一点把我的家用收支的情形明白告诉我,好让我在没有欠债以前,把费用节省节省呢”?(第二幕第二场)他行善施与的钱财,不少是出了利息借贷来的;他的全部家产已经资不抵债;不少到期的借款,他已爽约未还或失信不还。在这种情况下,他还希望以行善的名声和朋友的信义,借款还债以渡过难关,结果他慷慨施与过的人中无一人解囊相助。

他以为行善可以换取帮助,金钱可以买到道义,各人的财产可以互相支配,岂不知在金钱的世界里这是行不通的,金钱的铁律和毒素在支配和腐蚀着一切。只是他亲自尝到财尽囊空、忘恩负义的滋味时,才懂得:“金子!黄黄的、发光的、宝贵的金子”!“这东西,只这一点点儿,就可以使黑的变成白的,丑的变成美的,错的变成对的,卑贱变成尊贵,老人变成少年,懦夫变成勇士”,“它可以使受咒诅的人得福”,“它可以使窃贼得到高爵显位”,“这人尽可夫的娼妇,你惯会在乱七八糟的列国之间挑起纷争”。并且认为:“每一个按照财产多寡区分的阶级,都要被次一阶级所奉承；博学的才人必须向多金的愚夫鞠躬致敬。在我们万恶的天性之中，一切都是歪曲偏斜的，一切都是奸邪淫恶。所以，让我永远厌弃人类的社会吧”！

他的认识和生活一样，都从一个极端走到另一个极端，如同艾帕曼特斯所解析的：“你只知道人生中的两个极端，不曾度过中庸的生活。当你锦衣美服、麝香熏身的时候，他们讥笑你的繁文缛礼；现在你不衫不履，敝首垢面，他们又蔑视你的落拓疏狂”，“自愿的贫困胜如不定的浮华；穷奢极欲的人要是贪得无厌，比最贫困而知足的人更要不幸得多了。你既然这样困苦，应该但求速死”。

不过开始泰门还“不会听了一个比我更倒霉的人的话而去寻死”。因为他还沉浸在美好回忆之中：“整个的世界曾经是我的糖果的作坊；人们的嘴、舌头、眼睛和心都争先恐后地等候着我的使唤”，“可是经不起冬风的一吹，他们便落下枝头，剩下我赤裸裸的枯干，去忍受风雨的摧残”。他既厌弃整个人类，就想与众兽为伍，“吃尽了所有的人类”。但是在野兽的世界仍然是：“你没有安全，没有保障。你要作一头什么野兽，才可以不受别的野兽的侵害呢？你不知道你现在已经是一头什么野兽，你在变形以后将要遭到怎样的不幸”。

而因为泰门认为，“雅典已经变成一个众兽群居的林薮了”，因此泰门“讨厌这个虚伪的世界和这个世界上所有的一切”，决定逃离这个世界：“赶快预备你的坟墓吧，安息在海水的泡沫可以每天打击你的墓碣的地方；刻下你的墓志铭，让你的一死讥刺着世人的偷生苟活”；让金钱这个可爱的凶手：“快快运用你的法力，让他们‘人类’互相砍杀，留下这个世界来给兽类统治吧”(第四幕第三场)。

泰门离开雅典，踽踽独行而出走之时，他的管家忆念他：“荣誉带给我们惨酷的不幸！财富既然只替人招来了困苦和轻蔑，谁还愿意坐拥巨资呢？谁愿意享受片刻的荣华，徒作他人的笑柄？谁愿意在荣华的梦里，相信那些虚伪的友谊？谁还会贪恋那些和趋炎附势的朋友同样不可靠的尊荣豪贵？可怜的老实的大爷！他因为心肠太好，所以才到了今天这个地步！谁想得到，一个人行了太多的善事反是最大的罪恶！谁还敢再像他一半仁慈呢？慷慨本来是天神的德性，凡人慷慨了却会损害他自己”，“你是一个有福之人，却反而成为最倒霉的一个，你的万贯家财害得你如此凄凉，你的富有变成了你最大的痛苦”(第四幕第二场)。这是对他公允的但并非深刻的评价。

第四章　传奇剧

一、《泰尔亲王配力克里斯》

剧情故事

泰尔的亲王配力克里斯，到叙利亚安提奥克，向公主求婚。条件是必须猜破国王给出的哑谜，如果猜不出将以命相抵。这个哑谜是："我虽非蛇而有毒，饮我母血食母肉；深闺待觅同心侣，慈父恩情胜夫婿。夫即子兮子即父，为母为妻又为女；一而二兮二而一，君欲活命须解谜"。亲王一听就猜知，这个安提奥克斯国王"乱伦天性，竟把他的女儿诱引，这无耻的父女一双，干下了罪恶的勾当"。但不便公开揭破，只得暗示。国王知道他发现了秘密，就派人暗杀亲王，亲王事先逃出这危险的陷阱。回到泰尔的亲王，忧虑安提奥克斯借口"向我们的国士大举兴师"，"累及全国的人民受苦"，就把国家政务委托忠臣赫力堪纳斯代理，自己只身到国外游历以解脱国家的灾祸。

泰尔亲王先来到处于饥荒之中的塔萨斯，带着"供给你们急需的粮食，使那些濒于饿死的人们重新得到生命"。为了生命的安全，"他再涉重洋，去冲冒那惊涛骇浪；果然是海无一日安，一阵狂风吹下云端"，"经不起颠簸的船只，早被打得四分五裂，这君王他随波逐流"，"被浪花卷上了沙滩，囊空如洗，举目无亲”。他父亲遗留给他的甲胄也被渔夫打捞上岸。这里是希腊潘塔波里斯海滨，他得知明天是这里国王女儿的生日，要举行比武以争取她的爱情，他请渔夫应允他的请求，让他穿上这副甲胄，给他置办了罩袍，带他到这国家西蒙尼狄斯国王的宫廷，参加为争取公主爱情的比武。结果他赢得了比武，也赢得了公主泰莎的爱情，与她喜结良缘，“结下了珠玉良胎”。

此时，“那泰尔的群臣，把他们的君主访寻”，“果然探到他的确处。西蒙尼狄斯的宫廷传来了泰尔的声音，说那安提奥克暴亡，父女两人同时身亡；没有主的泰尔人民，他们想要拥立新君，多亏那赫力堪纳斯，把众臣的劝进推辞”；“说要是他们的君王，年后依然踪迹茫茫，他只得俯顺众望”。泰尔亲王听到“故国的呼召”，决定“立刻举起征棹”回国。“他的王妃怀孕在身，立志随她丈夫远行；科科丽达，她的奶娘，护送着她远涉重洋”。哪知刚“走完了路程一半，又兴起了一阵狂风”，“那船儿全失了自由，吓得王妃哀声惨叫，一阵阵的腹痛如绞”，产下了一个小公主，随即死去。按照海上在风暴中不可违反的规矩，他就把王妃尸身放在一口漆好的箱子里投入海中。并且掉转船头向塔萨斯去，把小公主玛丽娜托付给总督克里翁夫妇抚养，而后再回到泰尔。装着王妃遗体的箱子被冲到以弗所海岸，精通医术的贵族萨利蒙，救活了泰莎。她以为夫君配力克里斯王已经落难，就到附近狄安娜神庙终身修道。

那“小小的玛丽娜，早已长成豆蔻年华，那克里翁不负重托，把这公主悉心教育，亏她生得剔透玲珑，音乐文艺色色精通，那卓越的才华仪态赢得每个人的敬爱”。可是克里翁的妻子狄奥妮莎心生妒憎，因为她的女儿菲萝登与玛丽娜相比，“大大减低了声价”，就派人杀害玛丽娜，玛丽娜却又被海盗掳去卖给了米提林妓院。玛丽娜凭借她的才干说服嫖客保住了贞操。米提林总督拉西马卡斯也被她说服，给他一些金子，愿她继续走她的清白之路，她用这些金子买通龟奴和老板，跳出火坑，用教授唱歌、跳舞、纺织、缝纫等技艺为他们赚钱，“她招集了不少生徒，其中尽多贵妇名姝”。

泰尔王配力克里斯率大小臣僚来到塔萨斯，为了将玛丽娜接回。哪晓得克里翁夫妇谎称玛丽娜已死，并带泰尔王到了玛丽娜墓前。泰尔王痛哭流涕，“披上了麻布的丧衣，发誓永不洗脸剃发，苦度着凄惶的岁月”。回去的路上迷失航向，船被吹到米提林暂停，因为船旗一片黑色，祭海的拉西马卡斯，急忙驾艇去访问探察。得知泰尔王因妻亡女丧而悲哀，拒绝和任何人说话，米提林总督就叫玛丽娜前去问话。当玛丽娜讲到：我“所身受的种种不幸，要是放在准确的天平里衡量起来，也许正和您的不幸同样的沉重”，配力克里斯开口了：“我的最亲爱的妻子正像这个女郎一样，我的女儿要是尚在人世，一定也和她十分相像”。通过再三的真诚对话，终于确认他们确实是亲生父女，喜出望外的配力克里斯，听见了别人听不见的天上的音乐，又在幻梦中见到狄安娜女神，要他到在以弗所的她的神庙，哀诉丧妻失女的经历，将会得到极大的幸福。配力克里斯带着女儿玛丽娜，和已允诺向她求婚的米提林总督，并率侍从向狄安娜女神顶礼致敬，意外地与他死而复生的妻子泰莎相遇，通过泰莎父王送给的一个指环，终于确认了夫妻团圆。配力克里斯与泰莎,先到潘塔波里斯,主持女儿的婚礼,然后就住在那里消度余生,而让这对小夫妇回到泰尔主持国政。

人生启示

善良英武的人们历尽艰险总有希望找回幸运。善良的配力克里斯,虽然历尽颠沛流离,但终与妻女团聚。虽有假托神明的导引,但更因他生性善良,英武刚强,不惧风雨,因而得到许多善人相助。老臣劝他出国游历躲开灾祸,又忠于职守守住他的王位;潘塔波里斯渔夫帮他参加王室比武,西蒙尼狄斯国王和泰莎慧眼识人,使他喜娶佳人;妻子风暴中产后遇难,他把她尸身装箱投海,使萨利蒙有条件施救成功,又送泰莎修道栖身;虽然克里翁夫妇加害玛丽娜,但养育她十四年,教成为女中英杰,为她跳出火坑无意中增添了本领;拉西马卡斯给玛丽娜金子,也为搭救她施以援手。而乱伦的安提奥克斯,逃不过自取灭亡;奸恶的克里翁夫妇,一念之罪终遭众弃,全家被烧成了灰烬。

二、《辛白林》

剧情故事

英国国王辛白林，犯过许多过失，但战胜了罗马的入侵，赢得了与罗马的和平；经历多年丧妻失子后又失女的痛苦，又受后妻的欺骗愚弄，但最终后妻暴亡，不肖继子非命而死，亲生的两儿一女及婿与他喜获团圆；他赦免了所有囚犯；开始了不列颠国运昌隆、克享太平的至治局面。

辛白林丧妻后娶了个寡妇做王后，这寡妇带来一个浪荡无才的独生子，国王受王后怂恿，想把唯一尚在的女儿伊摩琴、他的王位继承者，嫁给这个继子。而伊摩琴却看上了宫中的才士波塞摩斯，并与他秘密成婚。她父亲知道此事后，就把她的丈夫放逐，而把她幽禁起来。她丈夫的父亲西塞律斯，与罗马人作战建立过卓著勋劳，曾获赐姓里奥那托斯，他与两个大儿子都一起战死，而她丈夫是遗腹子，生下他后母亲也死去，他就被国王收养，教育成了最受人赞美敬爱的人物。他们在离别时，她送给他母亲留下的钻戒，他给她戴上象征爱情的手镯。她对父王说："我选中了一只神鹰，避开了一只鹞子"，"他是一个配得上无论哪个女子的男人，我把整个身心给了他，还抵不上他付给我的他自身的价值”。其实辛白林还有两个儿子，一个在三岁，一个还在襁褓之中，就被人偷了出去，快二十年了仍找不到下落，只能当做死了一样。

波塞摩斯离别伊摩琴后，经过法国来到意大利罗马，寄身在他父亲生前战友菲拉里奥的家里。他一路上都向朋友夸赞伊摩琴，说她比法国、意大利的无论哪位绝世女郎，都要更美丽、贤淑、聪明、贞洁、忠心，这引起了菲拉里奥之友阿埃基摩的邪念。阿埃基摩挑动波塞摩斯，用他家产的一半打赌伊摩琴送的戒指，要波塞摩斯把他介绍给伊摩琴，说他可以把万无一失的她的贞操掠夺而归。波塞摩斯当然不相信他会赌赢，但竟然同意以伊摩琴的贞操为赌注，并给他写了最有声望之人的介绍信。伊摩琴看到这信，当然十分信任阿埃基摩。但他诬称波塞摩斯被叫做“不列颠的风流浪子”，并公然挑逗她，自然受到她严词斥责和断然拒绝。他又立即改口赞美波塞摩斯，然后谎称他有一个装珍宝的箱子，要求暂存宫中，她就答应放在她卧室保管。哪知他藏在箱内潜伏在她卧室，待夜半她熟睡时出来，记下卧室摆设，偷去她的手镯，还看到她左胸一颗梅花形的痣。他回到罗马吹嘘赢到了她的贞操，证据就是在她卧室看到偷到的一切。波塞摩竟然轻信了他的鬼话，把伊摩琴送的戒指给了他，并决意报复。他写信给他留在伊摩琴身边的仆人毕萨尼奥，说伊摩琴犯了奸淫，要把她引到密尔福德港杀害，他还写信要她到密尔福德港与之相会。

毕萨尼奥把伊摩琴带到密尔福德港附近，给她看了波塞摩斯的密信，引起她极大委屈和愤慨：“你，波塞摩斯，你使我反抗我的父王，把贵人们的求婚蔑弃不顾，今后你将会知道这不是寻常的行动，而是需要稀有的勇气的。我还要为你悲伤，当我想到你现在所贪恋的女人，一旦把你厌弃以后，我的记忆将要使你感到怎样的痛苦”。但有良心的毕萨尼奥并不执行主人的命令，而是给她指出一条逃生解脱的康庄之路，要她装扮一个男童，设法去侍候将要登陆的罗马将领路歇斯，期待有机会离开英国，接近波塞摩斯；而且给她一小匣王后给他的奇药，王后说是可以医治晕船和胸腹疾患，其实这是王后给他毒死伊摩琴的毒药，而宫中医生配制时担心王后害人，而把药配成可以使人暂时陷入死亡状态，不久就可以清醒过来，这是毕萨尼奥所不知道的。毕萨尼奥还复信波塞摩斯，告他伊摩琴已被杀死。

着男装的伊摩琴跋涉寻找密尔福德，走了两天都没找到，却在塔拉律斯山林里迷了路。饥饿难忍的她遇到一个山洞，就进去找人觅食，住在山洞的一个老人和两个青年人回到洞前，看到进洞的她像一个人间绝世的美少年，听她说她叫斐苔尔，是要到密尔福德港，因为饥饿觅食才进洞的，就热情挽留她住下来一起吃些东西。原来这个老人是二十年前因功高正直遭人诬陷，被国王放逐的老臣培拉律斯，而这两个青年，是他串通乳母偷出来的两个王子基德律斯和阿维拉古斯。他把他们教养长大：“他们的雄心却可以冲破王室的屋顶，他们过人的天性，使他们在简单渺小的事物之中显示出他们高贵的品格”。他们终日打猎为生，养成了勇敢、凶猛和机敏。可是他们觉得这种平静安宁的生活，“却是愚昧的暗室、卧榻上的旅行、不敢跨越一步的负债者的牢狱”。

两个青年很快爱上了这个少年，甚于爱他们的养父。第二天伊摩琴身子不大舒服，要求一个人留在洞里，他们三人就去打猎，一上路就遇上了王后的儿子克洛顿。克洛顿听说伊摩琴逃向密尔福德，与波塞摩斯相会，就穿上波塞摩斯的衣服赶过来复仇，他要杀掉波塞摩斯，奸污伊摩琴，而后把她拖回王宫见她父亲。克洛顿一见到他们三人，就开口谩骂拔剑挑衅，结果被大王子基德律斯刺死，并割取首级丢到山涧冲进海里。独在山洞的伊摩琴病得难过，就试吞了一些毕萨尼奥的灵药，结果像死过去一样。他们三人回洞看到："我们千般怜惜万般珍爱的鸟儿已经死了"，悲哀嗟叹，就把她埋在两王子乳母墓的旁边，又把克洛顿无头尸埋在她身旁。醒来的伊摩琴看到穿着波塞摩斯衣服无头男尸，以为波塞摩斯被毕萨尼奥杀害，就抚尸痛哭，但被登陆路过的罗马大将路歇斯发现，收留她作了他的侍从。

罗马在裘力斯·凯撒时期，英国曾答应每年向罗马献纳三千镑的礼金。而辛白林近年没再献纳，因王后提议废除这一成例。辛白林决意："凭着我们所有的力量，恢复我们法纪的尊严，这是我们义不容辞的责任，虽然因此而触怒罗马，也在所不惜"。罗马使节路歇斯，就代表奥古斯特斯·凯撒宣布："战争和混乱的命运已经降临到你的头上"。辛白林早已预料到这一着，所以有恃无恐，迅速调集了战车和马队，做好了应战准备。罗马驻法兰西的军团，在路歇斯率领下渡海登陆了英国，在意大利征集的援军，在阿埃基摩领率下也很快登陆。但辛白林准备的实力对付这样数量的敌人是绰绰有余的。辛白林"所担心的，倒不是意大利将会给我们一些怎样的烦恼，而是这儿国内不知道发生一些怎样的变故”。

这时听到战争喧呼声音的两王子，说服了养父，决心参加英国军队，“轰轰烈烈地干一番事业”，为了祖国不惜战死疆场，“要向人显示他们是天生的王子”。因为杀害了自己无罪的妻子，而悔恨不已的波塞摩斯，跟着意大利绅士回到英国，脱去意大利装束，穿上英国农民的衣服，掉转剑头，为他的祖国而战。

两军交战之中，波塞摩斯击败了阿埃基摩，解除了他的武装，赦免了他的性命。而后续作战，英军却败走，辛白林王被俘；培拉律斯带两王子，制止了英军的败退，和波寒摩斯一起救回了辛白林。他们站在狭窄退路的路口高减：“要是你们想活命，只有咬紧牙关，转过身去。站住！站住”！“在军心涣散的时候，这三个人振臂一呼，简直抵得过三千壮士”，人们“立刻转过脸去，像雄狮般向着猎人的枪刺狞笑。于是敌人”，“向后退却，溃奔败走”，“抱头鼠窜”。

而波塞摩斯因自认为只有死才可以赎罪，又因自己已为英国尽了力，就再回复意大利人面目，让英国人捕去入狱求死，以“抵偿伊摩琴的宝贵的生命”。他在狱中睡梦中，得到朱庇特庄严的训诲和放在他胸头的简牒，“他一生的休咎都在其中”：“雄狮之幼儿于当面不相识，无意寻求问得之，且为一片温柔之空气所笼罩之时，自庄严之古柏上砍下之枝条、久死而复生、重返故株、发荣滋长之时，亦即波塞摩斯脱离厄难、不列颠国运昌隆、克享太平至治之日”。

按照这简牒的预示，辛白林找到了暂作路歇斯侍童的女儿伊摩琴，也找到了作战奋勇的英国士兵就是他女婿波塞摩斯，他们又因阿埃基摩悔过坦白，而消除误会重归于好；更因培拉律斯公开了秘密，得知那三位“英国的心肝和头脑”，竟然是他二十年前放逐的忠臣和失去的王子；作恶多端的王后在疯狂和追悔中死去，其子也自取灭亡。尤其是因为战胜了罗马的入侵，同时既赦免了俘虏和囚犯，又承诺继续向罗马献纳礼金，因而开始了和平的局面。正是：“难得这一次战争结束得这样美满，血污的手还没有洗清，早已奠定了这样光荣的和平”。

人生启示

国难当头捐弃前嫌一致抗敌才能拯救祖国挽救家庭。处于被放逐状态的波塞摩斯，身在罗马心在祖国，既惦念着妻子，又记挂着祖国：“我相信这一次将会引起一场战争。你们将会听到目前驻屯法兰西的大军不久在我们无畏的不列颠登陆的消息，可是英国是决不会献纳一文钱的财富的。我们国内的人已经不像当初裘力斯·凯撒讥笑他们迟钝笨拙的时候那样没有纪律了，要是他尚在人世，一定会惊怒于他们的勇敢。他们的纪律再加上他们的勇敢，将会向他们的赞美者证明他们是世上最善于改进的民族”(第二幕第四场)。他参加意大利绅士的援军回到祖国，不记国王放逐之仇，立即换装为祖国而战，打败了罗马援军的首领又是诬陷妻子的仇人阿埃基摩，还奋不顾身救出国王，为祖国立下大功。他因为他杀死的无辜妻子赎罪，自愿进入祖国的监狱以身抵命。他的勇敢和忏悔,终于使他重获自由,在国家和平之时,也与爱妻重逢。

辛白林丢失的两王子和被放逐的忠臣，在国难当头之际，也捐弃前嫌,毅然为国参战,在危急关头拯救了祖国,使祖国“是靠着你们的力量而生存的”(第五幕第四场)。也正因为他们为祖国战胜强敌建立了功勋,他们的王子身份得以公开终获承认。在祖国赢得了光荣的和平之时，辛白林一家也幸运团圆，并且“他们的后裔将要使不列颠享着和平与繁荣”(第五幕第五场)。

三、《冬天的故事》

剧情故事

西西里国王里昂提斯，与波西米亚国王波力克希尼斯，从小就在一起受教育，彼此间的感情非常深切，长大以后虽然远隔重洋，仍经常交往却似朝夕相处。波力克希尼斯受邀，在西西里王宫已客居九个月，他向里昂提斯辞行，第二天就要归去。里昂提斯一再请他再住一个星期，他都不肯；里昂提斯就叫王后赫米温妮说句话挽留他，哪知道王后讲了几句得体的话竟留住了他。里昂提斯对此却极度不安和猜嫉："我请他，他却不肯。赫米温妮，我的亲爱的，你的三寸舌建了空前的奇功了"，"太热了！太热了！朋友交得太亲密了，难免发生情欲上的纠纷"，"这种事情已经无忌惮地发生了，我已经看了出来，使我痛心疾首"。里昂提斯即叫来忠臣卡密罗，质问他："难道你没有想到我的妻子是不贞的吗"？他正直地回答：这"不是真的"，"这种病态的思想，您赶快去掉吧；它是十分危险的"。西西里王却陡生恶念要他把波西米亚王毒死。他假意应承，一面劝王上仍旧跟王后和好如初，一面告诉波西米亚王，王上因确信他与王后发生暧昧要谋害他，引导他立即逃离，卡密罗也随他而去。

对于波西米亚王和卡密罗的逃走，里昂提斯因恶意疑忌而更加错判："卡密罗是他的同党，给他居间拉拢；他们在阴谋算计着我的生命，篡夺我的王位，一切的猜疑都已经证实"。他在众卿面前斥责王后："你的肚子是给波力克希尼斯弄大的"，"她是个淫妇"，"而且她是个叛逆。卡密罗是她的同党"。并立即下令把王后收监！大臣安提哥纳斯和众臣都劝他："您的聪明正直反而变成了暴虐。这一来有三位贵人都要遭逢不幸，您自己，娘娘和小殿下"。他仍坚持把王后关起来，但他也派急使到得尔福圣地的阿波罗神庙里去，以取来神谕，告知我们真理和这儿的一切。

安提哥纳斯之妻宝丽娜，闯进监狱虽因有令未探望见王后，但受王后之托，把王后在狱中早产所生的女婴抱出狱外，因为"这孩子是娘胎里的囚人，一出了娘胎，按照法律和天理，便是一个自由的解放了的人"。王上的小王子因为知道他母亲下狱，而憔悴病倒。王上因王子的病和对王后的忌恨终日得不到安息。此时，宝丽娜抱着王后产下的女婴又闯进王宫，为王后鸣冤，并希望王上给小公主祝福。王上却要把她赶走，骂他们夫妇都是一群奸党。宝丽娜义正词严回敬王上："我也不是，谁也不是；只有这里的一个人才是，那就是他自己"，"只凭着自己的一点毫无根据的想象就随便加以诬蔑，不能不说有一点暴君的味道"。恼羞成怒的王上竟要把这婴孩拿出去与王后一起烧死，还要亲手摔出这个女孩的脑浆，最后命令安提哥纳斯："把这野女孩抱出去，到我们国境之外远远的荒野上丢下，不要怜悯它"。并且要公开审判王后，尽快把她处死，甚至用火把她烧了王上主持审判王后的法庭匆匆开庭，起诉王后通奸又同谋弑主助奸逃生，犯有大逆不道之罪。王后为自己的名誉辩护慷慨陈词："我所没有份儿的事，别人用诬蔑的手段加之于我的，我当然不能承认"，"我相信无罪的纯洁一定可以使伪妄的诬蔑惭愧，暴虐将会对含忍颤栗"，"我不要生命，它在我的眼中不值一根稻草；但我要把我的名誉洗刷"，"俄罗斯皇帝是我的父亲；唉！要是他活着在这儿看见他的女儿受审判；要是他看见我这样极度的不幸，但不是用复仇的眼光，而是用怜悯的心情"！"我把自己信托给阿波罗的神谕，愿他做我的判官"。西西里王派去求取神谕的使者已经回来，他们按照王上指令开封宣读："赫米温妮洁白无辜；波力克希尼斯德行无缺；卡密罗忠诚不二；里昂提斯者多疑之暴君；无罪之婴孩乃其亲生；倘已失者不能重得，王将绝嗣"。而此时，里昂提斯亲生的小王子，因担心其母的命运而死去。王后即因此而晕去。

西西里王这才醒悟："阿波罗发怒了；诸天的群神都在谴责我的暴虐"，"我愿意跟波力克希尼斯复和，向我的王后求恕，召回善良的卡密罗"。可是，宝丽娜报告，王后也因小王子之死而死去。王后早产的女婴，被安提哥纳斯依照王命，抛在了波希米亚海岸的荒乡里，而他因此恶行被黑熊所咬死。

十六年过去了。西西里王与王后所生女婴潘狄塔，被波希米亚牧人拾养，已出落得丰秀超群，深深吸引了波希米亚王子弗罗利泽纯真的爱慕。波希米亚王假扮老人跟踪他的王子到了乡野，潘狄塔作了招待他的女主人："绚烂的季节已经过去，在这夏日的余辉尚未消逝，令人颤栗的冬天还没有到来之际，当今的最美的花卉”，只有卡耐馨和斑石竹。波西米亚王内心里赞美潘狄塔：“这是牧场上最美的小家碧玉；她的每一个动作、每一种姿态，都有一种比她自身更为高贵的品质，这地方似乎屈辱了她”。但他知道王子就要和她结婚时，竟然要拆散他们。潘狄塔清醒又哀愁地对王子说：“虽然一切都完了，我却并不恐惧”，“请您留心着您自己的地位，我现在已经梦醒，就别再扮什么女王了。让我一路挤着羊奶，一路哀泣吧”。而王子仍坚志不移：“我不愿为了波希米亚”，“而破毁了我向这位美貌的未婚妻所立的誓”，“让我自个儿挣扎我的未来的命运吧”，“我要同着她到海上去了”。忠于波希米亚王又怜惜王子的卡密罗，建议他们去西西里，里昂提斯一定会收留他们。

里昂提斯十六年来一直在忏悔：“当我记起她和她的圣德来的时候，我忘不了我自己的罪；我也永远想到我对于自己所铸成的大错，使我的国统失去了嗣续，毁灭了一位人间最可爱的伴侣”。而宝丽娜安慰他：“不要担心着后嗣，王冠总会有人戴的”，“等您的第一位王后复活的时候，您就可以结婚”。

这时，弗罗利泽王子和潘狄塔求见里昂提斯。他高兴地说：“要是我现在还不过二十一岁，我一定会把你当作了他，叫你一声王兄”，“欢迎欢迎！还有你，天仙一样美貌的公主！—唉！我失去了一双人儿，要是活在世上，一定也会像你们这一双佳偶那样令人惊叹”。此时，追拿弗罗利泽王子和潘狄塔的波希米亚王，也来到西西里王宫。而他们终于确认潘狄塔，就是里昂提斯抛弃的公主，里昂提斯“心里的血也像眼泪一样在奔涌”，更加痛悼他的王后，痛悔自己的罪过。他们允准了王子和公主的婚事，又一起到宝丽娜府上的礼拜堂，来看王后的雕像。里昂提斯感慨不已：“我好惭愧！那石头不在责备我比它心肠更硬吗”？“在你的庄严里有一种魔术，提起了我过去的罪恶，使你那孺慕的女儿和你一样化石而立了”，“我死也不相信她已经不在”。宝丽娜就让音乐奏起来，唤醒她。果然这雕像是活着的王后赫米温妮，她相信神谕，为了见到尚在人世的女儿而生存到现在。里昂提斯拥抱着爱妻，召唤着女儿女婿，又让宝丽娜嫁给卡密罗，和他的王兄一起，一路走去畅叙着这许多年来的经历。

人生启示

善与爱永远是做人的道德准则和价值追求。西西里王里昂提斯，经历了“善爱——猜嫉——犯罪——受罚——痛悔——恕罪——获救——善爱”的心路历程。他开始并不是恶人，他爱朋友、爱妻子、爱孩子，爱他的王国和臣民。但当嫉妒猜疑侵入他的内心后，他走上了暴虐无道的犯罪之路。他仅凭想象，诬陷妻子不贞，收监下狱，开庭审判，要把她处死甚至烧死；他指令忠臣杀害密友国王，他们避险逃离后，又诬告他们弑君篡位；还要把王后在狱中所生女婴，烧死、砸死，最后抛弃到境外荒野任牛羊践踏。这一系列罪恶，使他受到严厉的惩罚。他的小王子迈密勒斯，这位“福星”，“最有希望的少年”（第一幕第一场），因忧虑母亲的命运而夭亡，使家庭失去子嗣和国家毁掉了王位继承者。其女婴也被他丢弃，而妻子又死去，使他绝了后裔。

从此使他："悔恨他痴愚的无根嫉妒，此后便关起门来独自闲居思过"(第四幕引子)，"我要每天一次访谒他们埋骨的教堂，用眼泪洒在那边，这样消度我的时间；我发誓每天如此，直到死去"(第三幕第二场)。

他经过十六年忏悔，终于在妻子复活的石像前得到饶恕和拯救，重新获得善与爱的生命价值，又找到了自己的女儿潘狄塔，有了王子女婿，也得到王兄和众臣的宽恕："您把您的伤心看得太认真了，十六个冬天的寒风也不能把它吹去，十六个夏天的烈日也不能使它干涸"(第五幕第三场)。这说明恶只会使人的心灵陷入恐惧和痛苦，而善却使人的灵魂安宁和美好，善与爱应当是做人的基本准则，生命的永恒寄托，道德的理想境界，价值的不懈追求。

四、《暴风雨》

剧情故事

位于意大利的米兰公国的国公普洛斯彼罗，因专心研究法术学问而把国事托付给其弟安东尼奥管理。安东尼奥的野心却逐渐旺盛起来：“他简直成为一株常春藤，掩蔽我参天的巨干，而吸收去我的精华”，“我给予他的无限大的信托，正像善良的父母产出刁顽的儿女来一样，得到的酬报只是他的同样无限大的欺诈”，“像一个说谎的人自己相信自己的欺骗一样，他俨然以为自己便是一个不折不扣的公爵”，他竟然与那不勒斯王阿隆佐协谋，以称臣纳贡作为交换条件，篡取了米兰王公的一切荣衔权益，并把普洛斯彼罗和他三岁的女儿米兰达推到一只腐烂的破船上。幸亏有米兰达天真的微笑支撑着，又有正直的老臣贡柴罗偷偷在船上放上了必备的生活用品和法术书籍，他们才平安来到一座孤岛。

“虽然这岛上似乎很荒凉——不能居住，而且差不多无路可通”，“然而气候一定是很美好、很温和、很可爱的”，“吹气如兰的香风飘拂到我们的脸上”，“草儿望上去多么茂盛而蓬勃！是多么青葱”！“这岛上充满了各种声音和悦耳的乐曲，使人听了愉快,不会伤害人。有时成千的叮叮咚咚的乐器在我耳边鸣响。"“听见了那种歌声”,“在梦中便好像云端里开了门,无数珍宝要向我倾倒下来”。

十二年后,普洛斯彼罗把女儿抚育成聪慧美丽纯洁的仙女般的少女,一场精心策划复仇的福星也已降到他命运的顶点。当那不勒斯王阿隆佐及王子腓迪南、篡位者安东尼奥等航行在海上时,普洛斯彼罗利用魔法掀起狂风暴雨将他们掀入海中,却又毫发无损地分别引到荒岛上来,水手们也都安然无恙,他运用法术“把我的仇人们引到这岛岸上来了”。他既保护了他们的生命安全,又可以“唤醒他们的知觉”,“化导他们的心性”,讨回他的米兰公国重回故里,而后饶恕他们的罪恶。于是普洛斯彼罗紧紧抓住生命机遇:“要是轻轻放过了这机会,以后我的一生将再没有出头的机会。”

在荒岛上唯一与普洛斯彼罗相依为命的十五岁的女儿米兰达,看着她父亲用法术兴起的狂暴的风波把“一只壮丽的船,里面一定载着好些尊贵的人,一下子便撞得粉碎”,祈求“使它们平息了吧”,“不让它把这只好船和它所载着人们一起这样吞没了”。普洛斯彼罗告诉她“那仁慈的心,一点灾祸都不会发生”,而“现在是我更详细地告诉你一些事情的时候了”。他告诉她十二年前她父亲是“米兰的公爵,并且是一个有权有势的国君”,“我因为专心研究,便把政治放到我弟弟的肩上”,但“他以为我已没有能力处理政事,因为一心觊觎着大权,他便和那不勒斯王协谋”,“把我和属于我的人撵出国境,而把大好的米兰和一切荣衔权益全部赏给我的弟弟”。而对于普洛斯彼罗,米兰达“是个小天使，幸亏有你，我才不致绝望而死！上天赋予你一种坚忍，当我把热泪向大海挥洒，因心头的怨苦而呻吟的时候，你却向我微笑，为了这我才生出忍耐的力量，准备看抵御一切接踵而来的祸患。”

普洛斯彼罗在荒岛上，把恶女巫西考拉克斯“幽禁在一棵坼裂的松树中”达十二年的女仆爱丽儿解救出来，作为缥缈的精灵为他作法力无边的事情，并且承诺把她释放给她自由。他先要爱丽儿把沉船落海的那不勒斯王子腓迪南，单独救到岛上一个隐僻地方，让他“亲眼看见我的父亲随船复溺”，相信自己已是“那不那斯国王”，然后用音乐把他吸引到普洛斯彼罗所居洞室之前，让米兰达“抬起你的被睫毛深掩的眼睛来看一看那边有什么东西”，当米兰达一眼看到腓迪南时便惊叹道：“它生得这样美，但耶一定是一个精灵”。普洛斯彼罗有意引导女儿倾慕腓迪南：“你所看见的这个年轻的汉子就是遭到船难的一人，要不是因为忧伤损害了他的美貌——美貌最怕忧伤来损害——你确实可以称他为一个美男子”。米兰达则惊异地说：“我简直要说他是个神，因为我从来不曾看见过宇宙中有这样出色的人物”。而腓迪南见到米兰达同样惊喜：“再不用疑惑，这一定是这些乐曲尊奉的女神”！“我愿意立你作那不勒斯的王后”。

普洛斯彼罗看到“他们已经彼此情丝互缚了”，但是认为“这样顺利的事儿我需要给他们一点障碍，因为恐怕太不费力的获得会使人看不起他追求的对象”，于是他假意训斥腓迪南：“你在这里僭窃着不属于你的名号，到这岛上来做密探，想要从我——这海岛的主人——手里盗取海岛”。这时不了解父亲真意的米兰达站出来,既维护父女栖身的海岛,又维护腓迪南的人格,呵护道德殿堂:“这样一座殿堂里是不会容留罪恶的,要是邪恶的精神占有这么美好的一所宅屋,善良的美德也必定会努力住进去的”。普洛斯彼罗还假装要把腓迪南“的头颈和脚枷锁在一起”。腓迪南“精神好像在梦里似的,全然被束缚住了”,但他毫不惧怕:“只要我能在我的囚牢中每天看见这位女郎一次,这地球的每个角落让自由的人们去受用吧,我在这样一个牢狱中已经觉得很宽广的了”。

普洛斯彼罗“严厉地吩咐”腓迪南:“必须把几千根这样的木头搬过去堆垒起来”,以试验他的爱情和坚忍。腓迪南虽不理解普洛斯彼罗的用心,却理解这“严厉的惩罚”所作工作的意义:“有一类游戏是很吃力的,但兴趣会使人忘记辛苦;有一类卑微的工作是用坚苦卓绝的精神忍受着的,最低陋的事情往往指向最崇高的目标”。他还说:“我这种贱役对于我应该是艰重而可厌的,但我所奉侍的女郎使我生趣勃发,觉得劳苦反而是一种愉快”,“这些甜蜜的思想给予我新生的力量,在我干活的当儿,我的思想最活跃”。米兰达看到腓迪南“这样辛苦竟哭了起来”,“真希望一阵闪电把那些要你堆垒的木头一起烧掉!请你暂时放下来,坐下歇歇吧”,“我愿意代你搬一会木头”。而腓迪南“宁愿毁损我的筋骨,压折我的肩膀,也不愿让你干这下贱的工作”,“当你在我身边的时候,黑夜也变成了清新的早晨”,“可赞美的米兰达!真是一切仰慕的最高峰,价值抵得过世界上一切最珍贵的财宝”!“这样完美无双,是把每一个人的最好的美点集合起来而造成的”。米兰达则“凭着我最可宝贵的嫁妆——贞洁起誓，除了你之外，在这世上我不企望任何的伴侣，除了你之外，我的想象也不能再产生出一个可以使我喜爱的形象”。普洛斯彼罗看着这“一段难得的良缘的会合”，“没有别的事可以比这事更使我快活了。”

腓迪南“所受的一切苦恼都不过是”普洛斯彼罗“用来试验”他的爱情的，而他“能异常坚强地忍受他们”。因此普洛斯彼罗郑重地把女儿托付给腓迪南：“要是我曾经给你太严厉的惩罚，你也已经得到补偿了。因为我已经把我生命中的一部分给了你，我是为了她才活着的。”但要求他：“在一切神圣的仪式没有充分给你许可之前，你不能侵犯她处女的尊严”。腓迪南誓言绝“不能使我的廉耻化为肉欲，而轻轻损毁了举行婚礼那天的无比的欢乐”。普洛斯彼罗为了他们能“得到上天的美满的祝福”，不至于“冷淡的憎恨、白眼的轻蔑和不睦将使你们的姻缘中长满令人嫌恶的恶草”，再次提醒他节制：“当心你的忠实，不要太姿意调情。血液中的火焰一燃烧起来，最坚强的誓言也就等于草秆。节制一些吧，否则你的誓约就要守不住了。”腓迪南则再次表白：“请您放心，老人家，皎白的处女的冰雪，早已压伏了我胸中的欲火”。

普洛斯彼罗决定把女儿许配给腓迪南后，调来精灵扮演的诸神狂欢。诸神之信使虹之女神伊里斯、农事及大地之女神刻瑞斯、幽冥之主狄斯和春之女神普路同、维纳斯“盲目的小儿”、战神马斯、天后朱诺一起“祝福这一对璧人，让他们一生幸福，产生出美好的后裔来”。腓迪南惊叹：“这是一个最神奇的幻景，这样迷人而谐美”，“让我终老在这里吧！”“这地方简直是天堂了！”但是普洛斯彼罗突然站起来，驱赶走了精灵，终止了狂欢的幻景，长篇独白讲出了意味深长的哲理：“我儿，我们的狂欢已经终止了。我们的这一些演员们，我曾经告诉过你，原是一群精灵，他们都已化成淡烟而消散了。如同这虚无缥缈的幻景一样，入云的楼阁，瑰伟的宫殿，庄严的庙堂，甚至地球自身，以至地球上所有的一切都将同样消散，就像这一场幻景，连一点烟云的影子都不会留下。构筑我们的料子也就是那梦幻的料子，我们的短暂的一生，前后都环绕在酣睡之中。”

米兰王国的篡位者、普洛斯彼罗之弟安东尼奥，协谋的那不勒斯王阿隆佐及其弟西巴斯辛和侍臣、正直的老大臣贡柴罗船难后被救到岛上另一处。贡柴罗劝慰认为失去了儿子腓迪南的那不勒斯王不要悲伤：因为“像我们这一次安然无恙的奇迹，却是一百万人中间也难得有一个人碰到过的”。但是阿隆佐“厌弃安慰好像厌弃一碗冷粥一样”。然而贡柴罗“那位善心的人却不肯就此罢休”：“人如果把每一种临到他身上的忧愁都容纳进他的心里，那他就可大大的”把身子伤了。

篡位者安东尼奥大难不死之后仍不忘篡位。他认为那不勒斯王子腓迪南已死，阿隆佐之女又远嫁非洲突尼斯，阿隆佐和贡柴罗此刻又倦睡过去，于是鼓动西巴斯辛篡夺那不勒斯王位并免除他篡取的米兰王国的纳贡。安东尼奥隐晦地挑唆西巴斯辛：“时机全然于你有利，我在强烈的想象里似乎看见一顶王冠降到你的头上了”，“你徒然让你的幸运睡去，竟或是让它死去；你虽然醒着，却闭上了眼睛”。西巴斯辛其实听懂了这话，“心中也在转这念头”，虽然表面上“拿这件事取笑”，自述：“我是心如止水”。安东尼奥看透了他的内心：“我可以教你怎样让止水激涨起来”：“越是排斥这思想，这思想越是牢固在你的心里。向后退的人，为了他们自己的胆小和因循，总是出不出头来”。

西巴斯辛对于腓迪南王子“不曾溺死这一句话是不抱一点希望的”，而安东尼奥却说：“从那方面说是没有希望，反过来说却正是最大不过的希望，野心所能企及而无可再进的终点”。他促成西巴斯辛相信腓迪南王子“一定已经送命了”，阿隆佐的女儿“怎么还能回头走”，懂得了阿隆佐和贡柴罗的“昏睡对于你的高升真是一个多么好的机会”。但西巴斯辛还顾忌篡夺哥哥的王位在“良心上”过不去，于是安东尼奥又讲了丧尽天良的话：“良心在什么地方呢？假如它像一块冻疮，那么也许会害我穿不上鞋；但是我并不觉得在我胸头有这么一位神明。即使有二十颗冻结起来的良心梗在我和米兰之间，那么不等它们作梗起来，也早就溶化了”。西巴斯辛在他的蛊惑下，竟然把安东尼奥篡夺哥哥王位“作为我的榜样，如同你得到米兰一样，我也要得到我的那不勒斯”。他要安东尼奥“举起你的剑来吧，只要这么一下”刺死阿隆佐和贡柴罗，“便可以免却你以后的纳贡，我做了国王之后，一定十分眷宠你”。正当他们“一起举剑”“对准贡柴罗的胸口”的危急时刻，爱丽儿奉主人之命来保全贡柴罗的生命，粉碎了“眼睛睁得大大的‘阴谋’正在施展着的毒手”。

阿隆佐寻找王子腓迪南“已经断了念头”，而安东尼奥、西巴斯辛并未因一次失败放弃“已决定好的计划”。精灵们抬了一桌酒席上来，邀请他们三人进食。阿隆佐仍然要吃“我的最后一餐”。爱丽儿化作怪鸟以翼击桌席卷筵席厉声谴责：“你们是三个有罪的人:操纵着下界一切的天命使得那贪馋的怒海重又把你们吐了出来,把你们抛在这没有人居住的岛上。你们是不配居住在人类中间的,你们已经发狂了”,“没有法子免除一死”。“你们三个人是在米兰把善良的普洛斯彼罗篡逐的恶人,你们把他和他的无辜的婴孩放逐在海上,如今你们也受到同样的报应了”,“活地狱的无穷的痛苦——一切死状合在一起也没有那么惨,将要一步步临到你们生命的途程中”。而出路就是爱丽儿指出的痛改前非:“除非痛改前非,以后洗心革面,做一个清白的人,否则在这荒岛上面,天谴已经迫在眼前了”!

普洛斯彼罗的神通和爱丽儿的谴责,使“这些仇人们已经惶惶得不能动弹,他们已经在我的权力之下了”。阿隆佐呆呆地站着:“啊,那真是可怕!可怕”!“那深沉可怕、像管风琴似雷鸣在向我震荡出普洛斯彼罗的名字,它用洪亮的低音宣布了我的罪恶。这样看来,我的孩子一定是葬身在海底的软泥之下了,我要到深不可测的海底去寻我他,跟他睡在一块儿”!贡柴罗深知“这三个人都有些不顾死活的神气”,但“他们的重大的罪恶像隔了好久才发作的毒药一样,现在已经在开始咬啮他们的灵魂了”。

这荒岛上,还有一个妖妇西考拉克斯生下的妖怪似的儿子塔列班。普洛斯彼罗收留他作杂役,待他好,教他讲话,但他“受了教化,天性中的顽劣仍是改不过来”,胆敢想要破坏米兰达的贞操,因而被囚禁在岩石中听候调遣。当那不勒斯王的侍臣特林鸠罗和酗酒的膳夫斯丹法诺来到岛上后,塔列班竟与他们合谋,要杀死普洛斯彼罗并抢占米兰达,爱丽儿告发了他们并遵照主人的吩咐，“把他们遗留在离开这不远的那口满是污水池中，水没到了下巴，他们却在那里手舞足蹈，把一池臭水搅得比他们的臭脚还臭”。塔列班这个魔鬼“教养也改不过他的天性来，在他身上我一切好心的努力都全然白费，他的形状随着年纪而一天丑陋似一天，他的心也一天一天腐烂下去”。普洛斯彼罗“要把他们狠狠惩治一顿，直至他们因痛苦而呼号”。

按照普洛斯彼罗的吩咐，爱丽儿把篡权者囚禁在一起，现在“三个人都疯了，其余的人在为他们悲泣，充满了忧伤和惊骇”，爱丽儿觉得，“你在他们身上所施的魔术的力量是那么大，要是你现在看见了他们，你的心也一定会软下来”。听了爱丽儿一席话，普洛斯彼罗自觉“我的心也将会觉得不忍”，陈述了他的理性、道德和目的：“虽然他们给我这样大的迫害，使我痛心切齿，但是我宁愿压伏我的愤恨而听从我的更高的理性，道德的行动较之仇恨的行动是可贵得多的。要是他们已经悔过，我的唯一的目的也就到达终点，不再对他们更有一点怨恨”，他让爱丽儿“去把他们释放了吧”，“我要给他们解去我的魔法，唤醒他们的知觉，让他们仍旧恢复本来面目”。

普洛斯彼罗释放三个仇人后，决定“捐弃这种狂暴的魔术，仅仅再要求一些微妙的天乐，化导他们的心性，使我能得到我所希望的结果，以后我便将折断我的魔杖，把它埋在幽深的地底，把我的书投向深不可测的海心”。“庄严的音乐是对于昏迷的幻觉的无上的安慰，愿它医治好你们那在煎灸着失去作用的脑筋”。如他所祈望，使“魔术的力量在很快地消失”，“他们那开始抬头的知觉已经在驱除那蒙蔽住他们清明的理智的迷糊的烟雾了”。

普洛斯彼罗解除魔法后与阿隆佐等人相见，阿隆佐表示：“你的公国我奉还给你，并且恳求你饶恕我的罪恶”。“在这里，最使我想起了心中惨痛的，我失去了我的亲爱的儿子腓迪南”，“忍耐已经失去了它的作用”。而普洛斯彼罗劝慰他继续忍耐：“我觉得您还不曾向忍耐求助。我自己也曾经遭到和您同样的损失，但借着忍耐的慈惠的力量，使我安之若素”。因为他就要见到腓迪南，还将见到“把我们拆散了又使我们重新聚合的女神”、属于腓迪南的米兰达。

普洛斯彼罗把沉船获救的人们召唤到所居洞室之前，米兰达一下子见到了这么多人，不禁发出了对人类的赞美：“神奇啊！这里有多少好看的人！人类是多么美丽！啊，新奇的世界，有这么出色的人物”！而此前他只见过他父亲和腓迪南，普洛斯彼罗说：“对于你这是新奇的。”

普洛斯彼罗看见“圣人一样的贡柴罗”，“便油然堕下同情的眼泪”，“善良的贡柴罗！不单是我的真正的救命恩人，也是你所跟随着的君主的一位忠心耿耿的臣子。我要在名义上实际上重重报答你的好处。”十二年前普洛斯彼罗和米兰达被逐到破船上时，如果不是贡柴罗把“食物和清水”、“好衣裳、衬衣、毛织品和各种需用的东西”、“更宝贵的书”放到破船上，他们是不可能活着上岛并生活下来的。而贡柴罗目睹了十二年前的阴谋和这次沉船获救上岛的全程，指出：“在每个人迷失了本性的时候，重新找着了各人自己”，概括了迷失了本性的安东尼奥等罪人重新找着了自己。

这时普洛斯彼罗的目的已经达到,他宽恕了仇人。阿隆佐把米兰公国交还给了他。腓迪南作为那不勒斯王继承人娶米兰达为妻。船长和水手们也都安然醒来,毫发无损,损坏的王船恢复原样。爱丽儿也重获自由。凯列班和他的伙伴也被放了出来,解除他们身上的魔法。欲重返米兰的普洛斯彼罗在故事终场时致辞:“现在我已把我的魔法尽行抛弃,剩余微弱的力量都属于我自己”,但“横在我面前的分明有两条道路,不是终身被符箓把我在此幽锢,便是凭藉你们的力量重返故国”。他要求:“既然我现今已把我的旧权重握,饶恕了迫害我的仇人,请不要再把我永远锢闭在这寂寞的荒岛!求你们解脱了我灵魂上的系锁,赖着你们善意殷勤的鼓掌相助;再烦你们为我吹嘘出一口和风,好让我们的船只一齐鼓满风蓬”,“你们有罪过希望别人不再追究,愿你们也格外宽大,给我以自由”!

人生启示

1. **善战胜恶的判断与践行是贯穿人生的主课。**《暴风雨》全剧充满善战胜恶的判断与践行。篡夺米兰王公的王国是恶,夺回失去的公国是善。把婴孩米兰达抛逐到破船和荒岛是恶,在破船上放进水食物用品和法书,在荒岛上抚育米兰达成为天使般的少女是善。女巫的儿子塔列班要侵害米兰达是恶,把女巫囚禁的精灵爱丽儿释放并给予自由是善。在危难中仍然蛊惑篡窃王位是恶,对恶人予以惩治教化和饶恕是善。阴谋刺杀忠臣以偷窃王位是恶，赞颂人类的美好世界的新奇是善。善战胜恶的判断与践行不仅是人生的第一课而且是贯穿终生的主课。

米兰王公普洛斯彼罗被篡窃和放逐，属于自己的美好果实归于了他人。但是无论时间多么长久，情境多么险恶，篡夺的果实终于回到米兰王公手中。篡夺者也得到惩诒天谴。篡窃的果实终将失去并得到报应，善终将战胜恶。

普洛斯彼罗惩罚了罪人夺回王国之后，放弃魔法变回普通人，虽然重握权力，但最终仍恳求众人给他以自由，助他返回故国而不会终身禁锢在荒岛。自由是他终生奋斗的高尚目标。而他自己获取自由的同时也给人以自由，他释放爱丽儿还她自由，惩罚了罪人又饶恕他们重新找回自己，连丑陋的塔列班也给他自新的机会。获得自由并给人自由是人生的高尚目标。也是善战胜恶的崇高目标。

普洛斯彼罗并不是置人死地而惩治罪人，只是为夺回失去的一切并且化导他们的心性，启发他们的理智，唤醒他们的人性，从而宽恕他们的罪恶，不再对他们怨恨，恢复他们的本来面目和自由。这正是道德的行动较之仇恨的行动无比高贵，夺回失去的一切为了挽救人性的复归。丧失人的本性的人受到教化，将会重新找回自己的人的本性。这是善战胜恶的道德理想和价值追求：

2. “新奇的世界”是人类的理想追求。米兰达见到恢复自由的阿隆佐等人时，欣喜地赞美：“神奇啊！这里有多少好看的人！人类是多么美丽！啊，新奇的世界，有这么出色的人物”！她父亲回答她：“对于你这是新奇的”(第五幕第一场)。实际上，

“新奇的世界”表达了人类的理想追求。

老臣贡柴罗想象的“新奇的世界”是：“如果这一个岛归我所有”，“而且我要是这岛上的王的话”，“在这共和国中我要实行一切与众不同的设施；我要禁止一切的贸易；没有地方官的设立；没有文学；富有、贫穷和雇佣都要废止；契约、承袭、疆界、区域、耕种、葡萄园都没有；金属、谷物、酒、油都没有用处；废除职业，所有的人都不做事；妇女也是这样，但他们是天真而纯洁；没有君主”——“大自然中的一切都须不用血汗劳力而获得；叛逆、重罪、剑、戟、刀、枪、炮以及一切武器的使用，一律杜绝；但是大自然会自己产生出一切丰饶的东西，养育我那些纯朴的人民”，“我要照着这样的理想统治，足以媲美往古的黄金时代”(第二幕第一场)。尽管他的想象有前后不一致和不可思议的地方，但他毕竟提出了一种理想模型。

普洛斯彼罗调来精灵，“从他们的世界里用法术召唤来表现我一时的空想的精灵们”，表现出了“一个最神奇的幻景，这样迷人而谐美”：“富贵尊荣，美满良姻，百年偕老，子孙盈庭；幸福朝朝，欢娱暮暮”，“田多落穗，积谷盈仓，葡萄成簇，摘果满筐；秋去春来，如心所欲”。以致使腓迪南赞叹：“这地方简直是天堂了”，“让我终老在这里吧”！(第四幕第一场)清醒的普洛斯彼罗立即终止了这幻景，回到现实，因为地球上的一切也将像幻景一样消散，构成我们与梦幻都是同样的料子，我们短暂的一生前后都环绕着酣睡，因此要把这个荒岛变成改变现实的现实世界。即在这短短的三个小时，抓住这个复仇拯救的机会，通过教化、惩治使罪人恶人恢复人的本性，得到自新机会；而自己不仅在实际上夺回失去的一切，重获自由；促成一对新人的婚姻，缔造未来；而且在尊崇高尚人性的最高层次上，从精神上得到升华和解放，使灵魂找到平静的归宿。这正是普洛斯彼罗所要创造的梦幻与现实相结合的“新奇的世界”。

当然，人类对于“新奇的世界”的追求始终没有停止，也永远不会停止。

五、《两个高贵的亲戚》

剧情故事

希腊底比斯王克里翁有两个外甥:姨表兄巴拉蒙和表弟阿赛特,他们是两个高贵的亲戚。他们都是“我爱你甚于自己的血液”,而且都认为:“我们的舅父克里翁”,“是个最为放肆的暴君。他的胜利使人不再敬畏上天;使邪恶相信除了自己之外再也没有别的力量”;“他把荣誉和黄金当做鲁莽追求的目标,但是虽然取得了胜利,二者他却一样也没得到。他虽曾为和平而战,现在和平已把他抛到了一边”;“他把别人的聪明才智一律看作自己的勇敢和行动”;“他恣意地残害别人,却没有行善的勇气”;他甚至在七雄攻打底比斯之后,下令禁止任何人埋葬战死的国王的尸体,以至三个未亡人王后都来到雅典,哀求正要举行婚礼的雅典公爵忒修斯:“请拔出你为世界造福的威厉的长剑,把死去的国王的骸骨交还给我们,让我们送到教堂去安埋”。因此他们两兄弟商议:“让我们俩离开他的宫廷吧,可不要沾染上他那喧嚣的臭名”;“让我们不等自己青春的光泽染上污秽便离开底比斯和它的诱惑吧”!“我们若不肯邪恶,便难免成了犯上之徒;若不肯跟他同流合污便又算又不上是他的子侄之辈”;“真希望能用蚂蟥从我身上吸走我和他共同的血液！然后让蚂蟥带着他那腐朽的品质从我身上落下”!

而此时，忒修斯带兵为王后们报仇雪恨，要与克里翁较量一番：“向他提出了严重的挑战，宣布要踏平底比斯，而且马上就要来证实他愤怒的诺言了”。大敌当前，两兄弟暂时放下离开底比斯的念头，立即站到了国王一边，因为“我们现在是为底比斯而战，不是为了克里翁。对他抱中立态度是一种耻辱，反抗他却又是一种背叛。因此我们只好跟他站在一起”。在战斗中，“他们仿佛是两头溅满了对手鲜血的狮子，在惊惶的部队中杀出一条血路”。但终因全军战败，他们受伤被俘。忒修斯曾在战斗中，“长久地观察过他们，因为他们甚至值得天神的注意”。他要求“像人那样对待他们吧！这类人的酒渣也强过别人的酒浆呢，几百万中才有一个。把我们的外科医生全都叫来抢救吧”,“我把他们的生命看得比底比斯宝贵得多”。

两兄弟被救治过来关进了雅典牢房，“公爵夜里亲自悄悄来看过”他们，看守长女儿认为：“他们俩的耐心是可以叫任何不幸也惭愧的，连监牢也要为他们感到骄傲。他们俩住在牢里，那样子倒像拥有了全世界呢”;“他们现在受起苦来也是挺有骨气的”;“他们老是那么高贵，坐了牢还能那么悠然自得，把苦难化作欢乐，把折磨当做玩物，加以嘲弄”。实际上，他们“已经耐心地安排好未来的岁月，准备迎接”“会作一辈子囚徒”的命运。他们慨叹：“我们再也不可能像荣誉的孪生子一样使用武器，再也不可能感到烈火样的坐骑像骄傲的海洋一样在我们胯下起伏了”;“我们的少年美质会像过早降临的春天一样枯萎凋谢。

更为沉痛的是，我们会一直过到迟暮之年还不曾结婚”；“我们最终只能以悲哀的愚氓的身份死去。可我们的死是对荣誉的诅咒”。但他们没有沉沦：“我们应当在牢狱里坚持勇敢的忍耐，共同享受我们的痛苦”；“让两个高贵的躯体之中的两个灵魂共同忍受反复无常的命运的折磨直到两人合成一体吧”；“让我们把牢房当做回避邪恶者败坏的神圣的庇护所吧”；“我们俩像这样在一起，彼此便是挖不尽的矿山，终身的伴侣，永远产生着新的爱”；“我们的友谊永矢不渝”，“不到死去，我们的友谊不会结束。而在死去之后，我们的灵魂也会被送去和那些永远相爱的人住在一起”。

然而牢房可以看到的小小的庭院里，高贵美丽的爱蜜丽娅出现了，这位忒修斯的姨妹在这小花园里赏花，首先被巴拉蒙看到，从此改变了两兄弟的命运。巴拉蒙兴奋地赞美：“你看看，惊叹吧，上天作证，她是个女神”！“顶礼膜拜吧，她是个女神”！“她是现存的美的总汇”！他激昂地宣布：“是我最先看到她的。她向人世显露的全部美色都是我的眼睛第一个发现，并占有了的”；并且正告阿赛特：“要是你竟然爱上了她，或者意图破坏我的心愿，你便是个不义之徒”；“只要你敢动一动她的念头，我便跟你从此断绝友谊、亲情和一切关系”。而阿赛特回敬道：“是的，我爱她，即使豁出我全家的性命，我也一定要爱她。我用我的灵魂爱着他。如果要因此而失去了你，巴拉蒙，我们也只好分手”。亲密无间的两兄弟自此成为同爱爱蜜丽娅你死我活的情敌。

这时，阿赛特由于雅典将军比利陶斯的求情，公爵给他以自由但放逐出雅典王国之外。巴拉蒙羡慕阿赛特的幸运："如果阿赛特敢于成为一个够资格的恋人，为她在战场上厮杀战斗，他一定能交上好运的"。但他也不甘寂寞："要是我获得自由的话，我一定要干出一番超凡脱俗的伟业，让这个小姐，这个羞红了面颊的处女，鼓起勇气主动来把我抢走"。而阿赛特却嫉妒巴拉蒙："巴拉蒙多么幸福！他十有八九会跟她搭上话头的，如果她的温雅正如她的美丽，我相信她就会属于他"。因此他下了决心："我决不会离开这个国家"；"只有装扮成另一个人才能满足我的愿望"；"我要望着她，留在她身边，否则便死去"。正好一群乡民去看公爵也要看的摔跤、赛跑比赛，他就装作一个穷人去参加比赛。结果他"跑得最快，摔跤也是第一"；"他的优点是如何穿透了他微贱的服装，有如太阳穿透了云层"！他向公爵表示："我愿为您竭尽微力，因为在世界上，只有在您的宫廷里才有公正的荣誉"。公爵就给他"安排一份高贵的差使——服侍这位小姐，这位聪明的处女"爱蜜丽娅，他向女主人表白："如果我不忠诚，就给我羞辱和鞭子，这是我父亲一向瞧不起的两样东西"。

巴拉蒙也获得了自由，爱慕他的看守长女儿"已经冒着危险把他放了出来，带到离此一英里的一个小树林里"。正当阿赛特在雅典附近森林里参加庆祝五月节，自我表白："你要是知道我此刻竟跟女主人气息相嘘，听得见她的话语，生活在她的目光里，啊，表哥，你真不知道会陷入一种什么样的情绪"。巴拉蒙带着镣铐从丛林中走出；对阿赛特扬起拳头："你这个背信弃义的亲戚。如果我身上没有这坐牢的标志，如果我手里攥着一把剑，你就知道我是什么样的情绪了！一切的誓言汇集在一起，我，还有我正义的爱情，一定要证明你是个奸诈之徒”！阿赛特冷静地回答：“我所追求和仗恃的却是荣誉和诚恳，表哥，这是我坚持不渝的态度”；“在这个问题上你的对手和你平等，他表明要用真正的贵族的胸襟和宝剑扫清自己的路”；“我俩之间这棘手的问题只有用放血才能治疗”。夜晚阿赛特如约带来肉食、酒、衬衫、香水和锉刀，还带来剑和甲胄。两兄弟喝酒聊天解除巴拉蒙镣铐后，准备用决斗解决谁能获得爱蜜丽娅：“在我们俩都全副武装做好战斗准备之后，再让愤怒从我们身上汹涌奔流，像两股狂涛一样撞击吧！那时候这个美人是为谁而生的问题就可以迅速见个分晓了”。

阿赛特有空就来到树林，与巴拉蒙闲谈，帮他恢复健康。巴拉蒙体力恢复后，两人互相谦让地选好了剑和甲胄，就要开始决斗。两人握手鞠躬致敬告别：“我手中有剑，如果你杀死了我，神灵和我都原谅你”；“如果我失败，你就诅咒我，说我是个胆小鬼”。两人刚开始决斗，就听到公爵打猎归来的号角，阿赛特要巴拉蒙赶快躲避，因被公爵发现私自决斗将要处死，巴拉蒙执意不肯停止，两人继续决斗直到公爵看到而制止。

公爵愤慨地斥责：“你们是些什么愚昧、疯狂、嚣张的恶徒，竟敢违背我的法律的精神，像被指定的骑士一样私自决斗”，我“发誓，要把你们俩处死”。巴拉蒙理智地辩解：“如果一见钟情最早以灵魂相许便包括着权利的话，我便是”爱蜜丽娅“理所当然的奴仆，而且敢把她看做是我的人。我刚才正作为最忠诚的情人要求阿赛特解释他的奸诈，如果你真是别人所说的那么德高望重，能公正裁决一切伤害的话，你就该命令‘继续决斗’”。

阿赛特也坦荡陈言:“如果爱上了这样绝色的美人就是背叛对她的忠诚,那就让我作最大的奸徒吧。你会因此叫我高兴,因为我爱得最深,而且将怀着那种忠诚死去”。公爵夫人希波丽坦、爱蜜丽娅和比利陶斯都跪求公爵:“对这两位王子慈悲”。爱蜜丽娅恳求:“赦免他们的死罪,把他们放逐出去”,“叫他们发誓绝不再为我而斗争,忘掉我,不再踏上你的国土”。但他俩都不接受这个条件。公爵就要爱蜜丽娅和两王子回答:“如果这两人中死去了一个,你能嫁给另外一个人吗?总有一个是要死的,他们不能共同享有你的爱情”,“如果你可以爱的话,就把这一场纷争结束掉”。两王子“以全部的灵魂感到满意”。而爱蜜丽娅“无法选择”,“两个人都太出色”。于是公爵命令:“你们俩都回国去,在一个月之内,各带三个公正的骑士回到这儿来。我要在这儿建立一座金字塔式的架子,谁要是能当着我们的面用公正的骑士式的勇力使他的表兄弟碰到了柱子,他便可以享有她的爱情;而对方则必须丢掉脑袋,他的三个朋友也都要处死”。两王子对此条件都满意,爱蜜丽娅也只好同意,公爵“将在这儿为胜利者安排好未来;也会在失败者的棺前洒一掬同情之泪”。

一个月后,雅典城内设了三个神坛,分别供奉马尔斯、维纳斯和黛安娜,迎回了两王子和各自的骑士。巴拉蒙和阿赛特在光明磊落地决斗前,相互最后一次拥抱告别,然后礼拜他们的保护神。阿赛特祈求主神马尔斯:“靠您的护佑成为今天的主人”。巴拉蒙向爱神维纳斯祈祷:“我们的主旨是爱情,假若爱的女神给我们爱情,也便是给我们胜利”。爱蜜丽娅则拜求黛安娜女王:“请在两个求婚者之中让那最爱我也最值得我爱的人摘去我的麦穗花冠”！决斗开始了，人声鼎沸，先叫道“巴拉蒙”，又叫喊“阿赛特”。最后宣布：“阿赛特！胜利”！公爵把阿赛特和爱蜜丽娅的手握在一起：“你接受她作你的妻子；她接受你做她的丈夫”；“至于失败的，我们也马上秉公执法，因为我明白生命只叫他们难堪”。而爱蜜丽娅留下无穷的遗憾：“他杀死了一个亲近的人，而这人比任何妇女都更有价值”。

巴拉蒙和他的骑士坦然地慷慨赴死：“我们虽然死去，却并非没有人同情，因而虽死犹生，博得世人的祝福”。巴拉蒙走上刑台，仍不忘向看守长的女儿问好，为了给她增添一点嫁妆，还把钱袋送给她：“她的恩德我无法报偿”。正当他躺在死刑墩上时，突然传来“住手”的喊声，比利陶斯赶来说：“高贵的巴拉蒙，众神还要表现他们的荣耀，想叫你活下去”。原来高兴和骄傲的阿赛特，骑着爱蜜丽娅送他的黑马飞跑，黑马竟然发起怪脾气翻倒在地压在骑士身上，阿赛特遭受重创。他在弥留之际向巴拉蒙讲述了最后的遗言：“娶爱蜜丽娅吧！世上一切欢乐也随着她都归于你”，“我对不起朋友，但我绝不奸诈。原谅我，表哥，让美丽的爱蜜丽娅亲一亲我——好了，娶她吧，我死了”。巴拉蒙悲叹道：“愿你勇敢的灵魂升入乐土”，“啊，表弟，我们为什么要有欲望，而欲望的代价却是使我们失去我们所欲望的东西呢！为什么不失去宝贵的爱就得不到宝贵的爱呢”！爱蜜丽娅为他阖上眼睛：“你是个优秀的男子汉，只要我活着，就要为每年的今天落泪”。忒修斯公爵感谢众神：“阿赛特已演完了自己的角色，虽然太短促，却演得十分出色”，“强大的维纳斯把你所爱的人赐给了你，大大地增加了她的神坛的光彩。我们的主神马尔斯也实现了他的谶言,把斗争的胜利给予了阿赛特。因此神灵们都表现了应有的公道”;但是,“命运的播弄没有比这更微妙的了。失败者凯旋了;胜利者却失败了”;“我们为没得到的东西欢笑,为获得的东西悲痛,仍然几乎是一群孩子。我们只好感谢现有的一切,把自己无法穷究的问题交由神灵去处理,而让自己的哀悼与欢乐随着时间变化”。

人生启示

要永远做一个高贵的人。两个高贵的亲戚巴拉蒙和阿赛特,是剧中倾力塑造的高贵的人的典范;爱蜜丽娅和她的女友弗拉维娜、忒修斯和他的夫人希波丽妲、将军比利陶斯、看守长的女儿和他父亲、教师吉罗德和巴拉蒙、阿赛特的朋友骑士也都具有高贵的人的品质。这告诉我们:做人要永远做一个高贵的人。那么,什么样的人才是高贵的人?高贵的人应当具有怎样的品质?

洁身自好。两兄弟生活的底比斯有各种各样的腐朽现象,最令人难受的是:“从事光荣劳动而满身流汗的人却被人泼一身冰水”;“要想洁身自好却又住在底比斯是多么危险的事。在这里每一种邪恶都披上了一层美丽的色彩;在这里每一桩表面上的善行都无疑是一桩罪恶;在这里只要跟别人不完全一样便会叫人看作异己;而跟着他们那样是非颠倒却不免变作妖魔鬼怪”。因此他们决心:“让我们不等自己青春的光泽染上污秽便离开底比斯和它的诱惑吧”;“要作领头的神骏,即使不行,也不愿作亦步亦趋的驽马”(第一幕第二场)。

为国而战。当忒修斯进兵底比斯时,两兄弟立即捐弃前嫌,响应国家的召唤,为国家和荣誉而战!因为“支配着我们直到最后的时刻的终究还是命运”,虽然“我们的行动总是超过理智,这一仗打下来又会造成什么破坏呢”?“由后果这百试不爽的裁判来告诉我们了”!“现在,我们还是响应机会的召唤吧”!(第一幕第二场)

忍耐苦难。两兄弟“在战场上只有他们最厉害”(第二幕第一场)。而他们受伤被俘关进监牢后,又“几乎爱上了我的囚徒生活”,觉得“身体挺好,满可以嘲笑苦难,满可以在战争中出生入死”;认为生活在监牢外:“那些引诱人们追求虚荣的享乐我已经看透”,“随着时光老人匆匆逝去的不过是些花团锦簇的幻影”;要不是“找到了这个地方,我们早已跟”克里翁“他们一样死去,死后也会跟那些邪恶的老头们一样,没有人为他们哭泣,只有万众的唾骂作为他们的墓志铭”(第二幕第二场)。

友谊不渝。两兄弟感到在狱中:“我们的命运交织到了一起,这是最大的幸福”,“这样他们决不至于沉沦了—即使可能,也不会容许,这是最真实不过的。只有甘愿死亡的人才会浑浑噩噩地死去,从而了结这一切”;“我们彼此是父亲,是朋友,是知己,是家庭;我是你的子嗣,你是我的后代;这地方便是我们继承的产业,再严厉的压迫者也是不敢剥夺我们这点权利的。我们只需有一点耐心便可以在这儿长期生活,彼此相爱”。“历史上有没有人比我俩更加相爱的”?“肯定不可能有”!(第二幕

第二场)

至情敢爱。巴拉蒙看到花园中的爱蜜丽娅并告诉阿赛特后,两人先后强烈地爱上了她:“一个男人会不会因为爱上她而神魂颠倒呢”?“我却是为她颠倒了”,“而且想得到她”,“甚于想得到自由”。巴拉蒙因先看到并爱上了爱蜜丽娅,而不许阿赛特爱她:“如果你擅自去追求她,你就跟一个仇恨祖国遭到唾弃的人一样,是一个货真价实的坏蛋”;“除非你光明正大,否则我非疯不可”,“如果我发疯了而危害了你,杀死了你,那也是出于至情的”;“但愿我们能各自拿起一把剑,那我马上就能教训你盗窃别人的感情会受到什么惩罚”!而阿赛特坚持自己的权利:“我要把她当做女人来爱,来享受,因此我们俩都可以爱她”;“我坚持跟任何一个巴拉蒙或任何父母生的儿子一样有身份,有自由、有合理的权利享有她的美丽”;“那么你为什么只准一个人恋爱,为什么表现得这样狡猾,这样不近情理,不像个高贵的亲人呢”?”我要爱她,非爱不可,我该爱,敢爱——理所当然地要爱”(第二幕第二场)。

追求荣誉。阿赛特被释放放逐以后,为了“望着她,留在她身边”,决心不离开这个国家。然后抓住在公爵面前比赛的机遇:“我不妨装作个穷人,去冒冒这个险,谁能说得准我的头上就不能戴上花环?我就不能侥幸留下来,长期住在能看得见我那姑娘的地方”?(第二幕第三场)结果他仗恃荣誉和诚恳达到了目的。

光明磊落。被看守长女儿放出的巴拉蒙,在雅典附近森林遇见阿赛特后,两人决意用光明正大的决斗来解决两人同爱蜜丽娅的争执。而阿赛特为了决斗公平，带来各种必需品，锉开巴拉蒙的镣铐，让他恢复体力，选好剑和甲胄，再开始决斗。以至巴拉蒙赞叹："啊，天哪，这样高贵的人谁敢干出这样不光彩的事！只能是阿赛特。除了阿赛特谁也没这么大胆量"(第三幕第一场)；"感谢你，阿赛特，你还算得上是个光明磊落的敌人"；"我原希望你是我的至爱亲人，可你却逼得我把你看成了有惠于我的敌人。我也曾希望用拥抱而不是刀剑来对你表示感谢"；"你是个勇敢的敌人，除了你的表兄，别人都不够资格杀死你"；"作为一个诚实的人，满怀爱情的正气而恋爱着的人，我会漂漂亮亮地回报你的"。而阿赛特表示："无论用什么，只要得当，都是高尚的回报"；"若是你按公平的条件向我挑战，你对我就胜过情人"；"因为你爱的是一切光明正大的事物。我们的教养并不是为了说空话的"；"我跟你个人仍然是朋友，而且哪怕叫我死去，我也真愿意从没有表示过我爱她的意思。但是我既然爱上了这样一位姑娘，为了证明我有爱她的权利，我是决不能逃跑的"(第三幕第六场)。而当他们私自决斗被忒修斯喝止并发誓处死时，他们都坦然承认是巴拉蒙和阿赛特为同爱爱蜜丽娅而决斗，要求继续决斗再把他们都杀死。

高贵气质。"阿赛特相貌文雅，眼睛却像引而未发的凶器、或软鞘里插着的利剑。他脸上同时露出慈悲与刚勇两种神色。巴拉蒙最为威严慑人，眉头紧锁，好像要埋葬掉他横眉相对的东西。可有时也未必如此。那眼神倒是随着思想的性质而变化的，喜欢长久凝视着它的对象。忧郁跟他的气质杰出地相称。阿赛特的欢乐虽也跟他的气质相称，但巴拉蒙的忧伤却是一种欢乐。两种情绪在他身上混合交融，似乎快乐使他忧伤，忧伤又使他欣喜。那种出现在别人身上令人不快的阴郁在他身上却找到了个漂亮的寓所”(第五幕第三场)；阿赛特祈求狮子的雄心，猛虎的威势，凶猛，快速，强力和彪炳的功勋。而巴拉蒙祈求爱情：“让你们的精神和我汇合在一起，你们的无私的高贵的品德把我的事业变作了威胁你们的危险。让我们把自己的事业交给女神维纳斯处理”；“夸夸其谈，放荡胡来的人跟我格格不入；信口雌黄，向壁虚构的人我瞧不起；心虽向往，却无能为力的人我倒为他们庆幸。是的，我不喜欢满嘴肮脏述说别人秘密的人，也不喜欢出语放肆揭人阴私的人。我是这样一个人，我发誓，在情人们的叹息中以我的叹息最为真心”(第五幕第一场)。“要是叫他俩合成了一个人，啊，世界上就没有女人能配得上了！任何一方持有的高贵气质已足以使一切呼吸着的妇女相形见绌、自惭形秽”(第五幕第三场)。

不忘恩德。看守长的女儿不顾自己和其父的生命危险，把巴拉蒙解救出牢房：“我要是给抓了去判了死刑，总有些姑娘，正直的姑娘，会为我唱挽歌的，她们会向后代传说我的高贵，说我差不多像个殉教的圣徒”(第二幕第六场)。后来她与巴拉蒙失散，她忧伤深沉郁结而得了病。巴拉蒙在决斗中失败走上刑台见到看守长，不忘问候他女儿：“你那温和的女儿曾给过我一次自由，现在你要看到我永远获得自由了。请问，她的情况如何？我听说她身体不好；她那种病叫我心里难受”。听说她完全恢复了健康，马上要结婚了，他高兴地说：“这将是令我高兴的最后一件事了”。为了给她增添一点嫁妆，巴拉蒙和他的骑士都把钱袋送给她:“她的恩德我无法报偿,也无法描述”(第五幕第四场)。

生死情谊。巴拉蒙和阿赛特各自带着骑士,如约来到雅典,参加忒修斯确定的决斗。他们坦然接受公正的裁决。失败者巴拉蒙和他的骑士欣然赴死。但胜利者没有笑到最后,却因人仰马翻而死去,弥留之际把爱人交还给了失败者和先爱者。胜利者得到了荣誉失去了爱情和生命,失败者得到了爱情失去了荣誉和亲人,欢乐和悲痛交织而同在,谁也没有独得:“我们的亲情结束得多么痛苦”!(第五幕第四场)这就是两个高贵的亲戚生死情谊的结局。

拯救生命。爱蜜丽娅和她的女友弗拉维娜:“少女和少女之间的纯情超过了男女之爱”(第一幕第三场)。当她得知两兄弟为同爱她而决斗,她竭力劝阻公爵赦免他们的死罪:“怎么能让爱我者为我死去”?她只好同意公爵公正决斗和爱其中任一人的方案:“否则两个人都得死去”(第三幕第六场);“我还是自己先死了的好!纯贞的黛安娜啊,我究竟造了什么孽,竟要我这无瑕的青春溅上王子的鲜血?在给母亲带来欢乐的儿子中,他俩是最可爱也是最优秀的,而我的贞操却偏要变作祭坛,用这两个爱我者的生命作为我不幸美色的祭品”;“我真希望两个都爱,不让任何一个为我夭折”(第四幕第二场);“要我去安慰这位失去了朋友的痛苦的王子,我倒是应该,而且愿意死去”(第五幕第三场)。

像人作为。忒修斯为了替未亡人王后们报仇雪恨,听从新娘希波丽坦的恳求,推迟婚礼率兵出征:“我们既然是人,便应当像人的作为，若是一味听任感情支配，我们便配不上‘人’的称号”(第一幕第一场)。他俘获了两兄弟：“把他们当人对待，该怎么办就怎么办，而且为了我的缘故还要多做些努力。因为我也有过各种经历：恐惧、愤怒、朋友的命令、爱情的激励、奋发的热忱、情妇的折磨、自由的欲望；我害过热病、发过疯，因为意志的脆弱能压倒理智的力量，我也曾追求过不靠外力只凭天性无法达到的目标。为了我们的爱，为了伟大的阿波罗的慈悲，让我们最好的人员施展出他们最大的本领吧”(第一幕第四场)。

然而，高贵的人也都有缺点，要永远做一个高贵的人，就要不断纠正和弥补缺点，培育和发扬高贵的优秀的品质。

主要参考文献

1.《莎士比亚全集》,朱生豪等译,人民文学出版社,1978。

2.《哈姆雷特》,莎士比亚著,卞之琳译,作家出版社,1956。

3.《莎士比亚戏剧集》,朱生豪译,人民文学出版社,1962。

4.《西方思想宝库》,[美]莫蒂默·艾德勒、查尔斯·范多伦编,编委会译编,吉林人民出版社,1988。

5.《莎士比亚妙语录》,纹绮编,甘肃人民出版社 1985。

6.《牛津格言集》,[英]约翰·格罗斯编,王怡宁译,汉语大辞典出版社。1991。

7.《威廉姆·莎士比亚的绝妙睿语》,[英]多米尼克·恩莱特,东方出版社,2007。

8.《莎士比亚戏剧故事集》,[英]查尔斯·兰姆、玛丽·兰姆改写,萧乾译,中国青年出版社,1956。

9.《莎士比亚辞典》,孙家绣主编,河北人民出版社,1992。

10.《莎士比亚辞典》,朱雯、张君川主编,安徽文艺出版社,1992。

11.《西方文学典故词典》,谢金良主编,中国展望出版社,1986。

12.《莎士比亚传》,[前苏]阿尼克斯特著,安国梁译,中国戏剧出版社,1984。

13.《莎士比亚传》,[法]雨果箸,团结出版社,2005

14.《莎士比亚传》,[英]彼得·艾克洛德著,国际文化出版公司,2010。

15.《西方文论选》,伍蠡甫主编,上海译文出版社,1979。

16.《莎士比亚笔下的女角》,[德]海涅著,上海译文出版社,1981。

17.《马克思恩格斯与莎士比亚》,孟宪强辑注,陕西人民出版社,1984。

18.《莎士比亚评论汇编》,杨周翰编选,中国社会科学出版社,1979。

19.《英人、法人、中国人》,储安平著,上海观察社,1948

20.《欧洲文学发展史》,胡理契著,群益出版社,1949

21.《拉辛与莎士比亚》,[法] 司汤达著,上海译文出版社,1979。

22.《莎士比亚的戏剧》,[前苏].阿尼克斯特著,新文艺出版社,1957。

23.《悲剧心理学—各种悲剧快感理论的批判研究》,朱光潜著,人民文学出版社,1986

24.《莎士比亚的人生启迪》,陈书凯编著,中国纺织出版社2005。

25.《莎士比亚论人生》,[美]乔治·温伯格等著,中国商业出版社,2004。

26.《莎士比亚与圣经》,梁工主编,商务印书馆,2006。

27.《莎士比亚研究十讲》,陆谷孙著,复旦大学出版社,

2005。

28.《莎士比亚历史剧研究》,李艳梅著,中国社会科学出版社,2008。

29.《英国贵族史》,阎照祥著,人民出版社,2000。

30.《英国史》,阎照祥著,人民出版社 2003。

31.《历代英王生平》,[英]安东尼娅·弗雷泽著,湖北人民出版社,1985。

32.《新编英国王室史话》,王忠和著,百花文艺出版社,2002。

33.《君主论》,[意]尼科洛·马基雅维里著,商务印书馆,1985。

34.《沉思录》,[古罗马]马可·奥勒留著,中央编译出版社,2008。

35.《两个高贵的亲戚》,[英]威廉·莎士比亚、约翰·弗莱彻著,孙法理译,漓江出版社,1992。

36.《莎士比亚精选》,BBC制作,辽宁文化艺术音像出版社,2005—2007。

37.《暴风雨》,[英]莎士比亚著,梁实秋译,商务印书馆,1937。

38.《威尼斯商人》,[英]莎士比亚著,梁实秋译,商务印书馆,1936。

39.《李尔王》,[英]莎士比亚著,梁实秋译,商务印书馆,1936。

40.《英国文学史纲》,金东雷著,商务印书馆,1937。

后 记

我对莎士比亚的兴趣是从小培养的。小时候，父亲常给我谈起莎士比亚，特别是《哈姆莱特》和《奥瑟罗》，我看了单本的莎士比亚作品译作、电影和传记、评介书文。以后看到《莎士比亚戏剧集》、《莎士比亚全集》和有关评论、影视作品、网上的评介文章等。2005 年，我写完《纳尔逊统帅哲学》(解放军出版社，2007)后，曾准备编写一本《莎士比亚名剧名言启示录》的小册子，收集了全部素材，列出了详细提纲，编写了部分章节。但为了撰写其他小册子，这个计划就暂时搁置了。2012 年早春，一个偶然的机会使我重新执行了这个计划，就形成了现在这本小册子。撰写出版这本小册子，要感谢许多女士先生的帮助，尤其要感谢欣秋老师、王建槐先生、胡伟先生和周岩女士的宝贵指导和大力支持，特别感激我的妻子儿子的亲密关爱。再过几年就到了 2016 年，是莎士比亚逝世 400 周年，这本小册子也是一个纪念。

骆地

2012.6.22